U0870002

优阅优刷

青春言情，就看“纸上偶像剧”

永远
天真多情
的我们

七弦弄月 著
一草 主编
优阅优剧 出品

now and foreve

浙江出版联合集团
浙江文艺出版社

不知从何时开始，你变成了我绝无仅有的心事，我珍藏起你画的每一张画，也清楚记得你讲过的每一句话，每当我途经与你共同走过的小路，眼前总能浮现出你放肆而张扬的影子，而你若在我面前挑眉一笑，我会感觉，连头顶阴霾的天空也变得明亮了。

我猜，那就是喜欢。

目 录 Contents

CHAPTER

01

状元花和群架王

这个女孩儿毫无征兆地闯入他的世界，哪怕站在黑暗里也熠熠生辉，就此赐予了他久违的曙光。

01

初秋的第一场雨缠缠绵绵，雨停后天高云淡，空气中透着些湿润的凉意。

平城三中，操场东面那座思学墙上刚刚张贴出本次月考各年级的排名榜单，高二年级的第一名，依然是七班的风筱绮——神话般的女学霸。

“就因为这姓风的，每次都能拉高七班的平均分，哪天哥儿几个把她书包烧了，看她拿什么学！”

说话的是四班的林岳，一位浓眉大眼、身材魁梧的少年，他凶巴巴地一开口，惹得旁边看榜的学生纷纷侧目。

众所周知，四班和七班是当初入学考试后分出来的两个成绩最差的班，如今双双演变成了全校闻名的无赖班。这两个班的学生向来互看不顺眼，看到七班有学霸单枪匹马杀出一条血路，身为四班人，他当然心里不痛快。

正愤怒着，忽听有淡定女声自旁侧传来：“哦，原来四班的男同胞现在都这么不入流了？要靠下三烂的手段欺负我一个小姑娘？”

林岳猛回头，见面前站着一位清秀精致的少女，她斜扎着微卷的长发，像个可爱的洋娃娃。林岳说：“小矮子，你谁啊你？”

“人身攻击是非常没素质的行为，可见你们四班普遍素质不高——请记住了，我叫风筱绮。”

“你……你是风筱绮？”林岳盯着她愣了半晌，蓦然下意识大吼一声，“潇哥！潇哥你快来看！他们不都说年级第一是个书呆子吗？！”

风筱绮轻飘飘地瞥他一眼：“你本身就是个呆子，还好意思评价别人呢？”

林岳口才比不过她，一时气急就打算用暴力解决问题，结果还没来得及冲上去，领子就被人从后面拽住了，他踉跄着倒退两步，差点被勒死。

围观好戏的学生们匆匆散去，仿佛担心殃及池鱼，毕竟某位高高瘦瘦的黑衣少年此刻已经站在了近处。

林岳气势汹汹一转头，刚要开口骂两句，却在看清来者何人之后，瞬间变尿：“呃……潇哥，你瞅瞅，这丫头就是风筱绮！”

来人便是四班出了名的混世魔王景潇，据传他的战斗力在全城高中圈都排在前列，而且人又长得帅，属于不洗脸、穿裤衩和拖鞋走在校园里，都会令女生们脸红心跳的那种帅。

现在的小女生们好像都很中意这种类型的坏小子。

风筱绮侧头一瞥，正迎上对方那双墨色清亮的桃花眼，她飞快地转开了视线：“二位如果没有别的事情就请让开，我的时间很宝贵，容不得浪费，谢谢。”

结果还没等她走出几步，衣袖就被林岳拉住了：“喂喂，见了我们老大都不问候一句就想走啊？”

景潇不耐烦地推开林岳，直接将风筱绮扯至身前，他微微低下头注视着她，邪气地扬眉一笑：“别着急啊，风同学，我还是第一次近距离接触年级状元，更何况是这么漂亮的年级状元，不多看两眼怎么行？”

风筱绮面无表情：“被金玉其外、败絮其中的代表性人物这么夸奖，我还真不敢轻易接受。”

景潇随手揪了一下她的辫子，见她吃痛后退，唇边笑意更深：“风同学该不会是害羞了吧？这才刚见面就急着逃跑，不知道的还以为你看上我了。”

“Sorry（对不起）啊，我对景同学这种不学无术的纨绔子弟没兴趣，四班的女生可能都把你当成宝贝，可你就算跪着求我多看你一眼，答不答应还得凭我心情呢。”

景潇果断反手攥住她的手腕，力道很大，教她挣也挣不脱。景潇似乎并不如何生气，只一动不动地盯着她看，眼底恍然有奇异的光芒浮动。

“伶牙俐齿的，是七班男生惯出了你这么差劲的脾气吗？”

手腕生疼，风筱绮却显得不慌不乱：“是又怎么样？麻烦把手放开，我有洁癖的，嫌脏。”

“放不放开是我说了算，穷尽三中，还没有谁敢这么命令我。”

“所以今天我就要破了这个例。”

话音未落，她已然飞起一脚踹向他小腿，令他不得已松了手，然后……他又好整以暇地攥住了她纤细的脚腕。

此时她的手腕上有四道通红的指印，他的裤子上有一个发灰的脚印——两人算扯平了。

风筱绮稳稳地单脚站立，气定神闲：“劳驾，景同学平日里都是这么对待女孩子的吗？活像个恼羞成怒的无赖。”

景潇薄唇轻勾，痞气十足：“过奖，只是对学霸的特殊优待罢了。”言毕放开手，任由她谨慎地同自己保持一段距离，只环着手臂挑衅地看向她。

他说：“风筱绮是吧？这名字不错，我记住了。”

风筱绮似笑非笑：“虽说景潇这名字普通又无趣，但鉴于你是个热衷于不穿校服、横冲直撞的混账家伙，很有负面辨识度，我想自己短时间内还不至于忘记。”

林岳气得直跳脚：“当面叫板，这能忍吗，潇哥？我看还是把她书包烧了算了，让她长记性！”

“你这傻大个儿说什么呢？我看你敢！”风筱绮的闺蜜沈乔是七班出了名的暴脾气，此时恰好路过看到这一幕，自然要为自家姐妹两肋插刀，“当我们七班人是好欺负的？”

“疯婆子，你叫谁傻大个儿呢？”

“废话！叫的就是你！”

风筱绮回头看了一眼，发现不知什么时候已经有大批四班和七班的学生聚了过来，将她和景潇围拢在内，两拨人互相叫嚣，眼看着又一场战火要点燃了。

“挺热闹啊，大家都这么闲，不用学习的吗？”

景潇懒洋洋地一眯眼睛：“这儿的人除了你，都不用学习。”

“你大约对我有些误解，其实我也不太爱学习，完全是因为天赋异禀，一般人是羡慕不来的。”

林岳在景潇身后哈哈大笑：“鬼才信！你要是一直学习这么好，当初还能考进七班？谁不知道四班和七班是入学考试分出来的成绩最差班？”

沈乔双手叉腰针锋相对：“绮绮为了跟我分在一个班，当时整篇试卷的所有题型都只写了前两道，这是义气，你懂个屁！”

七班登时有人振臂高呼：“我们有学霸的光芒笼罩着，你们四班注定永远都是倒数第一！”

“倒数第二也没什么可骄傲的！”林岳横眉立目，“再说了，谁敢保证她一直能当年级第一？”

风筱绮平静道：“有我在，谁也当不了年级第一，这是事实。”

“那我们就来打个赌吧，风同学有兴趣吗？”沉默半晌的景潇突然开口，他目光灼灼地盯着她看，“你和我，赌上七班和四班的尊严，怎样？”

风筱绮清楚，在这样的情况下，什么赌注都得接着，毕竟代表了本班的颜面：“可以，但请你不要提出打一架之类的野蛮路数，这么多人看着呢，很丢脸。”

“当然不会，我很怜香惜玉的，咱们就比风同学擅长的考试成绩。”

“你说，怎么比？”

景潇笑道：“期末考试，如果你没有考到年级第一，就算我赢；如果我考到了年级前百，也算我赢。”

“那你真是输定了，”风筱绮从容点头，“条件是什么？”

“我输了随你处置；我赢了，你要当着年级主任的面，亲自给我献花，并真情实意地说想跟我考上同一所大学。”

“什么？”

“你害怕了？”

背负着七班同学们的殷切期望，尽管对方的要求十分该遭天打雷劈，风筱绮也还是面不改色地答应了：“成交，希望景同学最近认真学习，期末不要摔得太惨，不然打的是你们四班全体人的脸。”

风筱绮牵了沈乔的手，脚步轻快地转身离开，身后一群七班男生簇拥着，隐隐还听到有人说“学委喝果汁还是咖啡，我们去买”，然后她软声软气地回答“要红豆奶茶”。

明明是娃娃脸、娃娃音，看上去毫无攻击性的女孩子，为什么却有如此魔力，能让自己产生压迫感，进而生出征服欲?

有意思，有意思极了。

景潇立于原地，眉眼间笑容意味深长。林岳在旁边，很犹豫地问他：“潇哥，对你来说，考到年级前百难不难？”感觉挺难的呢，这可比打群架难多了。

“换作平时，我得好好考虑一下，”景潇悠然回答，“但如果是为了赢这场赌注，就容易得很了。”

“哦……”

02

下午第一节课往往是最难熬的，毕竟午后阳光那么暖，不久前又刚吃饱饭，意志力薄弱的人就会渴望睡眠。

毫无疑问，沈乔就属于意志力薄弱的人，她趴在桌上打了半天的哈欠，只觉得政治老师讲的每个字都是催眠曲，最后实在撑不住，决定试一下新买的唇膏来提提神。

岂料她刚刚把唇膏掏出来，写板书的政治老师就回头了：“嗯？沈乔，手里拿的什么？”

沈乔被吓一跳，反应却丝毫不慢，顿时飞快地将那管唇膏丢到了旁边风筱绮的怀里：“不是我的呀，我从地上捡的。”

风筱绮甩给她一个大白眼，转而坦然承认，为好姐妹背下此锅：“是我的，最近喜欢水红色，没忍住就买了。”

政治老师是个三十多岁的时尚女人，对化妆品自然也颇有研究，闻言下意识就回答：“其实奶茶色更适合你……哦，我是说，下次不要把唇膏之类的带到课堂上，要给其他同学做榜样啊，绮绮。”

众所周知，教七班的各科老师都喜欢唤风筱绮为“绮绮”，语重心长又和蔼可亲，明摆着是把她当作自己坚持教课的唯一动力，从不苛责，宠溺得很。

风筱绮乖巧应着：“知道了，张老师。”

正在这时，《森林狂想曲》的旋律突然响起，下课了。

政治老师出门，语文老师从教室外露面，很温柔地呼唤：“绮绮，晚自习记得来办公室，帮我批改一下随堂考试的试卷。”

“好的，李老师。”风筱绮任由沈乔像只树袋熊似的搂着自己，只一门心思整理桌面的文具和教材笔记，“乔乔，作为你的挡箭牌，我已经千疮百孔了。”

沈乔讨好地笑着：“不会不会，你百毒不侵……呃？”

风筱绮见她神色古怪，蹙眉问道：“看见什么了？”

“有几个眼熟的男生，像是四班那边的，”沈乔低声回答，“在门口鬼鬼祟祟，要不要过去揍他们一顿？”

“算了，随他们去吧。”

“万一是冲你来的呢？没准一会儿就给姓景的通风报信去了！”

风筱绮嗤笑一声：“一群乌合之众，通风报信又怎样？他们还能真把我书包烧了？相比之下，我更关心你今天的作业会不会认真写。”

沈乔大咧咧一挥手：“不写了，看那些习题就烦，明天抄你的吧！”

其实不仅仅是沈乔，对七班的所有学生来讲，作业的性质都是 tan 90°——不存在的。班上蔓延着这样的风气，就导致风筱绮经常除了自己的习题册，什么也没法交给老师；又或者偶尔有男生为了哄她高兴，借了她的作业抄完上交，最后被老师发现大家的作业本都如同批量生产的假钞，没有任何批改的意义。

久而久之，老师们也就睁一只眼闭一只眼不管了，风筱绮这个学习委员也当得名存实亡，只是偶尔还会挣扎一下，出于班干部的责任，督促自己的好闺蜜，尽管从来没有效果。

“我当初绝对是鬼迷心窍，才愿意自降分数和你进这个班。”

沈乔大力拍了拍她的肩膀：“别说这种违心话呀，绮绮，我知道，你对七班的爱，比谁都深沉。”

“哼。”

03

高二年级的晚自习开始时间是六点半，风筱绮前往办公室的时候，透过走廊窗户望去，见外面天色已暗，月色渐显。

她飞快地把最后一口巧克力面包塞进嘴里，又把手中奶茶杯扔进垃圾桶，这才轻轻将办公室门推开了一道缝。

“报告。”

“进来，”语文老师回头一看，笑得眉眼弯弯，“是绮绮啊，红笔带了吗？”

“带了，李老师。”

“你就坐后面那张桌子，把选择题和阅读理解题帮我批了就行——不影响你写作业吧？”

风筱绮接过试卷，很乖巧地微微一笑：“不影响，我作业在课堂上就写完了。”

于她而言，搞定课业是轻而易举的事情，除了这些，她还需要大把的空闲时间去完成同龄女孩子所拥有的诸多爱好，免得读书读傻了，毫无乐趣。

不承想，才刚批改完一张试卷，风筱绮就敏锐地觉出了几分不对劲，她侧头看去，只见教四班的历史老师正在气急败坏地训斥某个男生，且那个男生还有点眼熟。

“景潇！我告诉你，今晚你要是不把第三单元的重点都搞清楚了，别想回家！”

哦，是景潇没错，果然他一穿上校服，自己就不太能认得出来了。风筱绮重新低头，将注意力转向桌上的试卷，她可不想在这种地方跟他打照面。但事实证明，很多事是不会以主观意志为转移的，只能认命。办公室里的老师们差不多走光了，各自去盯晚自习，四周一片安静，只能听见她红笔落在卷面上的“沙沙”声。

然后下一秒，一只白皙修长、骨节分明的手，就拍在了她面前。

风筱绮猛抬头，见景潇单手插着口袋，正居高临下注视着自己：“哟，巧了，风同学也在啊？”

“这种糟糕的巧合有什么值得高兴的？历史老师都走了，景同学还不回班，是在这儿回味被训斥的美好过程吗？”

景潇挑眉，笑得意味深长：“老师交代我在办公室好好背题，谁料到我却偶遇了年级第一，自然要讨教讨教。风同学旁边这把椅子有人坐吗？”

“这里有好多空椅子，景同学可以再挑挑。”

他不再多言，直接在风筱绮身边坐下来，懒散地往后一靠：“能跟学霸坐在一起，是我的荣幸，还挑什么？”

这人还真是不要脸得很。

风筱绮暗地里吐槽了一句，表面上只装作听不见的样子，继续批改试卷。

不一会儿却又见他凑过来，嗓音低沉性感：“学霸都像你这么高傲又无趣吗？”

“我不算高傲，也不算无趣，但我的确跟其他学霸不太一样，”风筱绮头也不抬，操着软糯的娃娃音回答，“毕竟我比学霸更厉害些，我是考神。”

“你一向这么自负？”

“并不是，只有在不学无术的人面前才偶尔会自负一下。”

景潇了然地点头，坏笑着往她的方向又挪了挪：“既然如此，我就更应该和风同学多接触接触了，都说‘拜考神不挂科’，大概就是这个道理吧？”

两人近在咫尺，景潇温热的呼吸撩拨得风筱绮耳畔痒痒的，风筱绮终于还是忍不住转头，目光自然而然停留在了他敞开的校服领口处，那纤长漂亮的锁骨——她唇角微抿，忙随手把他的拉链拉上了。

非礼勿视，非礼勿视。

“我还有试卷要判，景同学没什么正事的话，能不能让让？”

“你判你的，我难道打扰到你了？”

说是不打扰，可即使是被他的眼神这么锁定着，也足以令风筱绮坐立难安了，她感觉自己身边好似安了一枚定时炸弹，教人恨不得立刻就抄起剪刀，戳瞎他那双好看的眼睛。

算了算了，世界美妙，莫要暴躁。

她这样安抚着自己心中的小野兽，努力保持年级状元应有的风度和气度，不跟学渣痞子一般计较。

“风同学啊。”魔音灌耳，避之不及。

“说。”

景潇手指有节奏地敲着桌面，视线却凝着在她轮廓秀致的侧脸上，他缓声问：“你知不知道现在判的这张试卷，是谁的？”

风筱绮批改试卷很少在意学生姓名，被他这么一提醒，才发现卷首赫然写着“高二四班景潇”，瞬间无语。

她前一秒还在嘀咕：这明显就是瞎编瞎写的一张卷子，没想到对方的字迹还挺帅气的，反差很强烈啊。

结果现在，破案了。

景潇愉悦地笑道：“劳烦高抬贵手，别太较真了。”

“这些都属于显而易见的错误，不较真也能看出来，除非我瞎。”风筱绮公事公办，红笔唰唰唰一路画过去，卷面上满满都是整齐的大叉，“不过你也不要太担心，我这人讲原则，平时就算判到四班的卷子，也不会公报私仇，该得 30 分，绝不让你们得 29 分。”

“风同学真的很严格。”

“过奖，这是我应该做的。”

他一扯衣领，薄唇轻挑，张扬地笑着说：“那就请严格的风同学来瞧瞧，我今天特意穿了校服，有没有对校园风纪的维护做出一些贡献呢？”

敢情他还没忘记那天自己的冷嘲热讽，是该说他记性好呢，还是该说他记仇呢?

风筱绮沉默片刻，未置可否地轻哼一声：“今天下午有四班的人去我们七班门口了，你指使的？”

“他们无非是去溜达一圈，结果刚好听到语文老师叫你名字，这就不怪我了。”

“牺牲自我，故意来办公室蹲点，景同学很有闲情逸致啊。”

景潇面不改色，只漫不经心地把红笔从她指间抽出来，优雅地盖上了笔帽，说：“我可还没忘记你我之间的赌约，在此过程中，偶尔与对手友好互动也是必要的——为了实现这一目标，我甚至不介意被办公室的老师们轮流上阵骂一遍，你感动吗？”

“你这么努力向我证明自己智商不高的事实，我当然感动。”风筱绮笔下生风，在短短两分钟内批改完了剩下的七八张试卷，她单臂将那摞试卷一夹，没再朝他看去，起身飞快地离开了办公室，“祝景同学背书愉快，希望期末不会再在榜单的末尾看到你。”

景潇低声笑了笑，他趴在桌子上，目送她身影消失在走廊深处，迟迟没有移开视线。

他想，在学校里的日子，很久没这么有趣过了。

04

风筱绮近段时日很警惕，行事较之以往更加低调了，毕竟四班现在大部分人都认识了她，那群人又都听景潇的话，她可不想再因为景潇的恶趣味而浪费时间、浪费生命。

然而“偶遇”这种事，即使没有人为因素，也无法全然避免运气成分，所以她还是没能逃过去。

午饭时分，食堂窗口前。

“绮绮，你吃点什么？”沈乔打着哈欠和她商量，“今天我请客，下午随堂测验你借我抄抄呗？免得胡老师又单独拎我去训话，要是他一气之下请我家长就更糟糕了，我爸一定会抱怨我耽误他谈生意。”

风筱绮冷漠道：“就算你不请客，我哪次没给你抄？上次你等得不耐烦，都直接上手抢了，我能怎样？敲爆你的头吗？”

沈乔笑得很是心虚：“所以你到底吃点什么啊？快说，我去买。”

“就咖喱鸡腿吧。”

话音未落，斜地里突然蹿出了好几位四班男生，互相推搡着，吵吵嚷嚷地挤到了窗口前。

“阿姨，一份咖喱鸡腿！”“对对，我们都要咖喱鸡腿！”“给我也盛一份！”

沈乔震惊：“他们是不是有病？”

眼看着满盘的咖喱鸡腿就这么被一扫而空，要等新的一盘至少还要二十分钟，风筱绮不想再等，索性抬手示意：“那就红烧排骨吧。”

这句话就像是按下了开关，随后便有另一群四班男生汹汹而至，以迅雷不及掩耳之势，把剩下的红烧排骨也抢光了——而且为首的还是林岳，他端着一大盘子排骨，挤眉弄眼抛来个眼神，消失在打饭的人群中。

很好，他们竟然幼稚到了要不惜一切代价阻止她吃肉的程度。

沈乔柳眉倒竖，杏眼圆睁，已经撸袖子准备上去干架了：“绮绮你别拦着我啊，我今天非得用这群浑蛋的脑袋垫桌腿儿！”

“找他们的碴，我还嫌没面子，”风筱绮挽住她的胳膊，强迫她站好，“土豆丝洋白菜，今天吃素，减肥。”

“哼……”

五分钟后，两人端着各自的炒素菜坐在了食堂角落里。

沈乔咬着筷子，含混不清地骂四班小子们都是混账，风筱绮百无聊赖地听她抱怨，一抬眸忽而瞧见几个熟面孔，好像是刚才抢自己鸡腿的那群人。

怎么着，这还没完没了了？

“乔乔，小心你后面。”

沈乔猛地回头，猝不及防对上了林岳那双黑亮黑亮的铜铃大眼，吓得她扬起筷子甩了他一脸土豆丝：“哪里来的妖孽？！”

林岳二话不说，轻轻巧巧地将她拦腰公主抱，随即拔腿就跑，速度堪比拦路抢劫。

沈乔连蹬带踹，抬手用力捶他的后背：“放我下来，你这傻大个儿！有没有七班的兄弟，快救命啊！”

“你叫吧，叫破喉咙也没人来救你这个疯婆子。”

“老娘现在就掐破你的喉咙——”

幸运的是，附近还真有七班的男孩子，大家目睹这一幕，集体荣誉感油然而生，顿时连饭也不打了，纷纷追在后面要揍林岳，另外还有四班的过来帮忙呐喊助威，现场气氛极为热烈，宛如抢亲。

风筱绮连忙放下筷子想要去一探究竟，结果尚未起身，就被人箍住肩膀重新按回了座位上。

慵懒含笑的男声自头顶响起：“别急啊考神，虽说我兄弟之前夸过你闺蜜很漂亮，却也不至于做什么出格的事，他只是手动帮我清一下场而已。”

刚才还在骂曹操，这会儿曹操就到了。

风筱绮面无表情地说：“恕我直言，加上景同学你，四班全体男生的智商平均值，达到正常人水平了吗？”

“亏得我是来给你送荤菜的，这么阴阳怪气不友好，是你们七班的待客之道？”

景潇在她对面坐下，单手把沉甸甸的饭盘放在了她面前，那里面满满当当都是咖喱鸡腿和红烧排骨，说是十人份都不为过。

纵然风筱绮心理素质非常过硬，自认为碰到任何意外状况都能处变不惊，此时也不禁有些凌乱了：“所以你准备告诉我，刚才号召四班男生扫荡食堂窗口，是因为怕我吃不饱？”

景潇从容否认：“我也没料到林岳会琢磨出这么智障的主意，我回去会揍他的，你放心。”

“那也要归功于你同样智障的领导方式。”风筱绮言毕起身要走。

“喂，考神。”

“不要那么称呼我了，很烦。”

景潇好整以暇地扯住她的衣袖，也不顾她如何用力想把手抽回去，只懒洋洋地笑道：“鸡腿和排骨都摆到你眼前了，你总得象征性吃两口吧？否则被兄弟们看见，我多没面子？”

这算什么见鬼的理论？

风筱绮耐着性子劝自己，不要和中二少年做些无谓的争论。她弯下腰去，怀着应付差事的心理，飞快地往嘴里塞了两块排骨咀嚼起来。

景潇看她撑得两腮鼓鼓的，像只小河豚，明显是很想生气却又忍着，一时只觉可爱非常，禁不住又往她盘子里夹了俩鸡腿。

“我已经吃过了，”风筱绮这次没给他拉住自己的机会，灵活闪避到数米开外，“你自己吃吧，祝胃口大开。”

景潇提高音量唤住她：“哎！留步！”

风筱绮再度顿住脚步，无奈转头：“可能你的脸皮厚度足以抵挡同学们异样的目光，但我不行，请小点声，有事快说。”

“你是考神，考神的光芒理应照耀全年级，但我现在不用你照耀全年级，也不用你照耀四班，你就照耀一下我吧？”

“你脑袋里似乎渗了不少紫菜鸡蛋汤，说什么疯话呢？”

“我的意思是，”景潇弯起那双含笑的桃花眼，说不出的秀气好看，但唇角勾起的邪魅弧度却出卖了他，“历史和政治，帮我画画重点，反正你……嗯？”

话还没说完，就见长发飞扬的风筱绮，像踩着风火轮般迅速消失在了现场。

05

食堂的清场事件，险些又点燃了四班和七班的战火，幸好风筱绮后来及时赶到，以期中考试给全班整理考点为条件，总算哄着七班男生们同意休战，暂时撤退。

对此，四班男生们表示很委屈，根本没有学霸给自己整理考点，只能回去跟自家老大讨两包薯片吃。

为了督促大家好好做功课，平城三中在周二和周五设置晚自习，今天恰好是周五。

当晚八点自习结束，沈父因有些私事，打了个招呼就开车把沈乔先行载走了，于是就只剩下风筱绮独自回家。

风筱绮虽然外表看上去弱不禁风的，其实还真没什么特别害怕的东西，寻常女生怕黑、怕鬼、怕虫子，这些对她来说都是小意思，她只当作笑话。

学校距离她家并不远，步行二十分钟左右就到了，若要穿越中途一条比较僻静的小巷，则可以节省大约五分钟的时间。

她略作思考，最终还是选择了捷径。

巷子里光线昏暗，无其他行人经过，风筱绮背着书包一路走过去，静寂得只能听见自己的脚步声。

她打了个哈欠，开始在脑海中回放作业列表，该写的貌似都完成了，想到这里，她又开始盘算起自己周末的行程，到底是去图书馆借两本漫画书呢，还是约沈乔去滑个冰、看个电影呢？

岂料还没等她得出最后结论，就听得身后传来了窸窸窣窣的奇怪动静，像是有人偷偷跟踪。

她顿时驻足，回头望去——

景潇正一边撕着面包的袋子，一边瞧着她，神色很坦然，仿佛自己只是路过。

“真可惜，要不是突然饿了，我也不想惊动你。”

“你走路居然一点声音也没有，练过轻功吗？”

“那倒也不至于，我猜你是走神了。”

风筱绮轻哼：“我需要合理的解释，难道这条路，也是景同学你回家的必经之路吗？”

景潇理所当然地回答：“不，我家在相反的方向。”

“嗯？”

“考虑到女孩子自己走夜路不安全，我决定暗中护送一程，你只需要心存感激地接受就好了，不必多言。”

跟你同行，恐怕比走夜路不安全多了。

这话风筱绮没明说，她不悦地反问：“你怎么知道我今天自己回家？”

景潇笑了笑：“没有四班男生打探不到的事，他们以前没怎么见过你，现在认识你了，就方便了很多。”

“你们四班男生每天的使命，就是帮你打探女孩子的行踪吗？”

“以前不是，但最近确实是。”

风筱绮颇感无语，转头就走，却又听到景潇在身后问道：“考神，周末有空吗？”

“没空。”

景潇亦步亦趋跟着她，语气悠闲：“太遗憾了，那我只好亲自登门拜访，虚心求教，拜托考神给我划一划考试范围了——要知道，赌约是两个人乃至两个班的事情，为保证赌局公平，你理应承担这样的责任。”

风筱绮简直要为他的厚颜无耻而拍案叫绝，可她心里很明白，这人说得出做得到，万一届时他真的主动找上门了，要怎么跟自家八卦的爸妈解释，还是个大问题。

思及至此，她颇感头疼，只好暂时稳住他：“别冲动，有话好商量，大不了你把历史书拿出来，我权当扶危济贫，划完周一给你就是了。”

“不行。”

“什么不行？”

景潇一字一句掷地有声：“我要你现场指导，这样‘学习效率’更高。”

风筱绮好气又好笑：“你字典里还有‘学习效率’这四个字呢？”

“那是自然，所以我们就约在周末下午两点吧，两点在零号街的那家长乐甜品店，不见不散。”

“等等，谁答应要跟你不见不散了？”

“总之到时候我没有看到你，就去你家找你！”此刻两人已经行至巷口，眼看着前方路灯的光影明亮，也有行人经过，景潇将面包袋扔进垃圾桶，笑着把手搭在风筱绮肩头，“要记得，别失约。”

风筱绮欲言又止，终究还是什么都没说。她蹙眉转过身去，见景潇沿着来时路返回，颀长身影渐行渐远，直至完全没入一片雾蒙蒙的夜色之中。

06

正所谓棋高一着，风筱绮深感景潇完美抓住了自己的心理弱点，提出看似合理实则无理的要求，并软硬兼施加以威胁，使得她无法拒绝，只能妥协。

这还真是只有幼稚又无聊的家伙才能做出来的混账事。

当周末的闹钟响起，她一翻身就按下了开关，正睡眼蒙胧地拥着被子，就听到母亲李书颖在客厅温柔呼唤。

“绮绮，该吃早饭了。”

“这就来。”

风筱绮打开手机，见屏幕上正显示着沈乔十分钟前发来的消息。

乔一乔看一看：今天下午去不去看电影？安平路那边有家新开的日料不错，我请你吃！

风筱绮坐在床边迟疑很久，再三思忖，最终回绝了。

绮色如枫：不了吧，我今天下午有事。

乔一乔看一看：过分哦！你居然拒绝我的邀请！

绮色如枫：期中考试的范围，我会给你一份带批注的最详细版本。

乔一乔看一看：好，我勉强原谅你了，那你告诉我，今天下午有什么重要的事？

绮色如枫：准确来说，是我被算计了。

乔一乔看一看：啥？？？

绮色如枫：总之过程很悬疑，等周一回校细说。

风筱绮随手将凌乱的长发扎成一束，趿拉着拖鞋推门出屋，见母亲李书颖已经把甜豆浆和蜂蜜小油条摆上了桌，还搭配了热腾腾的太阳蛋和烤培根。

“你爸昨晚说想吃点不一样的，然后今早他赞美了我炸油条的手艺，”不惑之年的李书颖由于保养得当、生活安逸，白皙的脸上并没有多少岁月的痕迹，而作家的身份使得她讲话总带着几分婉约的书卷气，“你也尝尝，喜欢的话，就可以作为咱家未来早餐的保留曲目了。”

“你做什么都好吃。”

李书颖笑道：“就你嘴甜，需要炼乳吗？”

“不了，会腻，”风筱绮叉起一块培根，很自然地开口道，“妈，我今天下午要出去。”

“哦，没问题，不过是和谁出去，清新帅气的三好少年吗？”

“妈，你不要这样，所谓清新帅气的三好少年呢，只属于你小说里的男主角，极少存在于现实生活中的。”

李书颖叹了口气：“为什么我一个浪漫主义的女人，生的女儿却如此现实主义？”

“大概是基因突变吧。”

“真是毫无幽默感的姑娘。那换个话题，我新到了一笔稿费，给你买条好看的小裙子怎么样？”

“我大部分时间都穿校服，买裙子就浪费了。”

“不，至少你节假日还可以穿，”李书颖谆谆善诱，“这样你才能去亲身验证，究竟有没有三好少年会喜欢你啊。”

“够了，妈妈。”

07

下午一点半，风筱绮随便挑了件刺绣的白衬衫，配牛仔裤和大衣就出了门，结果中途被李书颖追了出来，李书颖取出新买的黑色小方包给她背上，这才满意地点头。

“帅得很啊。”

“妈，我又不是去约会。”

“女孩子什么时候都不要忘记好好打扮，哪怕只是为了取悦自己——虽然我女儿天生丽质，稍微用点心就锦上添花了。”

于是风筱绮就带着自家母亲由衷的赞美，满脸黑线地离了家。

从家到繁华的零号街差不多十公里，坐计程车大约需要二十分钟，所以严格来讲，风筱绮的到达时间距离约定时间还提前了十分钟，但当她来到长乐甜品店门口时，却发现景潇已经等在那里了。

哦，从未听说过这学渣如此准时，她明明记得四班班主任还在办公室里抱怨过：景潇迟到属于常态，甚至某次早课上到一半，他才拎着书包慢悠悠地走进来，手里还端着没喝完的半杯牛奶。

真是怪事。

“考神很有时间观念啊，不愧是好学生。”

“过奖了，有时间观念和好学生属于两码事，毕竟你到得比我更早。”

景潇上前几步，在距离她一米左右的地方停下来，微微低头俯视着她。诚然，一米五八和一米八四的身高差，会让风筱绮很有压迫感：头顶阳光消失，只留下面前少年所制造出的阴影面积。

她注视着他一双比黑曜石还通透明亮的眼睛，听他吊儿郎当地评价着：“不错哦，你穿的这套衣服比校服漂亮多了。”

巧之又巧的是，他当天也穿了白衬衫和牛仔裤，站在那里长身玉立，宽肩窄腰，双腿笔直修长，就跟从漫画里走出来的男主角一样。无论是从真实的视觉角度，还是从礼尚往来的角度考虑，她都应该夸他两句的。

但风筱绮偏不，她明知道他在等着自己说什么，却故意不说。

“哦，多谢，其实我穿什么都挺漂亮的。”

她与他都不是喜欢按套路出牌的人，正因如此，言语交锋才显得格外有意思。景潇并不生气，只点点头表示赞同：“说得也对。”

风筱绮板着脸公事公办：“历史书和政治书带了吗？”

“当然。”

“那走吧，我去给你划重点。”

推开那扇布满贴画的玻璃门，迎面就闻到一阵浓郁的烤面包香气，店里顾客不算多，音箱里播放着悠扬的轻音乐，一切都恰到好处，安静而暖意融融。

景潇唤道：“乐老板。”

老板是个三十岁左右的少妇，绾着发髻，系一条格纹围裙，看上去温婉可亲。她闻言从柜台后起身，笑盈盈地打着招呼。

“小景，今天带女朋友一起来的啊？”

风筱绮本能地向右挪了一步，以表明立场：自己跟他不熟。

景潇倒是挺坦然：“是普通同学，帮我准备考试范围的。”

“你居然关心起考试范围了？”乐老板奇道，“以前逃课上我这儿喝奶茶的时候，你不还发表了关于考试无用的长篇大论吗？”

“现在心境发生了一些转变，需要为尊严和荣誉而战，”景潇淡定回答，顺便把柜台上的价目单取过来，递到了风筱绮手里，“自己看，想喝什么、吃什么，我请——她家最近出了很多红豆口味的新品，要不都来一份？”

风筱绮疑惑地看向他：“你怎么知道我喜欢红豆口味？”

景潇漫不经心地笑了：“你们七班的男生平时喜欢用红豆奶茶讨你欢心，我耳力很好，那天都听见了。”

本着“知识就是金钱”的原则，风筱绮才不会跟他客气，她指着价目单对乐老板讲：“一杯红豆紫薯玉米汁，一份酸奶水果捞，一份抹茶红豆布丁，谢谢。”

乐老板托腮端详着她，眼神闪着光："以后我每推出一款红豆甜品，就叫小景通知你好不好？"

对方盛情难却，所以纵使"叫小景通知你"这种话无异于鬼故事，风筱绮也依然沐浴着景潇从旁侧投来的视线，微笑着接受了："好的。"

景潇点了一杯美式咖啡，找了个靠窗的位置和风筱绮坐定，随即从背包里取出了历史书和政治书，以及一盒崭新的彩色记号笔。

风筱绮拆开记号笔的包装，神情古怪地抬眸瞧着景潇："你以前从来不用这种文具吧？你书包里究竟装过几根笔，都有待考证。"

"记号笔没用过，彩铅倒是经常用，因为画画涂鸦比较方便。"

她又翻了翻他的书页："很好。"

"什么很好？"

"历史书保护得很好，连名字都没写，就像你的大脑一样崭新。"

景潇用咖啡杯挡住脸，不着痕迹地瞥她一眼："你面前这一桌子甜品都是我出钱买的，你就这么对待你的金主？"

"而我接下来要给你提供的考试范围是无价的，你该知足并感恩。"

既来之则安之，风筱绮常年给七班想要用成绩应付家长的同学们总结考点，对此轻车熟路，她抽出一支橘色记号笔，在景潇眼前晃了晃。

"本次期中考试，历史的范围集中在第三单元，即'近代西方资本主义政治制度的确立与发展'，这部分大约会占百分之八十五的分值，我说你听着——第七课，英国君主立宪制的建立，你首先要搞清楚议会制君主立宪制和二元制君主立宪制，然后要熟记英国革命的背景与过程，还有君主立宪制的历史传统、经济基础、阶级基础和政治前提……"

柔软甜糯的娃娃音，无论何时听起来都很悦耳，甚至还带了几分催眠的效果。景潇懒洋洋地趴在桌面上，看她一边在书上做记号，一边下笔如风总结每章重点，她的笔迹和她的长相一样，都萌萌的，令人心生好感。

只可惜一般人绝对想不到，这么个洋娃娃似的女孩，脾气却完全跟“可爱”二字不沾边。

景潇逐渐生了睡意，半眯着眼睛打盹儿，蒙胧中隐约听风筱绮在提醒自己，心念微转，故意没有理会。

风筱绮知道他没有真的睡着，呼吸的频率出卖了他，她耐心耗尽，索性叉了一块抹茶红豆布丁送入口中，而后倒转叉柄，重重敲在他脑袋上，毫不手软。

景潇猛地坐直身体，捂着脑袋满脸震惊地看向她：“喂，你这手劲可真不像个女孩子！”

风筱绮似笑非笑：“当年在幼儿园，我外号‘铁锤’，不晓得揍哭过多少想欺负我的小男生。”

“哦，这么厉害的吗？”

“所以你要不要好好听考试范围？”

他略一挑眉：“怎么，我不听，你就要揍我了？”

风筱绮端起仍冒着热气的玉米汁，从容喝了一口：“揍你，还怕脏了我的手。”

“考神还真是有个性。”

时至傍晚，玉米汁喝完了，红豆布丁吃完了，酸奶水果捞吃完了，历史和政治的期中重点也划到了尽头。

值得一提的是，后半段景潇很给面子地没再睡觉，他认真专注地聆听着“风考神”的范围讲解，时不时还笑眯眯地点头，表示自己受益匪浅。

尽管以上都是假象，他演戏演得炉火纯青，其实注意力完全没有集中在书本上，而是集中在风筱绮忽闪的长睫毛、挺秀的鼻梁和红艳艳的嘴唇上了。

啊，有句古话怎么说来着？对了，唇若涂砂不点而朱，是美人儿的象征。

这丫头，生得太标致了，就属于挑不出半点瑕疵的那种标致。

所以说，七班那些家伙，运气好啊。

“景潇，”风筱绮抬手在他眼前挥了挥，语气平淡，“我今天下午在你课本上写的字，比我一个星期的作业都多，我可以算是当代雷锋，仁至义尽——所以，今后麻烦你别再折腾我，乖乖等着期末兑现赌约就好了。”

景潇终于从沉思中回过神来，他盯着风筱绮沉默片刻，忽而起身，双手撑着桌面笑着靠近：“我没听错吧？你刚才是直接叫我的名字了？”

这人脑回路似乎不太正常，故而关注的重点也总是不太一样。风筱绮面无表情，只把椅子往后挪了挪。

“你名字不能叫吗，上面有特殊咒语，一叫就会解开你霸王龙的封印？”

“我是在想，和‘景同学’三个字一比，你叫我名字听起来就舒服多了，仿佛我们相亲相爱一样。”

“咬文嚼字可不是你的风格，而且我也没有与你相亲相爱的福气，请放过我，”风筱绮起身欲走，“天色不早，我该回家了，失陪。”

谁知刚转身没两步，她衣袖就被景潇扯住了，景潇缓声道：“别急啊，你也知道天色不早了，现在回家，你爸妈也未必给你留饭，倒不如再陪我待会儿？”

这话提醒了风筱绮，她顺势从口袋里取出手机看了一眼，发现屏幕上正显示着李书颖发来的微信：“绮绮，你爸说有家西餐厅的牛排很正宗，我俩去尝尝，你和你朋友在外面吃吧，我晚上会给你留门，爱你哦。”

当前是晚上六点整，风筱绮转头望向窗外，见街道灯火辉煌，车来人往，夜幕已经降临了。

她经常被疼爱媳妇的父亲风明洲忽略，不管她在外人眼中如何品学兼优，在风明洲看来，她都只是和自己争抢李书颖宠爱的电灯泡而已。

真是个悲惨的故事。

“抱歉，咱俩智商差距过大，跟你多待一分钟我都会很有压力。”

景潇笑得像一只大灰狼："陪我吃顿饭，也许能稍微缩短一下这种差距，你觉得有没有道理？"

风筱绮闻言赶紧拽起小挎包，二话不说就要离开甜品店，不过还是没能逃过他大长腿的追逐，被他横刀立马挡在了门前。

"你不喜欢别人请你吃饭吗？"

"我只是不喜欢你请我吃饭。"

景潇登时反问："你刚是不是说，咬文嚼字不像我的风格？"

风筱绮一时竟没领会到他的弦外之音，犹豫着"嗯"了一声："干吗？"

"你说得没错，毕竟我的风格啊……"他笑意更深，随后将背包往肩上一甩，单手将她拎出了甜品店，"是强取豪夺，反对无效。"

"你放开！"

"很遗憾，放开不是我的风格。"

"开什么玩笑！"

乐老板正收拾东西，恰好目睹了某位少年轻轻松松将小姑娘拖走的一幕，她惊讶万分地跟到门口，摇头感慨："现在的年轻人啊，真了不得。"

08

风筱绮惨遭陷入爱情的父母抛弃，不能回家吃个团圆饭，更绝望的是，她被四班的地头蛇强行邀请共进晚餐，且对方还美其名曰"为了答谢考神这一下午的辛苦指导"。

地点选在平山街一家位置偏僻的韩式火锅店，里面环境干净整洁，服务生彬彬有礼，很加分。

景潇翻着菜单，很随意地问：“他们这里的招牌是章鱼牛肉火锅，你忌不忌讳？”

在他的印象里，四班有的女生就比较害怕章鱼，每每提起都紧张得直摆手，说自己不敢吃，非常恶心反感。

岂料玩手机的风筱绮连头也不抬，冷冷回了一句：“有什么可忌讳的？我甚至认为不够吃，再多加一份吧。”

“哎哟，你似乎对章鱼感情挺深？”

“我连活章鱼都尝过，不过还是熟的好吃。”风筱绮云淡风轻地发表美食评论。

“你还真跟普通的女孩子不同。”

风筱绮眼睫微垂，对此颇感不屑，仿佛景潇的想法多么愚蠢：“毕竟我不是普通的女孩子，否则还能有跟你一起吃饭的心理素质？”

热气腾腾的章鱼锅很快就被端上桌，其余小菜也陆续到齐，景潇往她碗里夹了一块炸鸡，低声笑着。

“你父母一定很疼你。”

“哦，何以见得？”

他却在那一刻突然沉默下来，转开视线，注视着锅中翻滚的酱汤，眉眼被氤氲的雾气遮住，辨不清情绪。

他开口，语气仍带着一贯的玩世不恭：“这有什么难猜的？一看就看出来了。”

若有充满爱与信任的家庭作为后盾，人会拥有好似与生俱来的自信感，骄傲优秀且无所畏惧，到哪里都散发着光芒。

风筱绮是这样的人，哪怕她并不自知，可是景潇知道——更准确地说，他从一开始就知道，或者说，被她吸引。

他有时也不太理解自己，想不通接近她能得到什么好处，也想不通那个赌约有何意义。

然而如果所有的事情都要找个理由，活着不就更累、更无趣了吗?

“你发什么呆，跟章鱼认亲呢? ”风筱绮顺着他的目光望向锅里，有些疑惑，“再不吃，汤都要熬干了。”

景潇叹气，给出了极为不走心的解释：“在考虑先夹章鱼还是先夹牛肉。”

“你可以先夹洋葱。”

两人各自低头，不晓得话题要怎么进行下去，但这样尴尬的气氛倒也没有持续太久，因为很快，更糟糕的事情就接踵而至了。

一块芝士年糕还没有吃完，风筱绮忽觉眼前一黑，她抬眸看去，发现不知何时，有七八个神色不善的年轻人已经包围了这张桌子，显而易见是来找麻烦的。

绿白色系的校服——很好，是平城五中的学生，由于之前沈乔还吐槽过“五中校服看上去就像一棵亭亭玉立的葱”，风筱绮始终印象深刻。

为首那位男生长得挺清秀，染着深咖色的短发，虽然颜色算不得太扎眼，却也是不被学校允许的，可见不是什么乖学生。

他将手重重拍在景潇面前，震得碗碟一颤，语气凶神恶煞：“挺巧啊姓景的，认识老子吗? ”

景潇将筷子一扔，懒散而略带不羁地抬眸看去：“齐侃? ”

“亏你还记得，”齐侃冷笑，“那你也一定知道，老子今天找你是干什么来的了? ”

“没那闲工夫揣摩你的心思，少在这儿耽误我吃饭。”

然后下一秒，齐侃就伸手把炸鸡的盘子掀翻了，果然也是个暴脾气。

风筱绮见状默默把椅子向后挪了挪，她担心对方觉得不解恨，会把章鱼锅也掀了，很烫的。

“景潇，我妹为了你这王八蛋哭得要死要活，你他妈却有心情在这儿约会别的小贱人? ”

“把你那张贱嘴放干净点，最好别惹我生气，”景潇眼神渐沉，他总是如此，在不笑的时候，看人就带着透骨的寒意，“你妹私生活有多乱，你自己心里最清楚，我就算是瞎了瘸了也不可能跟她扯上关系，叫她别做梦了，我嫌脏。”

“好极了！那我是不是就有必要验证一下，你身边这小丫头有多干净了？”齐侃磨了两回牙，恶狠狠道，“就让我兄弟们一起验证，你看怎么样？”

话音未落，景潇手中剩下的半碗章鱼牛肉应声而出，一滴汤汁也没浪费，全招呼在了对方的脸上。他霍然起身，单手掐住齐侃的脖子逼得其倒退数步，另一只手将钞票甩给受了惊吓的服务员，转身扯过风筱绮的袖子就往外走。

这一套动作如行云流水，风筱绮快步跟着他，见店外齐刷刷停着八辆摩托车，不禁正色道：“别想了，来不及逃，他们分分钟就能追上来。”

“谁说我要逃了？”景潇松手，将她往路旁轻轻一推，“你回家吧，我就不送你了。”

“那你呢？”

“这群混账家伙，不给他们点教训，他们会像膏药一样始终黏着我。”

换句话讲，刚才付账离开只是避免砸了人家的店，他其实是准备跟五中的这些小混混干一场的。

风筱绮明白，齐侃要给自家妹子出气报仇，绝不可能轻易放过景潇，就算景潇号称平城三中的群架之王，要以一敌八，恐怕也不占什么优势。

不主动惹祸上身，难道不是最明智的决定吗？更何况是他让她先走的，她与他非亲非故，又一直对他没太多好感，实在有足够的理由袖手旁观。

可她也搞不懂自己，为什么在那一瞬会犹豫。

而就在这犹豫的片刻，齐侃一行已再度把两人包围了。

眼看着有个男生想来拉风筱绮，景潇将她往身后一挡，面无表情地示意齐侃稍等：“这事儿跟她没关系，你先放她走。”

齐侃嚣张地笑了起来："没关系？她是你女朋友，你说我能放她吗？"

风筱绮冷静道："劳驾，我可不是他女朋友。"

"哟，景潇，原来你女朋友对你感情也不怎么深啊，这才哪儿到哪儿，就开始急着撇清关系了？"

"她的确不是我女朋友，只是来给我送考试范围的。"

"普通女生会记着给你送考试范围？你当哥儿几个都是傻子？"齐侃终于不耐烦了，他顺手撸起袖子，步步逼近，"真不好意思，我饶不了你，也得教训教训她。"

这一带不算繁华区域，行人稀少，即使双方冲突起来也不会有谁发现——退一万步讲，发现了也不会有谁愿意管闲事。

所以这一架，在所难免。

景潇微微俯身，恰好风筱绮此刻抬头，她听到他伏在自己耳边，含着极浅的笑意轻声说："待会儿我拖住他们，你转身就跑，别回头。"

"什么？"

平心而论，风筱绮以前也只是从同级学生的口中听说过景潇本人打架有多凶狠，今夜亲眼所见，深觉名不虚传。

就是那种表面上看起来平静似水，实际上招招要命的狠厉感，若被没见过世面的学生们瞧见，怕是要把人家吓坏的。

纵使这么转着乱七八糟的念头，她的眼力也依旧敏锐，以致在看到齐侃抄了块板砖一个箭步冲向景潇的时候，她下意识抡起手中的小挎包，准确无误地砸在了齐侃的脸上。

"他长得那么帅，你直接打脸可不太地道。"

小挎包的四角都包了金属，锁扣处还嵌了铆钉，可以想象直拍在脸上有多疼。齐侃的额头顿时红肿一片，他气得几乎失去理智，指着风筱绮吼："我他妈也挺帅你怎么就敢打脸？给我把这死丫头拖到一边去，绑在摩托车上！"

景潇当即清喝一声：“我看谁敢！”

“他们肯定敢，”风筱绮随手把包往路边一扔，撩起大衣的衣摆系在了腰间，“不过，我也敢。”

这句话，像是按下了召唤小野兽的开关。

五分钟后——

齐侃在校见过许许多多的女生，有清纯型的、活力型的、妖艳型的、高冷型的……就是没见过眼前这种，明明上一秒讲话还细声细气如同小萝莉，结果这一刻就像被黑寡妇附体，小粉拳揍人堪比哑铃。

景潇将其中三人撂倒在地，发狠令他们一时半会儿爬不起来了，随即反手替风筱绮挡住了某人的迎面一记重拳。他略一蹙眉，抬手揽在风筱绮腰间，轻轻松松将她托离了地面。风筱绮迅速扶住他肩膀，借势飞起一脚，正踹在齐侃胸口。

“他大爷的！你俩这是表演杂技呢？！”

齐侃本来还惦记着再煽动一波，可惜兄弟们被揍得鼻青脸肿，纷纷表示改日再战，今晚实在打不动了。他摸着嘴角的瘀青，尽力控制表情不要太气急败坏，还是要保持应有的风度和面子，但指向前方的颤抖的手指却出卖了他的内心：“行！景潇你牛×，找个女人都专挑能打的，你给我等着！这笔账我迟早跟你算清楚了！”

景潇和风筱绮同时道：“她（我）不是我（他）女朋友。”

“少他妈废话了！”

一行人东倒西歪地骑上摩托车全速离去，卷起一路飞扬的尘土，场景颇为壮观。

景潇双手抱臂，直至确认他们彻底消失在了视线内，这才带着满脸古怪的笑意，侧头看向身边的风筱绮：“你刚才是不是夸我长得帅来着？”

“没有，滚。”

“你说你小时候外号‘铁锤’，看来是真的。”

“我父亲曾经是散打教练，从小他就教我这些，他主张谁敢招惹我就必须让对方好看。”

“我喜欢你父亲的教育方式。”

“被你这么一说，我浑身鸡皮疙瘩都起来了。”风筱绮忽而又似想起了什么，淡声问他，“哎，你胳膊没事儿吧？”

刚才他替她挡了那一下，对方的拳头直击在他手肘，她几乎听到了他骨头“咔”的一声脆响，估计挺疼的。

景潇恍然：“我这是被考神关心了？”

“我怕你讹上我。”

“小伤犯不着在意，那群浑蛋连女生也敢打，我就该敲折他一条腿。”

风筱绮顿时被他逗笑了：“你已经够狠了，招招往人家眼睛和鼻梁上招呼，我倒是好奇，他们明天要怎么回校上课，戴着万圣节面具吗？”

景潇捡起她丢在地上的小挎包，随手掂了掂，语气颇为感慨：“你们女孩子还真是匪夷所思，用这么硬的包来装东西，为了防身？”

“这是专属冷酷女生的时尚单品，你懂什么，”她接过挎包，单手拎着往回走，“你应该庆幸，我脾气还算不错，没有用它来砸你。”

“这你刚才提到了，因为我太帅，你不舍得。”

“错，是害怕把你那瓜子大的脑仁儿砸出来。”

两人就这么斗着嘴，并肩而行，不紧不慢地沿着安静的街道散步，中途有通往风筱绮家中的公交车经过，她便快步上了车，却不料景潇也跟了过来。这家伙，心思难测，问也无用，他一定会说要亲自把她送回家才肯离开，不如懒得搭理。

风筱绮向后靠上椅背装睡，习习晚风从敞开的窗口吹进来，她能感觉到景潇的手掠过自己头顶，悄悄地关上了车窗。

有那么一瞬间，相隔咫尺，她闻见了他衣服上淡淡的薄荷味道。她眯缝着眼睛，余光瞥见他正低头揉着手臂，果然还是会疼的，只是嘴硬罢了。

“风筱绮，”她听到他在认认真真地唤自己的名字，“多谢你今晚愿意陪我吃这顿饭。”

她仍合着眼睛，声音宛如梦呓：“别客气，其实我并不愿意，是你强行要求的。”

“可你要拒绝我，也很容易。”

“我这人向来怕麻烦。”

他就是麻烦，沾上了甩不掉，若是拒绝，大约会产生更多的困扰，索性顺其自然。至少此刻，风筱绮是以这种理由来说服自己的，而且她觉得很有道理。

景潇轻笑：“你给我划了重点，难道就不怕四班成绩上去了，超越你们七班？万一我进入了年级前百，你岂不是输惨了？”

恰逢公交车到站，风筱绮拎包起身离开了座位，下车的瞬间她转过头来，那双鹿眼一样的明媚大眼睛里隐约有星光漾动着。

“有我在，你们永远是手下败将，所以奉劝一句，只努力超越自己就好了，别抱有奢望。”

车门缓缓合拢，这一次景潇没有跟随下车，他透过窗口，目送她纤瘦的身影渐行渐远，唇边的笑意止也止不住。或许是中邪了吧，可偏偏就控制不了自己，他着实迷死了她这副娇纵的样子。

这个女孩儿毫无征兆地闯入他的世界，哪怕站在黑暗里也熠熠生辉，就此赐予了他久违的曙光。

他盼着，能再靠近她一点。

CHAPTER

02

小傲娇和大坏蛋

月蓝碎花的发箍映入眼帘，那一头柔软墨黑的长发扎成低马尾甩在身后，少女背对着他站得笔直，一笔一画写下清秀的粉笔字，赏心悦目。

01

周一的升旗仪式过后，有十五分钟左右的活动时间，然后再上第一堂课。

而此时此刻，七班的教室里已经炸开了锅。

“卧槽，有人在贴吧里传了张照片，说昨晚在柏杨路那边看见景潇了！”

“看见他也没什么稀奇的吧？”

“问题是他身边还跟着个女的！你瞧瞧这森系的小发箍，瞧瞧这系带小皮鞋，再瞧瞧这可爱纤细的小身材，不觉得眼熟吗？！”

“啊啊啊啊啊啊啊我眼瞎了！我他妈一定是眼瞎了！”

班长安池正半倚在座位上，吸溜着一袋燕麦牛奶，他本是个问题少年，属于被大家强行扶上去的名义上的班长，除了感兴趣的班级活动会插手管一管之外，大部分时间都沉浸在看小说和漫画的世界里，连老师分配工作都睁一只眼闭一只眼，并美其名曰“不与世俗同流合污”。

而现在，他却鬼使神差地回过头来，参与了八卦讨论：“什么帖子？传给我看看。”

十秒钟之后，他确信了照片上的女主角就是风筱绮——本班唯一一位能令他心跳加速的美少女学霸。

若说生活中还存在着比小说和漫画更能吸引他注意力的事物，那大概就只有风筱绮了。有风筱绮在的地方，他就乐得出现；而风筱绮拜托他帮忙的班级任务，他也会全心全意去做；哪怕是风筱绮催他交作业，他都会抄得格外认真……

但这种事，怎么可以让其他人知道呢？

少年的心思，讳莫如深。

哦，即使是只照了个背影，也依然漂亮得一塌糊涂。

安池出神地端详着照片上风筱绮的轮廓，忽听旁边的男生在骂：“姓景的在他们四班作威作福也就得了，居然还敢撬咱们七班的墙脚？七班的才貌双全一枝花，能让一笨蛋抢走吗？！”

“当务之急，是赶紧把这个帖子黑了，不能给热度，”安池一推脸上的黑框眼镜，眸底闪过冷静睿智的光，“不要声张，免得影响风筱绮年级第一的名誉。”

有人随声附和：“话是这么说啊，可要怎么黑掉这个帖子呢？谁有这本事？”

安池轻蔑一笑：“我下节体育课请假去机房，小意思。”

他虽然成绩马马虎虎，却遗传了计算机系高才生父亲的优点，随便黑两台电脑不是问题，更不要说区区一个校内贴吧的帖子。

有道是，保护我方学霸，人人有责。

正热烈研究着呢，也不知是谁突然喊了一嗓子：“风筱绮来了！”然后风筱绮和沈乔就从门外走进了教室。

气氛霎时静止，鸦雀无声。

沈乔叼着棒棒糖，一脸纳闷：“这都怎么了？出事儿了？”

风筱绮则很淡定：“大家别紧张，我没要收作业，我估计你们周末都很忙，也不会写的。”

安池赶紧从书包里取出练习册，摇晃着向她展示：“周末的动漫新番停更，我抽空写了。”

“班长真是支持我的工作，”风筱绮敷衍地夸奖着，“倒也不必把原因解释得那么清楚，交了就好。”

班上几名平时懒散不爱学习但偶尔会翻两页书的女生，这次也都乖乖交了作业，风筱绮粗略一算，今天交去办公室的练习册应该能达到十本以上。

是历史性的进步呢。

收作业期间，风筱绮总隐约感觉有几分不对劲，先别说那些男生，反正他们的眼神平时也飘忽不定，但这些女生是怎么回事？她们的笑容太奇怪，饱含了“我要忍住不八卦”的绵绵深意。

“小桂花，你有什么话想说吗？”

外号“小桂花”的肖瑰华浑身一震，她迅速瞥了其他人一眼，见周围男生都在朝自己猛使眼色，赶紧重新低下头：“没有没有。”

肖瑰华大约算是七班女生中最胆小怕事的了，风筱绮晓得从她这儿也问不出什么，于是把目标对准了看热闹的安池。

“班长。”

“啊？”

“你们是不是有事瞒着我？”

“怎么可能！”安池简直要把脑袋摇出了虚影，他迎着风筱绮审视的目光强作镇定，并试图利用其余男生来证明自己所言的真实性，“大家说，我们有事瞒着风学委吗？”

众人异口同声：“绝对没有！”

“唔……”

上课铃声骤然响起，拯救了被风筱绮逼问的七班男生，而后风筱绮坐回座位，又面临了被沈乔纸条逼问的窘境。

——说实话，你周末跟谁出去了，居然拒绝我的邀请，到现在都不告诉我。

——没跟谁，办点正事而已。

——撒谎！咱俩这么多年了，我还不了解你吗？

风筱绮还没来得及在纸上回应沈乔，就听数学老师点到了安池的名字，叫他起来回答问题。

安池用力咳嗽数声，这是暗号。

为班长大人打掩护这种事，她都习以为常了，于是当即用黑色记号笔在数学书扉页空白处写下了巨大无比的“$5\frac{3}{4}$”。

安池的座位比较靠后，刚好可以轻轻松松看到前排的答案，顿时松了口气，笑逐颜开道：“五又四分之三。”

数学老师很欣慰：“不错，看来最近读书认真了。”

有了这个小插曲，风筱绮顺理成章忽略了沈乔的一再追问，装出正经听讲的模样，对后者杀人般的目光不理不睬。

自家闺蜜就好小题大做，有些事，还是不要明说比较稳妥。

02

上午时光一晃而逝，中午在食堂，沈乔保持十二分的警惕，直到确信今天并没有四班的男生来捣乱，才彻底放心。

自然，也没看到景潇。

值得一提的是，离开食堂时，风筱绮一眼就认出了在小卖部门口买饮料的林岳，她于原地稍作迟疑，转而拍了下旁边沈乔的肩膀。

“我待会儿去行政楼帮李老师取一下练习试卷，你先回教室吧。”

沈乔没多想，应一声就走了。

风筱绮将手揣进校服宽大的口袋里，慢悠悠地走向林岳，恰逢林岳拎着饮料转过身，低头正跟她对上眼神。

“哎哟卧槽！吓我一跳！”

风筱绮被他的高分贝震到，揉了揉耳朵，另一只手将口袋里的东西掏出来，是一小瓶云南白药喷雾：“把这个转交给你们潇老大吧。”

林岳一头雾水：“为什么？”

“你给了他，他就知道了。”

“嗯……”

风筱绮懒得耽误时间，把药瓶塞进林岳手里就要离开，岂料刚一转身就被拦住去路，额头不偏不倚撞在了谁的胸口上。

她抬起头，见景潇正目光灼灼地瞧着自己，原来他刚才一直在身后暗中观察。

“绮绮，这药是给我的？”

林岳惊道：“绮绮？潇哥你们这进展挺快啊！我说，咱校内贴吧上那张照片，不会真是你们俩吧？”

风筱绮尚未来得及追究景潇随意称呼的事，听到这话顿时警醒：“什么照片？”

“你没看见啊？”林岳挺好奇，而后又恍然大悟，“也对，那个帖子不知道被谁给黑了——其实就是你跟潇哥外出约会的背影照啦……哎哟潇哥，你又打我！”

景潇冷冷放手，语气明显不善：“空穴来风，当心我把你舌头剪下来腌了。”

“潇哥你别生气，毕竟那照片也不是我照的……”

风筱绮忽然意识到，今早七班男生们那么反常，恐怕跟这张照片脱不开干系。

至于那个黑掉帖子的好心人是谁，她能猜到，毕竟除了安池，其他人也没这本事。

给安池的那份期中范围，或许应该再标注详细一些，当作对他主持正义的奖赏。

这样想着，她觉得此时气氛略显尴尬，便不想再多作逗留了。

“我还有事，先回班了。”

谁知还没走两步，景潇就反手攥住了她的手腕，带着不容抗拒的力道，笑眯眯地凑近她，一字一句清晰地问：“还特意想着来给我送药，对我很上心啊？”

风筱绮还是那句百用百灵的回答：“怕你讹我。”

“你这样，会让我很是受宠若惊。”

她瞥了一眼他的胳膊，蓦然毫无征兆地用力捏了上去，然后看着他一瞬吃痛的表情，微微勾起了唇角：“群架之王的黄金右手可得好好保养，否则我哪里负得起责任？”

林岳在旁目瞪口呆：“潇哥，你跟谁打架了？你受伤了啊？”

“滚。”景潇头也不回地把林岳手里的小药瓶夺过来塞进了自己的口袋，眼神却仍凝视着风筱绮的脸，“如果保养不好，你真准备负责任吗？”

风筱绮沉默半晌，乘其不备猛地将手抽回，什么也没说转身就要走，结果被景潇闪身绕到了面前。

景潇把手中还未开封的瓶装咖啡递给风筱绮，压低声音道：“下次给你买红豆口味的。”

风筱绮接过咖啡，这次是真的离开了，她脚步飞快，那双系带小皮鞋踏着地面，每一下都像踏在景潇心上。

林岳虽然平时都莽莽撞撞的，却也不傻，他目睹自家老大出神望向远方的模样，多少也猜到了七八分。

“潇哥，小矮子学霸好像还挺漂亮的。”

“嗯。”

“我觉得，你俩既然都传出绯闻了，不如我去跟七班的人谈一谈，让他们送学霸来四班和亲算了。”

景潇：“我看你是想找死。”

03

下午的四节课，基本上就是试卷练习，备战期中考试。

风筱绮早早就都写完了，试卷由前后左右传着抄，她则手持各类记号笔，给沈乔总结详细考点范围——哦对了，顺便也给安池整理一份。

写到中途沈乔口渴，顺手拿起她桌上的咖啡饮料喝了一口，随即小声问道："怪事啊，你平时不都嫌咖啡味道太苦吗，怎么今天还特意买了一瓶？"

风筱绮写字的动作略一停顿，接着气定神闲地回答："偶尔也换换口味。"

"唔……"

语文老师忽然推开门，温柔呼唤着："绮绮，试卷完成了吗？"

"写完了，李老师。"同样温柔的回应。

然后语文老师和讲台上批改作业的英语老师互相对了个眼神，后者心领神会，示意风筱绮可以离开教室了。

绮绮是为大家排忧解难的绮绮，这是属于所有老师的默契。

风筱绮出门，发现也没什么特别的任务，就是代替李老师去四班盯一会儿纪律，再顺便帮忙布置一下作业。

等等，四班？

她下意识开口："四班的纪律好像不是我能控制的，李老师。"

李老师笑了笑："我看你把七班男生们都治得服服帖帖，想必有特殊的人格魅力，正好借此机会，也去给四班做个榜样。"

"问题是我……"

"放心吧，怎么治他们都随你，"李老师和蔼可亲地一拍她肩膀，"就帮我盯半节课，不会太久的。"

其实半节课也够久了。

话虽如此，但风筱绮没明说，她乖巧地点点头，表示自己会认真盯班，绝不怠慢。

七班和四班只隔了一个楼层，不远，可她却在四班门外踌躇了很长时间。

这是怎么了，有什么可害怕的，里面又没有豺狼虎豹。

她深吸一口气，终是推开门走了进去。

按理来讲，四班班风比七班更不正，那些学生就算见到老师，也依旧该睡觉睡觉、该聊天聊天，半点不会顾忌。这次也不例外，在风筱绮进教室的时候，只有前排某个男生抬眼皮投来了一瞥，然而就是这一瞥，令他当场震惊了。

他小声说了句“卧槽”，赶紧回头跟后排好友通报了这一重大消息：“你瞧这女生，眼不眼熟？”

“哎……照片上的女主角？”

“我靠，真的！上次潇哥还让我们去食堂捉弄过她，我绝对不会认错！”

“是潇哥的春天！”

下一秒，后排的几个男生也眉飞色舞起来，八卦的温度迅速蔓延到全班，直至低头看杂志的林岳也受到了波及。

林岳纳闷地抬头，正好看见风筱绮站在讲台上，手持粉笔在黑板上布置语文作业，他惊得一激灵，赶紧卷起杂志敲了敲景潇后背。

“潇哥，你的和亲对象找上门来了！”

景潇原本还睡着，被吵醒火气很大，险些揪住林岳的领子来个过肩摔。好在林岳反应快，及时把他的目光引向了前方。

月蓝碎花的发箍映入眼帘，那一头柔软墨黑的长发扎成低马尾甩在身后，少女背对着他站得笔直，一笔一画写下清秀的粉笔字，赏心悦目。

夕阳西下，她是傍晚余晖中，最美的一幅画。

他兀自出神，就听得有四班男生在坏笑着问：“讲台上那位小姑娘，你是哪儿来的啊？”

风筱绮把最后一项作业书写完毕，合上记事本，坦然回身迎上对方的眼神。

“我暂时负责盯班，下课后会替李老师把各位的试卷收上来。”

“你说收就收啊？你哪位啊？”

“七班风筱绮。”

“七班……风筱绮？”

七班风筱绮，这句轻描淡写的自我介绍，无异于一滴热油溅进开水中，引得全班都沸腾了。

风筱绮从前神龙见首不见尾，连重要场合的学生代表讲话也不爱去，即使走在校园内也并不会有谁认出来，哪怕是上次被林岳煽动的那几个男生，也只道是自家老大一时恶作剧，故意挑衅七班的妞，并不了解这位洋娃娃似的女孩子，就是传说中的年级第一。

而现在，这位年级第一，居然和他们的老大私下约会，还传出了绯闻。

苍天，还有比这更爆炸的新闻吗？！

后排男生们冒着挨揍的风险，纷纷激动地凑到景潇跟前去求八卦求真相：“潇哥，你早都计划好了对吧？原来你是想暗度陈仓，搞定年级第一，从内部瓦解七班是吧？”

景潇面无表情地把他们的脑袋推回去，目光仍远远锁定着风筱绮，他眸底的颜色幽沉，如同深不可测的古井，像是要把她吸入其中。

刚才那些男生的话，风筱绮都听得清清楚楚，她沐浴着从四面八方投来的复杂视线，从容地拉了一张椅子坐下，开始玩手机。

她自始至终没有看向景潇，又或者说，故意回避了他的注视。

第三排有个妆容精致的女生，天生的美艳坯子，穿着校服也掩饰不住性感的好身材。那是杜薇薇，也算四班班花级的人物了，平日里高傲得无与伦比，此刻见风筱绮一来就抢了自己的风头，自然不爽。

当然，更重要的是，她觊觎景潇很久了，在此之前，她本以为自己是唯一能和景潇搭上话的异性。

她观察了风筱绮半晌，又听四周热烈的议论声，确定了上午被传疯的那张贴吧照片中的男女主角的确是风筱绮和景潇没错，妒火顿时就冲上了头顶。

“原来年级第一也沉迷手机啊？大概根本没有把心思用在学习上？”她刻意使自己的声音听上去平静优雅，可依然没能掩饰住那几分阴阳怪气，“能替老师盯班的学生，平时一定很擅长跟老师搞好关系吧？稍微谄媚一点，会讨人欢心一点，被透露各类考试的范围和消息，或许就不是什么难事了？”

风筱绮抬头扫了她一眼，复又兴致缺缺地低下头去：“我就算把下次考试的全部试卷都提前摆在你桌上，你该不及格，也还是会不及格——其他方面暂且不论，成绩这东西，确实要看脑子的。”

杜薇薇怒道：“你这意思，是说我没脑子了？”

“你这么理解的话，我倒也没意见。”

“你很踟哦？七班那群蠢货可能惯着你，我们四班可容不得你兴风作浪的！”

风筱绮淡定反问：“我说什么了？正在长篇大论的不是你吗？难道因为你脑子不好使，我就应该拿出关爱智障的同情心，故意迁就你大放厥词吗？”

没想到所谓的年级第一不是书呆子反而伶牙俐齿，杜薇薇一时语塞，找不出合适的言辞反驳，气得把手上的钢笔直接朝讲台丢了过去。

风筱绮侧头闪避，左手将钢笔牢牢接在了掌心，而后便听教室中传来一阵惊叹。

她端详片刻，略一颔首道：“这牌子的钢笔挺贵呢。”然后就把钢笔扔进了脏兮兮的废纸篓。

“你这是在对四班宣战吗？”杜薇薇孤掌难鸣，只能试图寻求四班其余人的支持，她站起身来环视四周，语气愤慨，“你们能忍？七班之所以在榜单上压我们一头，处处秀优越，还不就是这个丫头从中作祟？”

有几个暗恋她的男生，神色略显迟疑，其中一人低声问：“你想怎么着啊？”

“趁着还没下课，把她拖进男厕所去，扒了校服外套，烟头塞嘴里，拍下来发校内贴吧——她不是喜欢出风头吗？就让她出个够！”

风筱绮眼神一凛：“挺有想象力啊你，跟谁学的？你家长没教过你五讲四美？”

杜薇薇冷笑：“不如你喊一喊，看楼上七班的男生们听不听得见？也许他们正等着英雄救美呢。”

风筱绮似笑非笑地朝后排望去，这一瞬间，她迎视上了景潇那双蛊惑人心的桃花眼。她将手机往讲台上一扔，起身走向第三排，步子很慢，像在给他考虑的时间。

那个眼神，景潇是很清楚的，她在警告他。

潜台词是：你再存心看热闹，我就要抢先动手了。

风筱绮径直走到杜薇薇面前，她没有理睬对方趾高气扬的表情，只把目光投向桌上那张完成度不到一半的试卷。

“前四道选择题答案是 CBAC，你写 BDCB，错误率百分之百，很棒了。”

林岳闻言，悄悄看了一眼自己的试卷，他欣喜转头：“潇哥，我第三题竟然蒙对了，你呢？”

“滚蛋。”

而这边的杜薇薇，显然深知自己又一次失了面子，她头脑一热，丝毫未考虑后果地就扬手扇向风筱绮：“会做两道题了不起啊！”

然后她的手腕，就被风筱绮牢牢攥住了。

“其实会做两道题没什么，但跟你比起来，确实了不起。”

风筱绮的一双手生得很好看，皮肤白皙细腻，指甲晶莹剔透，任凭谁也很难想象，这样的小手用起力来，几乎要把杜薇薇的骨头都捏碎。

杜薇薇疼得几欲尖叫，但为了面子死撑着，只恶狠狠地骂了两句，周围男生正犹豫着要不要劝架，就听到景潇的声音传来。

“等一等。”

他们登时松了口气，毕竟风筱绮和景潇这层暧昧不明的关系，让他们根本不敢轻举妄动，现在景潇总算决定亲自出马解决问题了，也省了他们不少脑细胞。

出乎意料地，风筱绮这次给了景潇三分薄面，她松开手，看着他离座踱步而来，最后在自己身边站定。

杜薇薇以为景潇必定是来帮自己的，自信心重提，她揉着通红的手腕，脸上不禁露出了得意的微笑，随即挑衅地朝风筱绮投去一瞥。

“学霸们可能都情商不太高，又太容易自以为是，你该不会认为景潇真对你感兴趣吧？他只是玩玩而已。”

话音未落，她的椅子已经被景潇一脚踹翻，她惊呼一声倒退，险些摔倒在地。

景潇完全无视了她，在众目睽睽之下，向风筱绮又靠近了一步，而后悠然自得地，抬手扶正了风筱绮头上的小蓝发箍。

他低声说：“绮绮，我是真的对你感兴趣，你应该明白。”

风筱绮并不是很想明白，她将手臂挡在两人之间，隔开了一段安全距离：“那也得看我对你感不感兴趣，另外，绮绮不是谁都能叫的，你们四班人都这么没礼貌的吗？”

“我以后会让他们注意。”

“你自己注点意就行了。”

“所以，刚才手捏疼了？”

突如其来的一问，不仅让风筱绮怔住，也成功激怒了杜薇薇。彻底下不来台的杜薇薇，一时失去了理智思考和审时度势的能力，她气急败坏地喊：“景潇！

你还知道自己在干什么吗？！”

“你快闭嘴吧你！”林岳终于看不下去了，他赶紧过来，拎着领子把她扯走，“能不能别捣乱？没看我潇哥办正事呢！”

此时下课铃响，风筱绮暗中松了口气，她趁机推开景潇，以非常公事公办的口吻道：“请大家把试卷传上来。”

见大部分人都没反应过来，景潇冷声吩咐着：“没听见她说什么？都老实把试卷写了名字，交到讲台上去。”

于是四班学生就一窝蜂跑去交卷子了，有几个特别嘴贱的，路过时还笑嘻嘻地叫了一声“大嫂”。

风筱绮只当作自己耳聋眼瞎，准备拿了试卷立刻撤退，这个鬼地方，真是一秒也待不下去了。

景潇不疾不徐跟在她身后，手从她头顶越过，将那一沓试卷整理叠好，这才塞到她怀里。

他弯腰凑近她耳边，嗓音柔和低沉，半点也不像跟别人讲话时那张扬跋扈的样子。

他的睫毛，甚至已经撩到了她敏感的耳廓。

“放学后在校门口等我，送你回家。”

“不了，我还是自己回家安全些。”

她没等他再度开口，抱着试卷转身离开了四班教室，什么多余的表情都没有，脚步也很镇定，看起来是极其潇洒又冷漠的形象，很完美。

只有她自己知道，那一瞬间心脏的跳动频率，似乎微微加速了。

04

风筱绮莫名其妙失踪了半节课，送了试卷回班后，发现大家都已经开始收拾东西准备放学了。

沈乔把整理好的书包扔给她，凑过来神神秘秘地问：“去哪儿了？”

“去帮李老师盯了会儿班。”

“噢，盯的哪个班？”

风筱绮看了她一眼：“四班。”

果不其然，沈乔闻言大惊：“你去监督四班那群小浑蛋做卷子了？”

“我也是被迫的，”风筱绮无奈地揉了揉耳朵，示意她少安勿躁，“难道还让我把四班和七班的矛盾摆在台面上，告诉李老师我不答应吗？”

“那他们有没有找你麻烦？”

“没有。”

“有没有当面说咱们七班坏话？”

“没有。”

风筱绮原本想尽快结束这一话题，谁知沈乔的大嗓门成功吸引了七班其他学生的注意，众人纷纷围拢上来，跟随着她俩的脚步出了教室门。

安池在身后笑着问：“风筱绮，你有没有用你年级第一的光辉，闪瞎他们的眼睛？”

“请不要这么恶趣味了，班长。”

“那我换个问题，据说四班杜薇薇在年级里也是出了名的漂亮，你见着真人没有？”

然后没等风筱绮回答，他就自己给出了答案：“肯定也没那么邪乎，毕竟再漂亮的女生也不如你，你才貌双全——大家说对吧？”

他振臂一呼，旁边的七班男生们全部响应，搞得跟传销洗脑仪式似的，吓得走廊里其他学生都绕着走。

风筱绮心里尴尬，却还要强作镇定地抬手遮住半张脸：“班长，你再胡说八道，期中范围总结就没有了。”

“No！我错了，我检讨，风筱绮你最善解人意，宽恕我吧。”

一群人吵吵嚷嚷，嬉闹着来到校门口，风筱绮刚刚与安池道别，转身就见沈乔在向自己使眼色。

“绮绮，你看那个穿五中校服的女生，一直在盯着你瞧。”

风筱绮没什么兴趣地瞥了一眼：“不认识，走吧。”

然而那个五中女生的目标很明显就是风筱绮，此刻见她要离开，连忙紧走两步，挡在了她的面前。

“请问是风筱绮同学吗？”

风筱绮身形微顿：“是，你哪位？”

“我叫齐檬。”

“齐侃的妹妹？”风筱绮记忆力一向很优秀，五中校服、姓齐的女孩子，很容易就联想到一起了，毕竟前不久，自己刚和景潇联手揍了她哥。

哦，值得一提的是，齐檬喜欢景潇喜欢得虐心虐肝，可景潇似乎并不买账，还公然对齐侃直言，齐檬私生活混乱，自己嫌脏——可看面前这姑娘怯生生的，素净温婉，像朵纯洁的小白莲，怎么看也不是那种不检点的女孩子啊。

听得齐檬轻声道：“我听我哥提起过你，风筱绮同学是景潇的现女友吗？”

风筱绮下意识反问：“怎么，你是他前女友？”话刚出口觉得不太对劲，于是又补充了一句，“当然，那属于误会，我跟景潇没关系。”

“既然是误会，为什么竟能发展到帮着景潇打群架呢？”

沈乔在旁惊呼一声："妈耶，绮绮你什么时候打群架了？难道是周末？！"

"你别捣乱，"风筱绮按住她的手，转而认真回答齐檬，"你哥哥先挑衅，我也是正当防卫，不好意思。"

齐檬双手紧紧扯住自己的校服衣角，低着头刘海垂下，看不清情绪："听我哥说，景潇处处护着你，看起来很喜欢你。"

"完全没有，他只是想从我这里拿走期中范围，不得已而为之。"为了撇清关系，风筱绮非常一本正经地解释。

沈乔忍不住"啧啧"两声，显然看穿了自家闺蜜的小谎言，不过暂时没有揭穿。

齐檬忽然抬头，定定注视着风筱绮，眼神渐冷："景潇什么时候对学习感兴趣过？他以此为借口，无非是想趁机接近你罢了。"

风筱绮懒懒地叹气："那你应该去质问他，何必来找我？"

"我只是好奇，他喜欢的女生，究竟是副什么样子，又比我强多少。"

这话听起来就有几分咄咄逼人的意味了，跟她温婉柔弱小白莲的外貌不太相符，可见方才全是伪装，实际上也不是善茬。

风筱绮将书包的背带往肩上一挎，神色已有几分不耐烦："现在你看到了，感觉如何？"

"不过如此嘛。"

"是啊，随你怎么认为，"风筱绮没那闲工夫跟她理论，只惦记着赶紧回家写完作业，说不定还有时间追两集新综艺，"麻烦让一让，谢谢。"

可齐檬哪里这么容易就能放她走，当即抬手拦住："我话还没有讲完。"

"那你就快点讲。"

"你不要觉得景潇会对你动真心，他那种人，只是玩心太重，图个新鲜感罢了，"齐檬唇角微翘，笑得很矜持，却没掩饰住眼底的得意之色，"你是学霸，他之前可能还没交往过学霸，但当他厌倦了，你也就不存在任何魅力值了，懂吗，风筱绮同学？”

风筱绮点点头，漠不关心的样子：“我说懂了，你就能赶紧让开对吧？你在这里站着，真的挺碍事的。”

齐檬轻哼：“你一直都这么狂的吗？”

“抱歉，我只是友好地问你一句而已。”

风筱绮拉着沈乔举步欲走，见对方还想阻止，便随手一推，谁知齐檬忽而朝她身后投去一瞥，眼底有光闪过，随即迅速跌倒在地，满脸委屈。

沈乔不满地叫起来：“哎哎，你这干吗？碰瓷儿呢？”

风筱绮似有所悟地转过头去，果然，景潇不知何时已经出现在了不远处，正朝这边不紧不慢地走来。

齐檬是绝对的演技派，眼泪说流就流半点不含糊，她楚楚可怜地呜咽着，坐在地上看着风筱绮：“我说过了，不会和你抢景潇，只希望你能好好对他，你何必敌意这么强烈，打我又算什么道理？”

很好，这锅砸得，毫不留情。

眼看着景潇走到自己身边，风筱绮先安抚了旁边沈乔过于冲动的情绪，这才重新转向齐檬。

她没理会景潇，只缓声对齐檬说：“你最好快点起来，别在这儿丢人现眼，否则我就把打你这件事坐实了，你大概受不了我一拳。”

齐檬被她的眼神镇住，居然真的乖乖起身，只是很快就拎着书包躲到了景潇身后，像只受了惊的小白兔。

“景潇，其实我今天来，是特意为我哥向你道歉的，我……我没料到他会来找你麻烦。”

景潇神色凉凉的：“所以呢？”

“所以……也请风筱绮同学不要针对我，我没有拆散你们的意思，哪怕我真的很喜欢你。但风筱绮同学刚才那一巴掌，已经让我意识到了，自己根本不是对手……”话说到最后，齐檬又开始带着惹人疼惜的哭腔。

风筱绮低头看自己的手，要不要真的扇一巴掌过去呢？

算了算了，丢三中人的脸。

景潇冷笑：“她打你了？”

齐檬眼神一亮，复又乖巧地点头：“嗯。”

“那你还真是运气好。”

“什么？”

“绮绮平时揍起人来绝不含糊，你现在没毁容也没残疾，算是她心软了。”景潇微微侧头注视着风筱绮，桃花眼底满盛着夕阳碎影，说不出的魅惑，“这么好看的一双手，应该去写笔记和批改试卷，别伤着了。”

风筱绮板着一张扑克脸：“哦。”

这浑蛋叫她绮绮居然越来越顺口了？这好像已经不是第一次了吧？

看齐檬万分诧异的眼神，显然对眼前所发生的一切始料未及，潇老大完全不按照套路出牌，以至于某位小白莲都要从装哭变成真哭了。

“景潇，刚才你都看到了，明明是她……”

“是她打你了？”景潇语气异常不善地询问。

“唔……”

景潇抬手捏住齐檬的下巴，很用力，直到她忍不住吃痛躲避。他勾起唇角，笑得不屑一顾：“好好在五中当你的交际花，为什么要来三中招摇？你站在这地盘上，挡了年级第一的路，就要做好挨打的准备，我以前没警告过你吗？”

“可是景潇，我真的只是来向你道歉的，我不希望我们之间有误会……”

“我们之间没有误会，”他不耐烦地打断她，“所以没必要道歉，别让我再看见你，就是你能做的最明智的事情了。”

齐檬见他要走，连忙扯住景潇的衣角，谁知却被景潇头也不回地一把甩开，她梨花带雨地站在原地，望向风筱绮的目光愈发怨恨了。

风筱绮明白，自己和小白莲的梁子，这回算彻底结下了。她倒不在意别人对自己的看法如何，只是无缘无故背锅，这笔账多少都应该记在景潇的头上。

想到这里，她没好气地瞥了景潇一眼。

真是麻烦的家伙。

05

从学校到家的这一路，风筱绮在前面走，景潇就手插口袋在后面跟着，直到沈乔也看不下去了，小声嘀咕：“恭喜绮绮，你被年级大佬尾随了，为了四班和七班的长久稳定，你多少也该停下来说两句。”

风筱绮纳闷地看她：“你转性了？你这立场变得也太快了，前两天不还与四班势不两立吗？”

“以前是以前，我是七班人，可也是你亲姐们儿啊。”沈乔义正词严，“你要是能拿下四班的地头蛇，那也算咱班的荣耀，我无条件支持你！”

“你别胡说八道，我跟他没关系。”

“少骗人，你都敢推了我的邀请跟他周末约会，划考试范围、共进晚餐，还顺便打了个群架——哇，以前只有我才能享受这待遇的，而且你都没为我打过架！”

风筱绮被她吵得没办法，只能好声好气地安慰：“大不了我改天也为你打一架？”

“那可不行。”一个低沉的男声自身后响起，景潇不知何时已经走到近前。他慢条斯理地接过风筱绮沉甸甸的书包挎在自己肩上，很自然地回答：“女孩子最好远离打打杀杀，安心当你的年级第一就好了。”

他说这话时，不着痕迹地朝沈乔投去一瞥，沈乔立刻会意，尽管她十分想要再多八卦一会儿，但考虑到自家小学霸难得开窍，这么绝妙的机会不能浪费，她自觉主动让出空间，留给两人独处。

“你们先聊，今天作业太多，我得赶紧回家了！”沈乔言毕大步流星地毅然开溜，头也没回，潇洒至极。

风筱绮被抛弃在原地，她无语地望着沈乔远去的背影，开始盘算要怎么整治这不讲义气的死丫头才好。

然后她就听见景潇笑道：“你很准时，约定好在校门口等我，果真就没有自己先走。”

“你误会了，要不是齐檬在那里堵我，我现在可能都到家了。”

“喂，你是对所有人讲话都这么直白，还是只针对我？”

风筱绮很认真地回答：“只针对你。”

景潇明显被噎了一下，若换作别人，大概他的拳头已经招呼过去了，然而此刻对象是风筱绮，他就只有无可奈何的份：“绮绮，你特别讨厌我？”

“什么时候你能停止称呼我为绮绮，咱们再说讨不讨厌的事。”

“全年级的老师都叫你绮绮，我为什么不行？”

风筱绮环着手臂向后靠上墙壁，似笑非笑地打量着景潇：“反正就是不行。”

景潇掷地有声道：“你真那么反感我的话，还会特意来给我送药？你看起来可不像那么博爱的人。”

“因为你不了解我，就算是其他人，但凡我认识，都会尽一点互帮互助的义务。”

景潇简直要被她气笑了，漂亮的眼睛弯着，泛着微微的光，胜过了沉往地平线的最后一丝夕阳余晖。

“你总是躲着我，难道只因为我是四班的人吗？”

这样耐心而诚恳发问的语气，按理说是不应该和他本人联系到一起的，以至于让风筱绮觉得，自己如果不给个靠谱的答案，都有些对不起他了。

她说：“你不爱学习，也看不起学习好的人，这我理解，毕竟咱们并非一路人。你就高高兴兴当年级老大，我继续保持年级第一，互不干扰不是很好吗？我非常不希望自己除成绩之外的私事成为别人茶余饭后的谈资，也不想惹来乱七八糟的麻烦事——对你而言，或许这仅仅出于一时的新鲜感，但在我看来却很危险，抱歉。”

危险——她给他的两个字评价，居然是危险。

景潇单手撑墙，垂眸凑近她：“你看，你和她们一样，都认为我只图一时新鲜。”

所谓“她们”，自然指的是杜薇薇和齐檬那一类女生。

风筱绮反问：“难道不是吗？可能你觉得，所有女孩子都得为了你这张脸而神魂颠倒，和你多说两句话都会开心得连作业也忘记写，而我不喜欢这种沟通模式，你就感觉我很有意思——真遗憾，我也认为自己聪明又好看，但完全没兴趣扮演你的爱慕者的角色。”

景潇不禁失笑：“你确实聪明又好看。”

“客气了。”

“所以绮绮，因为我是个典型的坏学生，你才不愿意跟我过多接触吗？”

“我不想用好与坏来定义你，也不知道你典不典型，这不是我们此刻应该讨论的问题。”

景潇歪过头，饶有兴致地打量她：“那你说，我们应该讨论些什么？”

“讨论那个未完成的赌约，你认为期末考试自己能不能考到年级前百？全四班的学生都等着看你呢。”

“听这意思，你希望我赢？”

风筱绮未置可否地笑了笑：“站在我的立场上，当然不希望，而且我觉得你也赢不了。”

“那你……”

“但我的确好奇，如果你想好好学习的话，最后究竟能不能成功。”

“我能成功，”景潇笃定地回答，“即使只为了你最后要献给我的那束花，我也会证明给你看。”

风筱绮微微抬头，眼底倒映着月色，也倒映出景潇认真的样子：“那么，一言为定。”

景潇笑着：“一言为定。”

于是本次严肃的谈话告一段落，景潇变戏法似的从口袋里掏出一根酸奶味的棒棒糖递给风筱绮，又很自然地同时背着两个书包，一路送她到家。

临别时风筱绮沉默地接过书包，摆了摆手就要转身上楼，而后突然被景潇唤住了：“绮绮，就没什么想对我说的了？”

风筱绮脚步微顿，半晌淡定回眸一望：“这牌子的棒棒糖香精味太浓，不好吃，下次别买了。”

“哦……”

然而景潇不知道的是，那一刻在自己看不到的角度，风筱绮的唇角，不经意间微微弯起了愉悦的弧度。

CHAPTER

03

俏学霸和痞学渣

她就像是难以替代的光芒，温暖地照亮了他十八岁的生命，让他自此，不再是浑浑噩噩的孤身一人。

01

接下来的日子风平浪静，许久没再听到景潇的消息，风筱绮仍旧和往常一样，每天给沈乔抄作业、替安池打掩护、帮老师批试卷……在七班学生们的集体拥戴下，做一名才貌双全的学习委员。

当然，在此期间，偶尔还是会有四班男生在门口探头探脑，无一例外都被安池带人赶跑了，安池很气愤，他认为这是四班的诡计，想要骚扰七班人无法专心复习备考。

对此，沈乔表示疑惑："你们真的会好好复习备考吗？"

"为什么不会？"安池义正词严，"那部新番马上追完，这半个月就没什么可做的了，闲来无事，也许会复习一下啊！"

"哦……像班长这么努力用功的人，已经不多了。"

"过奖过奖。"

两人还在这边聊些没营养的话题，风筱绮冷不丁一抬头，见沈乔不知何时已绕到了自己身后，神神秘秘的，欲言又止。

沈乔谨慎摆手："班长你先回避，姑娘家的聊天不要乱听。"

于是安池就一头雾水地离开了。

"你干吗？"风筱绮蹙眉，"手里藏的什么？给我看看。"

"刚才在走廊里碰见林岳了，那王八蛋居然在女厕所门口堵我，跟变态似的，"沈乔一提起林岳，就免不了咬牙切齿一脸凶相，"傻大个儿，神经病！"

风筱绮顿时哭笑不得："你先别急着骂他，所以他堵你是为了什么？"

沈乔轻哼："还能是为了什么，为了他家老大跑腿呗！他说景潇忙于复习无暇脱身，但还是坚持要求他送来个小礼物，祝你十一月开运。"

她迅速把一样东西塞进风筱绮手里，风筱绮摊开掌心一看，居然是个四叶草的挂坠，精致小巧，真不知道这种女孩子才喜欢的玩意儿，景潇是怎么挑选出来的。

风筱绮笑了笑，将挂坠放进了笔袋里："无聊。"

"说是无聊，可你笑得挺开心啊，"沈乔斜眼投来一瞥，"我突然想起还没问你，那天晚上你和景潇一起回家，两人在路上聊什么了？是不是发生了某些我不了解的新进展？"

"能有什么新进展？你脑洞太大了，"风筱绮淡定回答，"我只是尽一名同学的义务，劝诫他好好学习，专心备考，努力向更高的目标迈进，不要辜负家长和老师的殷切期望。"

"好好的粉红色剧情，硬是被你拗成了励志片。"

"我只是在教你想象与现实的差别。"

"呸！"

不过话虽如此，沈乔带回的信息，到底还是勾起了风筱绮的好奇心，她难得地在上课时走了神。

景潇那家伙居然在忙于复习？这难道不是比陨石落在三中操场更不可思议的事吗？

然后好巧不巧，在晚自习之前的休息时间，政治老师在办公室交给了她厚厚一摞习题册，拜托她去四班分发一下。

这似乎给了她极合理的借口，去亲眼印证自己的猜想。

第二次踏进四班大门的风筱绮，较之第一次要坦然许多，反正这里也没人不认识她了，索性无视掉那些八卦的目光，塑造出良好的考神形象。

有四班男生一见着她就立正站好，中气十足地高喊："大嫂来了！"

风筱绮只当没听见，面无表情地问道："四班的政治课代表在哪里？"

靠近门边的某位女生显然刚睡醒，闻言迷迷糊糊就要站起来，结果被别人扣着脑袋重新按回了座位，女生接收到了对方的眼神，立即会意："哦哦我不是政治课代表，我们班没政治课代表！"

"咳，那请问你们班谁负责发作业？"

那位男生笑眯眯地往后排一指："四班管事儿的在那边，你亲自去交涉吧！"

他所指的，就是景潇的方向。

那摞习题册很沉，风筱绮也懒得跟他多废话，于是径直走向后排，在路过杜薇薇座位的时候，她明显听见后者从鼻腔里发出一声轻哼，满含不屑。

这姑娘，即使碰见不喜欢的人，不知道藏着点情绪吗？将来步入社会怎么混得下去？

怀着这样吐槽的心态，她来到了景潇桌前。

景潇正戴着耳机，懒洋洋地趴在桌上，好像在画画。林岳原本昏昏欲睡的，没理会教室里发生了什么，此刻乍一见到风筱绮站在不远处，登时吓得猛推景潇。

"潇哥！"

感觉耳机被突然扯掉，景潇不悦地回头，脑袋却被林岳强行扳正，从而看清了来者何人，他目光一凛，几乎是在同时藏起了画画的那张纸，煞有介事地翻开了书本的某一章，装作认真学习的样子。

风筱绮手一抖，整摞习题册前倾，乱七八糟全都砸在了他的身上。

"抱歉，太沉，搬累了，"她叹了口气，"虽然打扰你学习的兴致不太好，可我还是要讲，这一章是老师明确说过不会考的一章，我划的重点里也提到了，希望可以在你生锈的大脑中，点亮微弱的光芒。"

景潇把盖在脸上的习题册拿掉，大手一挥示意林岳赶紧收拾，而后似笑非笑地看向她："好，我记住了，辛苦你搬书搬了这么久，手疼不疼？"

"不疼，有劳关心。"

“下次你可以直接让人来通知我，我去帮你搬。”

风筱绮不想跟他尬聊，她冷淡地瞥了一眼他藏在桌下的手：“别遮遮掩掩的，刚画了什么，这么见不得人？”

景潇面不改色，从容应对：“随便画一画而已，毕竟平时我也会给语文课本的李白和杜甫添一件裙子或者加一辆摩托车什么的。”

“很好，那就给我看看你画的摩托车。”

平心而论，其实她并没有想要强抢，但当她靠近的时候，偏偏就有种难以抗拒的力量，让景潇不由自主放弃了抵抗。

他松开手，任由她取走了画纸。

纸上画着一位穿衬衫的少女，少女面前放着一杯红豆奶茶，而她正伏于桌面，任由长发垂落脸侧，认认真真在书上做着标记——画中每一笔都细致勾勒，栩栩如生，是她那次在长乐甜品店给他划考试范围的一幕。

风筱绮唇角微抿，看不出生气与否，半晌她转开视线，淡声说了句：“无聊。”

“太伤人心了，”景潇不禁失笑，“我以为你至少也该夸一夸我的绘画天赋。”

“有这时间，你不如抓紧复习，在迎接期末考试的约定之前，先拿期中考试练练手。”

她转身欲走，岂料没两步就被景潇追上来。景潇抓着她的手腕，将其重新扯回身边，迎着她警惕的目光微微低头，弯起眉眼轻声问：“我猜你特意借送作业的理由来一趟四班，就是为了监督我复习备考吧？”

她冷脸沉默。

“绮绮，对不对？”

“都说了别这么叫我，”她触电般甩开他的手，“我是替老师办事，顺便督促一下你而已，别自作多情了。”

他仍不紧不慢地跟在她身后，笑吟吟地提醒她：“绮绮，你手里还拿着我的画呢。”

“侵犯他人肖像权，没收了。”

小皮鞋踏上地面的嗒嗒声逐渐远去，林岳此时已收拾好了散落的习题册，鬼鬼祟祟凑上前来：“潇哥，你跟我说实话，进展到什么程度了？”

“滚。”

语气虽然不耐烦，但景潇唇边，恍然已经浮现出再愉悦不过的笑意。

02

临近期中考试，全年级都笼罩在紧张的备考氛围中，只有四班和七班除外。

如果说七班人多少还能在风筱绮的督促下装模作样看几页书，那四班人完全就属于放飞自我，仿佛考试这件事跟他们压根没关系似的。

不过值得一提的是，他们倒也有事可做，譬如给景潇通个风报个信，又或者死活赖在七班门口强行要求见到风筱绮，声称自家老大有题目不懂，急需请教年级第一。

这天风筱绮正趁午休时间跟沈乔分吃一盒马卡龙，一块还没吃完，就听见教室外面传来了熟悉的大嗓门——很好，是林岳。

“喂！为什么不让我进去？大家都是同学，相亲相爱，我进去找个人怎么了？”

班长安池双手撑着门框，摆出一夫当关万夫莫开的架势，横眉冷对：“你找谁？先跟我报备一下。”

“我找你们班的小矮子学委！”

“你们班学委才是小矮子！你们四班全班都是小矮子！”安池义愤填膺，“像你这种没情调的傻子，懂什么叫小巧玲珑精致可人吗？”

身后的七班男生们集体附和，纷纷谴责四班人眼瞎耳聋，活该孤独一辈子。

沈乔闻讯赶到，拨开人群，一见着林岳就怒了：“干吗啊，傻大个儿？最近养成偷窥我们班的习惯了是吧？”

林岳也不知跟谁学的新招数，不再针锋相对，改为缓兵之计，他决定先好言好语稳住她，于是故作惊讶：“哎？你换了个新发型？很清新哦！”

“是吗？我开始还以为这种双马尾不太适合我，总觉得有点太二次元了，没想到……等等！”意识到自己被对方带跑偏了，沈乔及时将思维拉回正轨，“我换发型跟你有关系吗？你现在要做的是赶紧滚回四班去，我们这里不准通行！”

林岳大咧咧环着手臂往墙上一靠，无赖气质尽显：“我不回去，回去也得被潇哥揍一顿，除非你让风筱绮出来见我。”

“绮绮她没空！”

“谁说她没空？”林岳伸长脖子，努力往教室内张望，“那不正在吃马卡龙吗？风筱绮同学——你喜欢吃马卡龙的话，改天让我潇哥给你买一箱好不好？”

风筱绮险些没被剩下的半块马卡龙噎着，她无奈地瞥林岳一眼，终于起身，不顾安池阻拦，走到林岳面前。

“行了，有什么事，说吧。”

林岳兴高采烈地把数学习题册塞到她怀里：“就这一页，第三道大题，我潇哥让你给他参谋参谋。”

风筱绮二话没说，随手从校服口袋里掏出一支钢笔，唰唰唰奋笔疾书，瞬间洋洋洒洒解答完毕，而后把习题册又甩回了他手里。

“告诉他，下次有问题问老师，没必要特意问我。”

“得嘞！”林岳又从口袋里摸出一盒棒棒糖递给她，还煞有介事地凑到她耳边解释，“我潇哥说，这糖是日本特有名的一牌子，你尝尝，肯定喜欢。”

“啊……行，知道了。”

然后林岳就被某位七班男生一脚踹跑了，一边跑还一边回头猛使眼色，示意风筱绮“自己下回还来”。

直到确信对方真的消失在了走廊尽头，安池这才狐疑地转过头去，看向风筱绮手中的那盒棒棒糖。

“无事献殷勤，非奸即盗，这糖里没准下了什么能让你变傻的药，我劝你别吃。”

“班长你这话就够傻的了，我怀疑你已经吃了那种药。”

安池很委屈：“你这是什么态度？难道四班的地头蛇仅用一盒棒棒糖就把你收买了吗？你不再是我们的小可爱了吗？”

“是是是，怎么会不是？”风筱绮受不了他一大老爷们在自己面前卖萌，干脆把糖盒拍在了他脸上，“我就拿一根，剩下的你给兄弟们分了，这样够义气吗？”

“那我就恭敬不如从命了！”

“你这人，真是越来越幼稚。”

03

事后风筱绮花了很久时间同沈乔周旋，才勉强打消沈乔刨根问底的八卦念头。其实她真没什么可说的，毕竟连她自己也难以解释，为什么明明和景潇立了赌约，却又屡次帮他备考，还跟他互动这么频繁，意义何在。

“依景潇那混世魔王的性子，如果他主动找我，我却冷处理，很难说他会不会琢磨出什么歪点子，临近期中考试，我倾向于息事宁人，不想给自己找麻烦。”

她是这样说服沈乔，也是这样说服自己的。

但在好奇心的驱使下，她依然没忍住趁闲暇时间去四班门口看一眼景潇是否在认真学习，在此过程中偶尔会被四班男生们发现，然后再在他们起哄的口哨声中，淡定掏出一沓试卷或者年级花名册，装作自己要去顶楼办公室汇报工作的样子，说一声“路过而已”。

只有那么一次，她站在门外，恰逢景潇抬头，两人的视线，巧之又巧地相会了。

景潇的眼神微亮，他朝她笑了笑，从书本中抽出一张纸来，在上面飞快写了些什么，随即递给林岳，吩咐后者转交给她。

林岳最近似乎非常热衷于做信使的工作，兴奋得连脚步都在颠：“我潇哥知道你不喜欢进四班，嫌他们吵，所以托我把这张画给你。”

毋庸置疑，那张画上画的也是她，是她下了公交后回眸一望的样子，发丝裙角都在风中飞舞，眉眼含笑，极度传神。

画纸边缘那行龙飞凤舞的小字，写的是：绮绮，以后每见一次面，我就送你一张画像如何？

风筱绮叹气：“你告诉他，大好的时光用来做什么不行，非得画我？”

“你们俩这是在干什么？用复古的方式传情吗？”

“请注意措辞，是他先不敢出来见我的，这话你应该去问他。”

林岳迅速回头瞥了景潇一眼，而后弯腰凑近低声道：“我潇哥是怕你又害羞逃跑，这不正表示了他的贴心嘛！”

“我只看出了他的幼稚，”风筱绮冷漠地推开他的脑袋，“不好意思，请保持距离，咱俩很熟吗？”

林岳嬉皮笑脸：“你跟潇哥很熟，我跟潇哥也很熟，四舍五入咱俩就很熟了。”

“再见。”

林岳伸长脖子，目送她快步下楼，随后慢吞吞转身回到了景潇的座位旁，抬头正迎上景潇似笑非笑的眼神。

景潇问：“她说什么了？”

“她说你幼稚。”

景潇默不作声地瞥他一眼。

感受到森然寒意，林岳连忙正襟危站：“潇哥你别这么瞪我啊，是她说的，我只是转述！”

景潇冷哼：“那画呢？她也扔了？”

“她没扔，我看她叠起来放校服口袋里了。”

“嗯。”

林岳明显感觉到，在应了这一声之后，景潇的脸色多云转晴，心情仿佛一瞬间又变得愉悦了。

了不起了不起，搁在以前谁又能想到，所谓的年级第一，有朝一日竟会成为群架之王的晴雨表，轻而易举控制他的喜与怒呢？

缘分啊，妙不可言。

04

那张画纸，最终被风筱绮认真折叠，和先前的画像一起，夹在了平时不常翻开的语文辅导书里。

彼时的少女并不知晓，自己这般矛盾的小心思，究竟源于何处，与生俱来的冷静天性，在与某人的频繁接触过程中逐渐动摇，发生难以解释的化学反应，一点一滴渗出微妙的甜意。

期中考试的前一天，高二年级提早放学，为了让学生们根据各自的情况回家自行复习。

风筱绮原本答应了安池和安池集结起来的男生小团体，放学后跟他们去校门口的奶茶店坐一坐，替他们最后梳理一下英语考试的重点，谁知在等沈乔从办公室回来一起去的时候，居然看到了风风火火赶来的林岳。

林岳一头撞开意欲阻拦的七班男生，几乎是一个箭步跨到了风筱绮的座位旁边："风学委！"

风筱绮本能地向后一躲："注意素质，你是要咬人啊？"

林岳急得在原地跳脚："不开玩笑，我找你是有正事！"

"那你说，我听着呢。"

"我潇哥，去五中找齐侃打架了！"

风筱绮神色微沉："为什么？"

"还不是因为齐侃那王八蛋！今天中午他在三中门口贴大海报，把之前你和潇哥被拍到的那张背影照片印上了，上面写你俩关系可疑，企图以此抹黑你形象——结果正好被我看见，我把海报撕了拿去给潇哥，潇哥当场发火，也不听我劝，自己去五中找齐侃算账了。"

风筱绮沉默片刻，毅然做出决定："既然如此，我就也去趟五中吧。"

旁边的安池顿时反对："不行！你一小姑娘家，去跟五中那群浑蛋对峙，万一双方冲突起来，伤着你怎么办？"

"班长不用担心，我体能素质还不错。"

"那我也不放心，咱们一起去，就当壮壮三中的声势了！"

身后七班男生们齐声附和，林岳见此情景长长叹了口气："那我也去召集四班男生，大家五中校门口集合吧。”

安池斜眼瞥他：“提前说好了啊，我们这次完全看在风筱绮的面子上，可没有要跟你们四班统一战线的意思。”

“就像谁乐意跟你们统一战线似的！咱们的恩怨改天再议，反正当务之急是灭了五中那群人的威风。敢在太岁头上动土，弄不死他们的！”

“哼！”

于是两个无赖班，就这么莫名其妙暂时结了盟，七班男生们簇拥着风筱绮穿越两条街道，浩浩荡荡直奔五中。

半个小时之后，平城五中标志性的金色栅栏门近在眼前，但那里空荡荡的，并没有人在。

安池奇道：“咦？所以景潇根本没来找齐侃，还是说他们速战速决了？”

“班长，按理来讲，只要不是白痴，都不会直接在校门口约架的。”

风筱绮环顾四周，最终将目标锁定在三百米外那条小巷里，据说那个地方连通着五中的操场后门。

果然，在来到巷口的刹那间，她一眼就看到了满脸怒意的景潇，后者正单手把一名五中学生的脑袋按在墙上，而齐侃已经带人把他团团包围了起来。

风筱绮清喝一声：“等等！”

景潇敏锐地听出了她的声音，略一怔忡，下意识松开了手，随后就见她快步跑来，闪身站在了自己面前。

齐侃见状也显得挺意外：“哟，你也来了？那群三中人是怎么回事，合着你这年级第一还兼任年级大佬呢？今儿可算长见识了。”

风筱绮道：“能让你长见识的事情还多着呢，但咱们今天首先得说道说道，贴在三中门口的那张海报，是你一时糊涂手欠啊，还是早有预谋的宣战？”

“我认为这两种解释没什么区别，反正目的是一样的。”

“是为了给你那弱柳扶风般的妹妹报仇？”

齐侃倒没料到她这么直接，不过他应得也挺爽快：“是又怎么样？你敢当众欺负我妹妹，就该承受由此带来的后果。”

风筱绮从容点头：“我能猜到，齐檬小姐回家肯定跟你说，我仗着自己在三中的地盘上，有恃无恐当众出手打了她，然后景潇来了给我撑腰，将她一顿羞辱——过程中她必定还哭得梨花带雨，以增强故事的可信性，激发你当哥哥的同情心和责任感，从而头脑发热，做出了在三中门口贴海报这种蠢事。”

论口才，齐侃并不是她的对手，他面露愠色：“我妹妹说的话，我当然相信。”

“所以你就失去了最基本的判断能力？”景潇沉声反问，“好端端的，齐檬为什么会来三中？你该不会真的认为，她只是为了来找我道歉吧？”

齐侃蹙眉，似在犹豫。

景潇又道：“绮绮根本不可能打她，绮绮爱干净，还怕脏了自己的手。”

“你什么时候成了我的代言人了？”风筱绮意味深长地横他一眼，“不过说得也没错，齐侃同学，我必须要让你知晓，如果我真的打了你的妹妹，我没有必要不承认，但我确实没动她，这盆脏水谁也别想扣我头上。”

齐侃冷着脸色，上下打量着她：“你出手的轻重，我是很清楚的。”

“那你在你妹妹身上看见什么痕迹了？恕我直言，我不打则已，一打就让她浑身瘀青、四肢骨折，不信你把她叫来，我当众证明。”

齐侃一时语塞。

风筱绮笑了笑，尽管那笑意并未到达眼底：“那么我们再回归正题，你自作主张利用我的隐私侵犯我名誉的这笔账，怎么算？”

齐侃反问：“你想怎么算？”

“要么你当众道歉，要么……”说到这里，鬼使神差般，风筱绮转头看向了景潇，恰与景潇目光对视，她顿了一顿，将视线重新投向齐侃，“他怎么揍你，我就怎么揍你。”

话音未落，她突然飞起一脚，将刚才不知是谁掉落在地的金属水杯踹出了数米远，眼看着水杯在半空划过一道锐利弧线，马上就要击中自己，齐侃本能一躲，于是他身后的某位小弟就被当场砸出了鼻血。

此刻林岳恰好也带着四班男生赶到，正撞见这一幕，他愣了几秒钟，忽听四班和七班的男生们同时爆发了惊天欢呼。

“牛 × 啊我们学委（大嫂）！”

安池警惕回头：“谁刚才叫大嫂来着？谁是你们大嫂？胡扯！”

林岳由衷赞叹：“不愧是我潇哥相中的姑娘，原来她属于战斗系学霸！”

“什么就你潇哥相中的？”安池继续怼，“他配吗？他不配！”

这边吵吵嚷嚷的，看上去极其热闹，有五中男生贴近齐侃耳边，犹豫着开口：“老大，他们人数突然超过咱们了，真打起来不占优势啊。”

齐侃低声骂了句脏话，抬眸间眼神不善：“你们俩倒是挺有默契，自从上次之后，是男女混合双打上瘾了？”

风筱绮漫不经心地回答：“我平时没有主动挑衅的习惯，但谁要是敢欺负到我头上来，我也不会轻易放过他。”

岂料她刚说完这句话，忽觉腰间一紧，人已被景潇半搂着挪到了身后。

景潇似是叹了口气，他抬手摸了摸她的头发，力道温柔：“你今天如果不来这一趟，就算只有我自己，我也肯定要揍这浑蛋一顿——但现在你来了，我却不想继续了。”

“嗯？”

“我早说过，你这么好看的一双手，应该去写笔记和批改试卷，犯不着为了这种事，去和他们打架。”

风筱绮不禁失笑："这算什么歪理？"

"而且，我也不想在你面前打架，"景潇缓声道，"我给你留下的关于坏学生的印象，实在太多了，从今往后要收敛一点，至少你在身边的时候，我绝不会再把你轻易牵扯进来。"

风筱绮心口没来由地一热，她沉默了。

景潇很自然地揽着她的肩膀，转过身去正视着齐侃，眼神桀骜："我和你的账，改日再算，今天暂且放你一马，毕竟我还要忙着送这位小姑娘回家——另外，记得管好你妹妹，下次再让我见着她惹是生非，我连她一起打。"

齐侃闻言怒从心头起，声音里不免带了几分恶狠狠的意味："我看你敢！难道五中是你说来就来、说走就走的地方？你说改日再算，我偏要今天跟你算个清楚！"

结果还没等景潇回应，就听见不远处传来了熟悉的清越女声，满含怒气："绮绮！我就去办公室挨顿骂的工夫，你都调兵遣将跑五中来了？"

风筱绮无奈回头："不好意思啊乔乔，事态紧急，没顾得上通知你。"

沈乔拨开两班人群，没好气地走近："让我瞧瞧是什么家伙，连我们三中的年级之光都敢抹黑？是不想活了吗？"

齐侃正欲反唇相讥，却在看清来者何人的那一刻愣住了，面前秀眉大眼的俏丽少女，逐渐与昔日熟悉的影像重合，教他一时心口发热，连语气也迟疑不少。

"乔乔？"

沈乔见着他也觉眼熟，琢磨好久才认出来："齐侃？哎哟原来是你，我之前就说这名字听着耳熟呢！怎么着，你在五中当上霸王龙了？"

齐侃颇为无语："什么叫霸王龙啊……"

"那你欺负我朋友这事儿，准备怎么解释？"

"是他们先欺负我妹妹的。"

“你妹妹……哦，我想起来了，就是那天在三中门口自导自演一出戏的小白莲花是吧？”沈乔恍然大悟，进而更显愤怒，“你还有脸提！你妹妹强行拦着绮绮，说了一大堆乱七八糟的胡话，然后还当众碰瓷诬陷绮绮打她，再哭兮兮地去找景潇诉苦扮可怜——我当时全程在旁边瞧着，除非我这双眼睛瞎了，否则还能不清楚你妹妹到底有多绿茶？”

“乔乔，你……”

沈乔端详齐侃许久，终是重重叹了口气：“齐侃，算起来咱俩得有两年没见了吧？前段日子听说我爸跟你爸关系有所缓和，我还惦记着什么时候重新联系上你，一起出来吃顿饭的。”

齐侃垂眸，看着自己的运动鞋：“嗯，回头把我手机号码留给你。”

“那是后话，咱们先说今天的事——认识多少年了，你该了解我的性子，我不是会撒谎的人，也没必要当着你的面说你妹妹坏话，你要是不信，回家仔细问问她，看她亏不亏心？”

齐侃低着头半晌没出声，他身后的某男生忽然奇道：“老大，你耳朵怎么红了？”

“滚蛋！”他随手推开对方，像是终于做足了心理建设，注视着沈乔一本正经道，“我回家会问清楚的。”

“所以呢？”

“所以今天的事，暂且算我冲动之下犯的错误，大家散了吧。”

刚才还叫嚣着必须算账，这会儿三言两语间，竟然就要散了。四班和七班的男生们停下了摩拳擦掌的动作，面面相觑，暗道什么情况？刚见识了年级第一的武力值，现在又见识了年级第一闺蜜的外交能力，现在的姑娘们都这么强悍了吗？

旁观的林岳原本都做好干架的准备了，此时见状一头雾水，眼见着五中人在齐侃的示意下当真集体撤退，他连忙凑到沈乔跟前，很八卦地问：“有情况啊？”

沈乔一回头就迎上了他那双铜铃大眼，本能地挥上去一巴掌：“什么有情况！”

“怎么那姓齐的浑蛋这么听你话？”

她很随意地答道：“哦，我们两家是世交，我和他很早以前就认识了，后来初中毕业，双方父亲因生意上的问题闹了点矛盾，两年没联系，这不最近才刚恢复交往。”

“那你没见过他妹妹？”

“他妹妹貌似一直在邻城的私立学校读书，高中时才转到平城，我先前跟对方没交集，上次也是第一回见——唉，其实他本人没那么差劲，但他妹可比他讨厌多了。”

风筱绮的笑容里饱含深意：“或许真的是没那么差劲吧，毕竟他刚刚看你时还害羞了。”

“啥？”

“没什么。”

听得安池在不远处招呼：“风筱绮，这都五点了，架也没打成，咱们还要不要去奶茶店讲题啊？”

风筱绮朗声答应着：“去，当然要去，约定好的事情不能改。”

景潇微微低头看向她：“到时候讲完题就七点多了，你回家不安全。”

“没事儿，有乔乔陪着。”

“她和你一起走，届时说不定谁保护谁。”

沈乔闻言不乐意了：“嘿，说什么呢？以往一向都是我陪绮绮回家的，也没见出什么岔子啊！”

四班有男生起哄：“讲什么题啊？潇哥你也一起去听听！”

七班男生顿时呛声：“听个屁！我们学委的家教班是能随便听的吗？收费都不给你们听！”

林岳怒道：“有没有点心肝啊你们？明明十分钟前我们还拥有着并肩助威的革命友谊！”

“那算什么革命友谊？”安池义正词严，“塑料友谊而已，更何况危机还是我们班的姑娘解除的！”

“胡扯！要不是因为你们班的姑娘，我潇哥能特意来这儿一趟吗？”

双方的吵闹升级，风筱绮在一旁听着，无奈地揉了揉耳朵，她转头瞥向景潇：“我答应七班的同学们要讲题，你们突然参与不合适，之前不是也给过你考试大纲了吗？你带着他们自行复习就好了。”

景潇眸色沉沉地看着她：“这是重点吗？”

“这不是重点吗？”

景潇的神情仿佛一瞬间变得很不开心，只淡淡“哦”了一声，就松开了方才始终攥在她腕间的手。

风筱绮严肃思考片刻，认为自己应该是猜出了他郁闷的根源，她踮起脚尖，轻描淡写拍了拍他的头顶：“居然为了这点小事生气，你是小孩子吗？我是去办正事的，你要是坐在旁边，七班那些人还怎么专心听题？”

“本来他们也不会专心听题。”

“那这次就算我欠你的，大不了下次单独给你讲题。”

这勉强算是个令人愉快的提议，景潇认真注视她很久，最终几不可觉地点了点头。

“一言为定。”

“我从不食言。”

“还有。”

风筱绮本来都举步打算离开了，闻言复又疑惑转身：“还有什么？”

景潇薄唇轻挑，他笑着贴近她耳畔，轻言低语：“我一直都在好好复习，你若不信，期中考试成绩公布后，记得关注。”

“哦……”

他没有再多说什么，只将一张叠好的画纸塞进了她掌心，而后大手一挥，示意四班的男生们随自己走。

待确信他们真正远去了，风筱绮这才将画纸展开，见这次画的是上次在学校食堂的情景，画中她正神色淡然地把一瓶云南白药喷雾递给他。

他说过的，每见一次面，都要送她一张画像，在他的画里，她的眼睛似乎永远都闪烁着星光。

安池走近，好奇地问：“风筱绮，你笑什么呢？”

“没有。”

“纸上写的什么啊？”

她果断将画纸往怀里一塞，面无表情地把他往前推：“还讲不讲题了？再不讲天都要黑了，我还得回家吃饭。”

安池笑道：“你打电话告诉家里一声，今晚我们请客。”

沈乔俏生生一翻白眼：“请不请我？”

“请请请！”

晚霞碎影下，少年少女们彼此谈笑着走出小巷，夕阳在他们身后拖出长长的剪影，那画面很美，是种难以勾勒的美。

05

期中考试结束后一个星期，年级榜单公布。

风筱绮照惯例出现在榜单首位，成绩高出第二名整整三十分，但她关心的重点似乎不在此，反而直接往榜单最后看去。

唔，某个人的名字没有出现在那里。

终于，她在位于榜单中央第二百名的位置找到了景潇的名字——这着实算不得什么好名次，却是景潇自身的重大突破。

正出神间，忽觉耳畔一暖，竟是有人从身后伸出了双手，替她捂住了耳朵。

风筱绮讶然抬头，正迎上景潇含笑的视线，他的声音在寒风里格外清晰：“找到我了吗？”

“找到了，不过你先放手，咱俩这姿势太奇怪了吧？”

“你害羞了？”

她冷静地推开了他的手：“在我的字典里没有‘害羞’二字，只有‘嫌弃’。”

“哦，那可真是太伤心了，我本以为你会夸我两句的。”

“距离前一百名还差得远。”

景潇笑了笑：“距离期末考试也还有时间，毕竟这次复习仓促，我还没来得及把大纲看完。”

“嗯……”

“我只是想向你证明一下，我先前说自己好好复习，是真的，”他慢条斯理地揉着她的长发，嗓音低沉惑人，“另外，期末考试的大纲也拜托你了。”

风筱绮叹息：“我看起来就那么像个免费送大纲的吗？”

“重要的不是大纲，而是整理大纲的人，而且我会付报酬的。”

“谁稀罕你的报酬……”她在他的注视下转身欲走，却在走了十多米后陡然停住脚步，回头一看，景潇居然还停在原地看着自己。

景潇跟上来，微微侧头端详着她：“你是有什么话想对我说啊？”

她下意识开口：“只是突然想起，你好像忘了点事情。”

“嗯？”景潇仅仅用了两秒钟就反应过来，他的眼神一瞬间变得明亮非常，当即从怀里取出一张叠好的画纸递给她，“给，怎么能忘呢？”

这张画，画的是她那天在四班布置作业时的背影。

纸上还残留着他的体温，风筱绮唇角微抿，脸上看不清是什么情绪，她背对着他，很自然地摆了摆手。

“谢了，回见。”

景潇目送她远去，看她的校服裙摆随着走廊窗口吹进来的风缓慢拂动，心底便有种难以言喻的满足感。

每当想到与她相隔不过一层楼的距离，若是想见，随时能见，他就对前路充满期待。

她就像是难以替代的光芒，温暖地照亮了他十八岁的生命，让他自此，不再是浑浑噩噩的孤身一人。

CHAPTER

04

手牵手与公主抱

风筱绮并不知晓，那一刻景潇侧过头来，望向自己的眼神有多么专注温柔，他收拢五指感受着她的温度，只觉心脏的跳动，每一秒都比上一秒更加急促。

01

平安夜前夕，天空突然下起雪来，大雪纷纷扬扬持续了一夜，待转天出门看，地面积雪已有一尺厚，靴子踩上去都没了靴跟，街边树梢挂满冰霜，风一吹就簌簌下落。

越是寒冷的天气，就越是令人昏昏欲睡，尤其还是在数学课堂上。

数学老师是个很随性的人，又或者是因为教了七班之后才变得随性，总之他见大家的学习热情不怎么高涨，干脆一扔粉笔，宣布自习。

说是自习，其实大家都在书桌下偷着玩手机，包括风筱绮同学。

班级群的消息一直振动不停，班长安池正在群里发布任务：年级主任吩咐了，今天下午的体育课改成铲雪作业，每个班都有各自负责的区域——兄弟姐妹们，咱们在铲雪过程中，可以顺便打个雪仗。

这一提议，瞬间得到了全体同学的响应。

风筱绮叹息："这群家伙，打雪仗堪比第二次世界大战，很危险了。"

"年轻就是要寻求刺激，"沈乔倒显得斗志昂扬，"没事儿绮绮，到时候你就藏我身后，我保护你。"

"我担心你发起疯来，第一个就先把我撂倒在地。"

话虽如此，到了那节体育课，风筱绮还是随着浩浩荡荡的大部队下了楼，她站在指定区域内，扛着扫帚打着哈欠，一副与世隔绝的懒散模样，直到安池走过来，郑重其事地将两团雪球塞进她手里。

"风筱绮，加入战斗吧！"

"我拒绝。"

安池继续怂恿："来嘛来嘛，你看连小桂花那么腼腆的女孩子都加入了，这就是集体活动的力量！”

果然，此时在不远处，肖瑰华同学正把头缩进衣领中，努力在混战中寻求自保，而后她就被雪球迎面直击，一个趔趄摔倒了。

风筱绮无力扶额：“你们可别欺负人家小桂花了……”

安池正再接再厉打算劝说，忽听身后传来本班某男生的声音：“班长闪开！”他心念一动，当即敏捷地跳到了一旁。

然后风筱绮就看见对方站在不远处，笑嘻嘻地举起雪球瞄准了自己：“喂，无不无聊啊？”

原本这样的距离，她是有信心躲闪成功的，谁知还没等她做出反应，已经有人毫无征兆地从旁侧出现，像堵墙一样挡在了她身前。

那人准确无误地将雪球接在了手里，轻轻巧巧捏碎了，随即似笑非笑地回头看向她：“没想到你们还挺有兴致。”

竟然是景潇。

风筱绮微怔，听得安池已在旁边不爽地开口：“怎么铲个雪也能碰见你们？我没记错的话，四班负责的区域不在这里吧？”

“是不在这里，不过我们负责的区域都清理完了。”

“清理完了就回教室呗！你上我们这儿捣什么乱？”

林岳闻言，理所当然地回答：“那还用问啊？自然是帮你们铲雪！”

沈乔刚跟人打了两拨雪仗，此刻三步并作两步跑过来，恰好听到这一段，不禁吐槽：“我们自己有手有脚的，还用你们管闲事啊？我看你们就是醉翁之意不在酒，惦记着我们又美丽又有才华的绮绮！”

林岳斜眼瞥着她：“数你嗓门最大，就算我们另有所图怎么了？我们可是来帮忙的，伸手不打笑脸人，你们就装作没看到，乐得清闲不好吗？”

而后他见沈乔刚打完雪仗，头发眉毛上还沾着冰碴，也没多想就很随意地抬手替她抹了抹脸。

猝不及防袭来的暖意，让沈乔一时愣住，她下意识推开他，顿了一顿，又索性扯过他的袖子擦脸：“神经病啊你，吓我一跳！”

林岳郁闷：“你什么时候讲话能客气点？”

“好的，请你以后不要再犯神经病吓唬我了，可以吗？”

“喂！”

这边两人还闹腾着呢，那边的景潇已经带领四班男生投入了热火朝天的铲雪行动。安池见拦不住他们，本着不能示弱的原则，大手一挥示意七班男生也跟上，于是这片区域很快就被打扫得连雪碴都不剩。

不得不承认，劳动最光荣，而争抢劳动则会创造更高的效率。

风筱绮拄着扫帚，站在旁边百无聊赖地看着景潇做收尾工作。察觉到她的视线，景潇笑着转过身来：“怎么了，我脸上有花？”

“我是在思考，你什么时候变得这么闲了，期末考试都不用准备的？”

“不急，毕竟今晚是平安夜，还有正事要做。”

“什么正事？”

他故作神秘凑近她，在她疑惑的目光里，一字一句提议道：“绮绮，待会儿跟我翘课去逛街吧？”

她登时横他一眼：“你疯了？”

景潇锲而不舍试图说服她：“反正下午也只剩自习了，听说今天全年级老师都去开会，没有谁会发现的。”

她一言不发。

“对你来讲，上不上自习有区别吗？但平安夜去做些有趣的事情，这就非常有意义了。”

她陷入了沉思。

“你知道吗？长乐甜品店又出了很多红豆新品，老板娘特意委托我转告你，只要你去，立刻打八折。”

大约是景潇的眼神中期待的光芒太过明亮，像只渴望陪伴的大狗狗，风筱绮沉默许久，忽而叹了口气：“你可真是麻烦。”

景潇笑意渐深：“也就是说你同意了？”

“我希望你能冷静点，不要把这点小事闹得尽人皆知。”

景潇心情愉悦地揉了下她的头发：“我知道，带着年级状元翘课的事情，当然要记得保密。”

“闭嘴，我先上楼了。”

不远处的沈乔见风筱绮离开，连忙拎了扫帚和铁铲跟上去，林岳站在原地，盯着她在风中飞舞的鹅黄色大衣看了很久，这才转过头来，而后又在瞥见景潇神情的一瞬间诧异非常。

“潇哥，你这笑得让我心里发毛啊！”

“那你把眼睛闭上。”

“哦。”

02

晚自习开始之前的课间，风筱绮就把桌上的零碎物品都收进了书包，只留下笔袋和一本翻开的书装装样子。

她很自然地拜托沈乔：“放学后记得帮我把书包拿到校门口去，我在那儿等你。”

沈乔大惊："晚自习你不上了？去哪儿？"

"平城图书馆最近新翻修，我去瞧瞧。"

"胡扯，你要去图书馆，为什么不等周末和我一起去，非得赶今天平安夜？"

风筱绮面不改色地胡扯："学习使我快乐，我这已经迫不及待了。"

沈乔愤怒地指了指自己的脑袋："绮绮，我的确成绩不好，但那只能代表我懒，不代表我真的智障——甭蒙我了，这次又是跟景潇出去对吧？那浑蛋居然都敢诓你翘课了，他难道就是传说中的江湖骗子吗？"

"我不想翘课的话，没有人能强迫我，"风筱绮笑着拍了拍她的肩膀，"乔乔，你会帮我保密的，是不是？"

"莫非我还有得选择吗？"沈乔欲哭无泪，她趴在桌上有气无力地摆手，"快走快走，别让本小姐看见你心烦了，你这蔑视友情的家伙。"

然后风筱绮就穿好外套迅速出门了，临走时恰好撞见安池，面对对方的询问，她淡定回答是要去一趟行政楼取练习试卷——撒谎撒得天衣无缝。

上课铃声响起，所有人都回到了教室，她沿着安静的走廊前行，直到在楼梯口看见了等在那里的景潇。

景潇瞄了一眼腕表，微微眯起眼睛笑道："你迟到了哦，绮绮。"

"你的表快了，请以铃声结束的时间为准，"风筱绮话尾略一停顿，她神色古怪地看向他，"你该不会等了好久吧？"

"唔，课间时就在这儿转悠了，怕你来了找不着我。"

"万一我改变注意，不打算来见你了呢？"

景潇痞气地扬眉："那我就直接去七班逮人。"

"强盗做派。"

他复又笑起来，笑声清朗，随后倾身靠近风筱绮，很认真地开口："但我觉得，如果是你的话，一定不会失约的。"

风筱绮一巴掌拍在他脸上，毫不客气将其推回了原地：“啰唆。”

景潇负手跟在她身后，煞有介事道：“绮绮，你不常翘课，可能不了解，这时候的校门紧闭，咱们只能从操场翻墙出去。”

“即使我不翘课，这点常识也还是有的，翻墙而已，不算什么。”

风筱绮是这样回答的，也是这样做的，面对那堵三米高的围墙，她连犹豫也没犹豫，当即就准备借助旁边那棵老榆树的高度翻过去，但被景潇制止了。

“你多少有点女孩子的样子，大冬天的爬什么树？”他在她面前弯下腰，扶着膝盖低头示意，“踩着我上去，先坐在墙头等着。”

风筱绮表示怀疑：“你禁得住吗？”

“就你那几十斤的重量，我还不至于禁不住。”

她最终答应了他，为避免弄脏他的衣服，她特意脱了棉靴拎在手里，这才踮起脚尖踩上了他的肩膀。

景潇的身体连晃都没有晃一下，他的语气稳稳的：“动作慢点，自己当心。”

“OK 了。”

确定她在墙头坐好之后，他起身后退数步，猛地拔腿助跑，三下五除二就灵活攀上了围墙，复又在她的注视下，纵身一跃轻巧落地。

他仰头看着她，伸开双臂道：“跳，我接着你呢。”

风筱绮的另一只鞋还没穿好，可还是依言跳了下去，她只感觉景潇那张俊脸在眼前无限放大，下一秒自己就跌入了极其温暖而有力的怀抱。

景潇小心翼翼地放下她，一只手扶着她，另一只手接过棉靴给她穿好，然后又俯下身去，替她将鞋带系紧。

他有条不紊地做完了这一切，抬眸看着她：“绮绮，走吧。”

“嗯。”

两人一前一后去马路上叫出租车，过马路时他走在汽车驶来的一侧，并牵起了她的手。

风筱绮下意识想把手缩回来，但却被景潇攥得紧紧的，她听到他悠然嘱咐：“别乱动，不晓得平安夜是这条路最拥堵的时候吗？”

“唔……”

“所以不牵好你，我不安心。”

她微微垂眸，跟随他的脚步穿过熙攘人群，没有再多说什么，也没有再试图将手抽离他的掌心。

03

两人到达长乐甜品店时，距离店铺关门的时间只剩下半个小时，老板娘正在收拾东西，见到他们稍感惊喜。

“小景，又带着你的小姑娘来了？”

老板娘的措辞总是带着些暧昧不清的意味，譬如这一句“你的小姑娘”，令风筱绮瞬间尴尬起来：“啊……我听景潇说，最近您这里出了不少红豆新品？”

“是很多啊，你看看单子，喜欢哪款我给你做，”老板娘笑眯眯地回答，“正好我今天也不急着打烊，就专门为你们俩延长半小时好了。”

景潇笑道：“谢谢老板娘，那就单子上的新品各来一份吧。”

风筱绮忙抬手制止：“六种呢，能吃得了吗？”

“就想让你都尝尝，吃不了的我替你吃。”

“你还真是好胃口……”

老板娘手下工作不停，眼角余光却时不时瞥向低声谈话的少年和少女，神情充满长辈的欣慰和慈爱。

她与景潇也算得上很熟悉了，风筱绮不知，她又怎会不知，景潇何曾对旁人这么有耐心过?

但这种话，就没必要特意说给风筱绮听了，毕竟有些事是需要在共同相处的岁月里，慢慢体会的。

红豆的浓醇甜香久久留连在齿间，风筱绮坐在靠窗的座位上，细致品尝着每一道新品，只觉心情分外愉快，而后她猛一抬头，就发现对面的景潇正一动不动地盯着自己看。

“看什么呢？”

景潇啜着那杯红豆牛奶，不假思索地答道：“你好看呗。”

她面无表情地抬手一指：“劳驾，这根吸管是我用过的。”

“我知道，有什么关系吗？你现在吃冰淇淋的勺子，还是我刚才用过的呢。”

她手一松，勺子就掉在了桌上。

景潇那一瞬笑得异常得意，像只得逞的小狐狸。

04

走出店门时，见外面天色已完全暗下来，寒风一阵紧似一阵，景潇站在风中沉吟片刻，突然回身面对着风筱绮。

风筱绮没料到他会停下，收势不及，顿时一头撞进了他怀里，而后就被他单手搂住了。

他在她耳边低声问：“冷不冷？”

“不冷，我一向不怎么怕冷。”

“所以这就是你不戴围巾的理由？”他解下颈间的黑色围巾，不由分说给她围好，直到把她半边脸都遮挡住，只露出一双大眼睛，“在照顾自己这方面，你似乎并不如何擅长啊，绮绮。”

他的微笑仿佛带着光，直将四面的茫茫夜色都点亮，风筱绮抬头注视着他，然后就在他眼底，看到了自己清晰的倒影。她静默良久，唇角悄然弯起，声音却依旧平淡：“接下来你还要去哪儿？我们还得赶在放学之前回去。”

“不会太久，来得及，”他说，“祥南街那边新建好了一棵三十米高的圣诞树，我想带你去看看。”

“好。”

从长乐甜品店到祥南街口，不过十几分钟的路程，作为一条较为繁华的商业街，祥南街的行人素来密集，此时又逢平安夜，这里便显得更加拥挤。景潇一路紧紧拉着风筱绮，生怕人一多就把自己和她冲散了。两人远远便望见了那棵高大的圣诞树，树上挂着数不清的彩灯和卡通布偶，远观流光溢彩，和月色交相辉映，充满了节日的喜庆气氛。

圣诞树前聚满了游客，遮挡住了大部分视线，风筱绮叹气：“这时候才发现，身高确实是优势。”

谁知话音未落，她忽觉脚下一空，人已经被景潇拦腰举了起来，景潇低声笑道：“这下能看清了吗？”

“能，”她低头问他，“但这样你不累吗？”

“放心，你轻得很。”

即使如此，风筱绮也不能让他抱自己太久，她掏出手机迅速拍了几张照片，示意他可以放自己下来了。景潇没有放手，他扬起头看向她，一双桃花眼在明亮街灯的映照下，星光般惑人：“跟我自拍一张，我再放你下来。”

风筱绮惊讶于他神奇的脑回路：“怎么拍？”

他单手稳稳抱着她，另一只手接过手机，选择了最合适的角度，不仅拍到了彼此的脸，还将身后的圣诞树也收进了镜头：“来，绮绮，笑一个。”

风筱绮觉得这么做实在幼稚，但在他按下快门的瞬间，她却还是配合地露出了笑容，于是少年少女青涩的笑脸就这样定格在了灯火辉煌的画面中，美不胜收。

她从他怀里跃下，而后便听得他在自己耳畔轻声道：“这次见面，还欠你一张画像。”

“是哦。”

“月底补给你，我会好好画的，就画今天的你。”

风筱绮点点头：“那我等着看。”

他重新牵起她的手，慢慢朝来时路走去。“绮绮，平安夜快乐。”

“啊……平安夜快乐。”

街边店铺的圣诞音乐不断循环播放，一高一矮两道身影，步调出奇和谐，很快就消失在来往的人潮中。风筱绮并不知晓，那一刻景潇侧过头来，望向自己的眼神有多么专注温柔，他收拢五指感受着她的温度，只觉心脏的跳动，每一秒都比上一秒更加急促。在这样重要的日子来临之际，渴望与你一起，踏着夜色碎影，穿越车水马龙，最后成为彼此年少的记忆，任凭将来岁月磨砺，鲜活的颜色都不会褪去。

我很感恩，能遇见你。

05

三中校门口，沈乔拎着风筱绮的书包，正打着哈欠昏昏欲睡。

“喂，绮绮，你还有多久回来？五分钟是吧？OK，我就在这儿等你……咦？”她挂断电话，一头雾水注视着正朝自己走来的男生，“齐侃？你来干吗？”

齐侃停住脚步，隔着不远不近一段距离看向她，街灯下他的眼睛显得格外清亮：“这不平安夜到了嘛，给你来送个平安果。”

他将手从背后拿出来，掌心托着一个用精致礼盒包装好的苹果，径直递到沈乔面前。沈乔接过，不知怎的竟有些尴尬，毕竟一个月前因为风筱绮的事，她还当众斥责他来着。

“谢谢哈，不过你怎么就确定在校门口能碰见我，万一我刚才先走了呢？”

齐侃低声笑道：“我逃了半节晚自习，就专门在三中马路对面等着，不会错过的。”

“呃……”

“另外，你似乎还欠我个手机号码，以及微信。”

他取出手机给她，沈乔在他的注视下，以最快速度输入了自己的号码，结果刚输完，就听见身后传来了熟悉的大嗓门，是林岳那小子没错了。

“喂！姓齐的，你还敢来找我们三中女同学的麻烦是不是？”

沈乔回手推了他一下，赶紧解释：“齐侃就是来给我送苹果的，没有恶意，你小点声！”

林岳铁了心要跟齐侃杠到底，登时变戏法似的从书包里掏出个平安果来，比齐侃送的还要花里胡哨：“五中的苹果难道比咱们三中的甜吗？拿着！”

“拜托，你神智不太清醒吧？”

林岳一本正经地回答：“我这是在拯救你，避免你被某些不良少年带入歧途。”

齐侃冷笑：“我是不良少年，莫非你是三好学生？”

“你懂什么？不良少年也要分为正义的不良少年，还有邪恶的不良少年。”

“蠢货。”

“你才是蠢货，你和你手下那群五中人都是蠢货！”

眼看着两人越靠越近，彼此都有要大打出手的冲动，沈乔忙一左一右扯开他们，正头疼着要如何劝说，抬眸间眼神却突然一亮，原来是救兵到了。

风筱绮迎面走来，见状笑吟吟地问道：“这么热闹，联谊呢？”

“潇哥你回来了！”林岳一眼就瞧见了跟在后面的景潇，忙走上前去把书包递给对方，“怎么样，今晚的你快乐吗？”

景潇看他的眼神像在看智障：“别废话，先说说你自己在干什么。”

“我啊？我在拯救单纯少女免受荼毒。”

“我谢谢你视我为单纯少女啊！”沈乔没好气地投来一瞥，随后又转向齐侃，挺别扭地开口，“平安夜快乐，多谢你还特意跑来这儿一趟，那……你就赶紧回家吧？”

齐侃蹙眉，警惕地看了景潇一眼：“你还要跟他们去哪儿？”

景潇痞气一笑：“你想多了，我可没有要带你的小姑娘去哪儿——不过退一万步讲，就算我真的要带她去哪儿，也不是你能阻止得了的。”

“你不妨试试看。”

“二位，请稍微控制情绪，不要在三中门口起冲突，”风筱绮没管齐侃怎样，她只是把景潇往自己身后扯了扯，“天色不早，我建议各自回家，有什么恩怨情仇的改日再算，大过节的，别耽误大家的时间。”

景潇任由她拽住自己的袖子，笑着附和：“对，大过节的，我还得忙着送我的小姑娘回家，恕不奉陪了。”

谁知就在两人转身的瞬间，听得齐侃沉声道：“风筱绮。”

“嗯？”风筱绮平静回眸，“有事？”

“关于上一次的事情，我已经和檬檬确认过了。”

风筱绮了然点头：“她承认了？”

“她没有明说，但以我对她的了解，她……应该算默认了。”

“哦，我估计也是，”风筱绮轻描淡写地应着，“我本来也不指望你妹妹能亲口说出真相。”

齐侃叹了口气：“我替她向你道歉，之前那件事，很抱歉，给你添麻烦了。”

风筱绮漫不经心地摆了摆手：“不重要，我还不至于为了你妹妹影响心情，但你能道歉，至少说明人品没问题，我们乔乔没看错人。”

沈乔瞥向她：“绮绮，你这话有点歧义，注意措辞。”

“有歧义吗？人家大老远来给你送个苹果，这还不能说明问题吗？”

“呸！那完全属于发小的革命情谊好吗？再说林岳还给我送苹果了呢，要不你也联想联想？”

林岳义正词严：“这苹果其实是四班一女生送我的，为了维护三中男同胞的颜面，我把它转送给你。”

沈乔瞬间满脸嫌弃：“那你快拿走吧，不害臊的。”

“不行，送出去的东西，没有要回来的道理。”

景潇在旁听了半天，逐渐有些不耐烦：“正事都说完了吧？如果没后话，我就先送绮绮回家了，失陪。”

齐侃一拍沈乔的肩膀：“我也送你回去。”

“啊？又不是同一方向，太麻烦了吧？”沈乔下意识拒绝，“等下次吧，反正我爸也跟你爸说了，改天出来聚一聚。”

“不麻烦，毕竟女孩子天黑走夜路，不安全。”

“安全安全，”林岳毅然伸出手拦在了齐侃和沈乔中间，俊脸带笑，“我跟她家同一方向，我负责送她回家，说走就走，绝不停留。”

齐侃神色微沉：“那也要问乔乔的意见。”

沈乔扶额：“谢谢你们了，但我自己回家就挺好，不需要……哎？林岳你这王八蛋干吗？放我下来！”

林岳哪里肯听她的话？他直接把她扛在肩上，大步流星追随景潇和风筱绮的身影而去，只留黑着脸的齐侃在原地。

“沈乔同学，不是我批评你，三中的女孩子就应该考虑三中的男孩子，千万不能随便就便宜了外人啊！”

“你到底在胡说八道些什么？你大脑似乎有什么疾病吧，林岳！”

月光的清辉洒满来时路，吵吵闹闹的两个人，背影逐渐融入了夜色，消失不见。

06

临近期末考试，无论是四班还是七班，气氛都紧张起来。

当然，令他们紧张的并非考试成绩，而是另外一些事。

根源在于风筱绮和景潇之间微妙的关系，令班长安池感受到了十二分的危险，对此他特别制定了应急计划，并号召全班男生都参与其中，即全天三百六十度无死角轮流贴身保护风筱绮学委，绝不给四班半点可乘之机。

风筱绮自然不晓得他们私下达成了什么莫名其妙的协议，她只是发现最近一段时间，本班男生们都像打了鸡血一样，无论自己到哪里，他们都能出现在她方寸几米。

办公室外——

“学委这么多试卷你拿得动吗？我帮你！”

她看着那沓比习题册还薄的试卷，纳闷反问：“难道我是残废了？”

课间操后——

“学委喝水吗？喝什么水？一起去买吧！”

她无奈叹气：“没看我手里正拿着一瓶了吗？”

午饭时分——

“学委这是你点的羊肉面！”“学委这是你要的清炒芥蓝！”“学委来瓶可乐吧！”

沈乔在旁终于看不下去了：“他们这两天反常啊，平时就算跟你关系好也没有这么殷勤过，我怀疑有阴谋。”

风筱绮板着一张俏脸：“我自认智商不低，居然也看不透他们的真实意图，这让我感到非常焦虑。”

这样想着，她用力一拧瓶盖，只听“嗞”的一声，带气的碳酸饮料喷涌而出，不幸洒了她一身。

她叹着气，正要起身去买包面巾纸，忽见安池一阵风似的出现，把未开封的面巾纸递到她手里：“给。”

她盯着那包面巾纸看了许久，没有去接，反而扯住了安池的衣领强迫他坐下：“班长，跟我说实话，你们到底中了什么邪？”

安池嘿嘿干笑：“风筱绮你在说什么？我听不懂。”

“听不懂的话，以后课堂上回答问题，我不会再提示你。”

“别啊！”安池讨好地凑近她，“你别生气，我们也是有原因的，这不期末考试快到了嘛，想请你课后开个小灶，重点讲解一下范围。”

风筱绮略一挑眉：“真的只是因为这个？”

“那你说，不然还能因为什么？”

她搞不懂这群人的脑回路，一时也想不出更好的解释，只好点点头：“你们什么时候变得这么热爱学习了？再说了，平时只要你们提要求，我哪次没满足？下次别搞这稀奇古怪的一套了。”

安池见顺利蒙混过关，暗暗松了一口气，忙道：“好好好，那就这么说定了，正好今天没有晚自习，放了学咱们带人去阶梯教室补补课。”

为了表示自己学习的决心，他还特意跟风筱绮握了一下手，然后忽觉身后风声有异，下一秒，一个乒乓球就砸到了他的后脑勺。

“我靠！谁这么不长眼？！”

食堂里人来人往，找不出罪魁祸首是谁，但当风筱绮抬头的时候，她还是认出了那道远去的熟悉背影。

是景潇，不会有错的。

她有点想笑，可依然将面部表情控制得很好：“也许是谁手滑误伤了你，班长不要生气。”

沈乔也附和着：“对，毕竟食堂里那么多人呢，偶尔出点事故可以理解。”

话虽如此，其实她和风筱绮一样，也看到了扔乒乓球的幕后黑手，当时跟在景潇身后的林岳也望见了她，还朝她比画了个胜利的手势。

唉，真是无聊的家伙。

07

任凭风筱绮再聪明，也无论如何都想不到，在推开阶梯教室大门的那一刻，会看见里面坐了将近二十位四班的男生，而坐在第一排的就是景潇。

表情管理失败，她的嘴角不自觉地抽搐了一下。

安池见状如遭雷劈，震惊发问："你们放学了不回家，跑到这里来是要打麻将？"

"瞧你这话说的，打什么麻将？"林岳趴在桌面上，悠然自得地吸溜着柠檬汁，"期末考快到了，学习的重要性越发明显，所以想借你们班的考神用一用，让她给我们也开个小灶。"

"做梦去吧！"

"哎哟，那就对不起了，阶梯教室是公共区域，谁都能用，我们今天下午就待在这儿不走了。"

安池冷哼："那我们换地方。"

景潇不轻不重敲了敲桌子，登时就有四班男生起身，笑嘻嘻地跟了上来："正好我们也想溜达溜达，你们去哪儿，我们就跟去哪儿。"

"是不是有病？一群人跟狗皮膏药似的，不嫌丢脸吗？"

"我们努力上进渴望学习，有什么可丢脸的？"林岳理所当然地反驳，"倒是你们，最近把考神视为私有财产，想方设法阻止我们求教，好意思吗？不知道同学间应该互敬互爱吗？玩什么反追踪啊？"

安池横眉怒目："你管得着吗？"

风筱绮在旁听了全程，终于明白七班男生先前反常的真正原因了，合着他们是要避免四班男生靠近自己。她忍不住看了安池一眼，颇感无语。

“班长，原来我在你眼里这么金贵呢？”

“可不，你是咱们七班的学霸一枝花，能不金贵吗？万一被他们带坏了呢？”安池懊恼地叹息，“但这群浑蛋太贼了，严防死守也守不住。”

风筱绮从容道：“没那必要，来都来了，乐意听的可以一起听听。”

“啊？”

“就在这儿讲吧，我给大家划一下期末重点，只说一遍不重复，谁有问题当场提。”

四班男生在林岳的带领下集体鼓掌：“考神万岁！”

既然她亲自开口了，安池也不能再多说什么，只能憋屈地吩咐七班男生们：“快去抢座位，务必围着风筱绮坐，别给那群兔崽子们占便宜的机会。”

而后七班男生们答应了一声，一窝蜂扑向四班男生，由此又引发了一场腥风血雨。

景潇朝风筱绮招招手，示意她到自己身边来：“绮绮，给大家讲课嘛，自然是要坐在前排。”

风筱绮走过去，顺手把书包挡在了两人中间：“严肃点，待会儿他们又该闹了。”

“还不都是你惯出来的毛病。”

“你就不惯着了？你看你手下那群人，又能好到哪里去？”风筱绮说完又突然意识到了什么，忙环顾四周，“乔乔呢？”

此刻的沈乔没抢着前排有优势的座位，正在后排镇压林岳，一人霸占了三张椅子不说，还顺便把林岳桌上的半盒巧克力豆拿起来吃了。

林岳愤怒一拍大腿：“多少给我留俩行不行？”

“不行。”

“你也不怕长蛀牙！”

景潇双手将风筱绮的脑袋转回来，强迫她的视线正对着自己：“甭管他们了，讲你的题。”

第二排的安池使劲用钢笔戳他后脖颈：“手往哪儿放呢？老实点！”

为避免冲突，风筱绮果断拍开了景潇的手，摆出一副公事公办的态度：“把地理书和政治书拿出来，我就直接在上面标记了。”

景潇闻言心情极好，却还是要故意问一句：“为什么偏偏是这两本？”

她横他一眼：“期中考试，你地理和政治的分数最低。”

“你记得这么清楚？”

“我是过目不忘的，这属于智商的差距，你可能难以理解——请大家翻开目录，我先画一下地理期末重点考察的章节。”

墨水笔与纸面摩擦发出细微轻响，风筱绮的声线柔软甜美，语气却有种与年龄不符的沉静感。景潇在旁托腮看向她，用目光将她秀气的五官轮廓细细勾勒，只觉怎么看都看不够似的。

敏锐察觉到他的视线，风筱绮头也没抬，冷漠地把笔记本拍到了他脸上：“好好听着。”

“我的确在好好听，你不是讲到洋流部分了吗？刚刚说‘高纬流向低纬是寒流，低纬流向高纬是暖流’。”

失策，没想到这人一心多用的本领还挺高强。

于是她不再理会他，继续自己的思路讲重点，岂料在翻开地理书某一页的时候，竟然发现那页中间夹着一张画纸。

她沉默了半晌，听得安池在后面问：“怎么停下来了？”

“唔，没什么，接下来是第六章。”

她的语速仍旧很稳，只是把画纸悄悄拿到了书桌下面，见纸上画的是圣诞节那晚的情景：他抱着她，而她正在用手机给圣诞树拍照。

哦，突然想起，之前那张自拍，她好像还没有发给他呢。

与此同时，她看见景潇用笔在书上写下一行字："那张自拍，你还没有发给我。"

"嗯。"她用鼻音答应着，示意自己记得。

然后两人对视一眼，在看到他笑起来的瞬间，她竟也抑制不住露出了极浅的微笑。

窗外，傍晚将至，晚霞正好。

08

依照三中惯例，每学期的期末考试之前，各年级都要利用放学时间进行一次大扫除，不仅包括班级教室打扫，连走廊卫生的负责区域也要具体细分。

恰逢七班的扫帚坏了两把，簸箕也需要换新的了，风筱绮闻言穿好外套，准备去一趟后勤仓库。

岂料她在楼梯口却巧之又巧地撞见了端盆下楼的杜薇薇，四目相对，两人都本能地后退了一步。

杜薇薇不怀好意地冷笑："这不是传说中的年级第一吗？裹这么严实要去哪儿，逃避大扫除吗？"

"你很吵，"风筱绮面无表情地揉了揉耳朵，"管好你自己就得了，哪那么多废话？"

"很久不见，你还是一样嚣张，怎么，是因为最近和四班男生们走动频繁，导致自信心极度膨胀了吗？"

重点其实在这里，毕竟漂亮的女孩子都难免习惯了独占异性宠爱，从而会将其他女孩子视为居心叵测的入侵者。

风筱绮可以理解，但并不打算惯着她这大小姐脾气，所以很随意地点了点头，绕过她下了楼：“你愿意这么认为，我也没意见。”

杜薇薇在身后大喊：“风筱绮！”

“啊，在这儿呢。”

“你给我等着！”

风筱绮懒得搭理她，自顾自加快脚步，不多时就消失在了杜薇薇的视线内。

对杜薇薇这种千金大小姐来讲，哪怕风筱绮站在原地跟她互相指着鼻子大吵一架，她都不至于这么愤怒崩溃，可风筱绮漫不经心的轻视态度，却着实刺痛了她玻璃做的自尊心。

依她的性格，虽然嘴上说着“你给我等着”，但其实根本一刻也等不及，也想不出什么长远计划，她亟须发泄怒火，直接表现就是冲向了距离最近的走廊窗口。

透过这扇窗户，刚好能看见风筱绮插着口袋路过楼下，她想也未想，就这么把手里端着的一盆脏水全都泼了下去。

那盆水哗啦啦正中风筱绮头顶，灌进脖颈湿透大衣，被冬日里的冷风一吹，透骨寒凉。

不得不承认，即使冷静如风筱绮，那一刻也有点发蒙。

然而前后不过才经历了几秒钟，还没等她清醒过来，忽觉眼前一黑，已猝不及防跌入了某个温暖的怀抱。

“景潇？”

景潇搂紧她，抬头朝窗口方向望去，正看见杜薇薇惊慌失措离去的身影，他双眸微眯，眼神瞬间戾气充盈，凶狠无比。

他只是碰巧路过，见风筱绮就在前方，原本是满心欢喜想要来打招呼的，谁知没走两步就见着这出乎意料的一幕——若是他不在，她大冬天的被淋了一盆水，回家不生病才是怪事。

“冷不冷？”他一面低声问着，一面迅速脱下自己的棉衣，将风筱绮严严实实裹了起来，“我送你去职工宿舍的女生浴室，那边的老师应该有新校服让你换。”

风筱绮连脑袋也蒙在他宽大的棉服里，声音听起来闷闷的：“不必了吧？太麻烦了。”

景潇沉声反问：“是少走这两步路重要，还是自己的身体重要？”

“这算什么无聊的问题？”

“况且这两步路，也不用你亲自走。”

风筱绮还没反应过来他这话的深意，下一秒已被景潇打横抱起，她整个人都蜷缩在他怀里，挣扎无效。

景潇很有耐心地开口：“好好洗个热水澡，出来时记得穿我的棉衣，剩下的事我来处理。”

“那你总不能只穿着一件校服在风里走吧？”

“我是个男人，又不怕冷，没什么大不了的。”

风筱绮无奈叹了口气：“那咱俩商量一下，先把我放下来吧？被人看见影响怪不好的。”

景潇的语气悠然自得：“你放心，我选的是后操场的小路，没人看见。况且你被棉衣裹着，也没谁认得出你，不知道的还以为我抱着一麻袋呢。”

风筱绮吃力地从棉衣中伸出一只手，想要去扯他的领子：“白痴，不会好好说话吗？”

景潇一字一句掷地有声：“你再不乖，我可就要亲你了——你觉得自己能躲得开吗？”

照目前的形势而言，确实难以躲开，本着特殊情况特殊对待的原则，风筱绮沉默半晌，终是把手收了回去，而后她就听见了景潇极轻的笑声。

近在咫尺，她被他稳稳地抱着，真实感受到他的体温；也能听到他有力的心跳声，不知怎的，她突然生出了一种很安定的感觉，仿佛时间定格，就这么一直走下去也很好。

她几乎被自己的想法吓到了，下意识抬眸看去，由于视线被棉衣遮挡，只能从缝隙里看到他半张脸的轮廓，却看不清他此刻的表情。

而后景潇就用棉衣的帽子把她眼睛盖住了，他含笑的声音自她头顶传来："绮绮，你这么偷偷地看我，我会不好意思。"

"谁在偷偷看你？就你这副长相，我早记清楚也看腻了。"

"哦，是吗？"他煞有介事地应着，"可我却觉得你一直这么可爱，怎么看也看不腻。"

"你这油腔滑调的本事，到底跟谁学的？"

景潇道："是认识你之后，无师自通的。"

然后他与她，很默契地谁都没有再讲话，唯有耳畔风声呼啸，伴随着彼此渐趋急促的呼吸，久久不息。

09

而此时的七班教室内，安池等来等去，还是没有等到风筱绮把扫帚和簸箕取回来，考虑到风筱绮一向靠谱不失约的性格，他隐隐有种不妙的预感。

"哎，你们刚才谁看见风筱绮了？"

大家都摇头，只有在角落里擦桌子的肖瑰华看上去有点迟疑，她紧紧攥着抹布：“那个……我……”

“你看见了？”

“嗯……”

安池叹着气追问：“桂花儿啊，都这时候你就别支支吾吾的了，看见了就直说啊，她去哪儿了？”

肖瑰华小小声回答：“刚才我去洗抹布，正看到有个漂亮女生把脏水从窗口倒下去，倒了咱们学委一身。”

周围的七班男生们异口同声：“什么？！”

“看那架势，应该是故意的。”

“什么？！”

“碰巧四班那个很能打的景潇也在楼下，他貌似是把学委裹起来直接抱走了。”

“什么？！”

这曲折跌宕的情节发展，一时竟令安池反应不及，他在原地愣了半天，后知才后觉地发问：“你认识那个倒水的漂亮女生吗？哪班的？”

别看肖瑰华同学平时胆怯寡言的，关键时刻还是很有用处，她闻言点点头：“我当时跟上去了，见她进了四班教室。”

“四班！”有男生顿时脑洞大开，“班长，这该不是一起有预谋的绑架行动吧？”

“你很有写小说的潜力，但我认为还不至于，不过……”安池猛一拍桌面，他活动着手腕关节起身，“无论如何，四班人故意挑衅我们学委的罪名是成立了，这笔账非得找他们算算不可！”

别看七班人成绩差劲，无赖风气又盛行，但事实上他们凝聚力和执行力都是一流的，说走就走，三分钟后就集体气势汹汹地堵在了四班门口。

安池单手撑着门框吼道：“你们管事儿的呢？出来！”

林岳闻讯而出，横眉立目：“干吗，要砸场子啊你？”

“小爷今儿个找的不是你，退后。”安池随手把肖瑰华从身后拎出来，把她往前一推，“桂花儿，你去认认，看是谁泼了风筱绮一盆脏水？”

“有人泼风筱绮脏水？”林岳听了也一脸蒙，下意识否认，“怎么可能？四班根本没人敢的！”

他这话有道理，毕竟景潇的威信摆在那里，但也只针对男生，女生可就说不准了。

肖瑰华很谨慎地往四班教室内环视一圈，最终目光锁定了某位正装作认真擦黑板的长发美女：“是她，她那个红色的蝴蝶结我认识。”

安池气沉丹田地喝道：“你给我转过身来！”

林岳示意四班男生们都少安勿躁，须知他也有点迟疑，因为这确实是杜薇薇能干出来的傻事儿。

“杜薇薇，你别挡着脸了，过来说道说道。”

杜薇薇见实在逃不过去了，只好转身走向门口，她在安池面前停住脚步，斜眼看他：“是我泼的又怎么样？”

安池挺纳闷：“你这就承认了？”还以为得审问一波呢。

“是啊，就是我泼的，”杜薇薇秀眉一挑，眼神极高傲，“我看她不顺眼，除了泼她没别的选择，有本事你就在这儿打我啊？”

“我不打女人，要不你就站在楼下，让风筱绮也泼你一盆水算两清，这公平吧？”

“你想都别想！”

“这可不是你说了算的。”

林岳伸手挡在了安池和杜薇薇中间：“等等，我潇哥还没回来呢，你不能乱用私刑！”

安池更气了：“你潇哥？你潇哥都中途把我们风筱绮劫走了，我还惦记着找他算账呢！”

“喂，你说话可得负责任，这都什么乱七八糟的？”

双方正闹着呢，被分配去打扫公共区域的沈乔回来了，她路过四班正看到这一幕，登时挤进人群问道：“出什么事了？”

七班男生们七嘴八舌地跟她讲清楚了缘由，搞清来龙去脉的沈小姐瞬间就火了，她瞪向杜薇薇：“知道现在是冬天吗？你这人心肠也太歹毒了吧？”

杜薇薇有点心虚，却仍然不肯服软：“我知道啊，不是冬天我还不泼那盆水呢！”

“王八蛋啊你！”沈乔扬手就打算扇对方耳光，结果中途被林岳攥住了手腕，她冷冷一瞥，“挺有集体意识啊？护短是吧？”

林岳迎着她的目光，只觉背脊一阵发凉，不自觉地就松了手：“别生气别生气，这不是正在解决嘛，不要动粗。”

沈乔阴森森地反问：“平时把打群架视作家常便饭的人，反而告诉我不要动粗？”

“呃……”

“你让开，信不信我连你一起打？”

林岳晓得拼口才自己拼不过她，索性将她拦腰抱离原地，也不管她怎么挣扎大骂，一溜烟顺着墙根跑掉了，比平时体育课百米考试速度还快。

安池怒道：“你们四班人全都是强盗吗？赶紧追去！”

于是一部分七班男生就喊打喊杀地去追林岳了，另一部分还留在门口，负责监督杜薇薇不许逃。

杜薇薇环着手臂往墙上一靠，似笑非笑：“七班的班长大人是吧？你能把我怎么着啊？就算你把这事儿告到年级主任那儿去，我也不怕你。”

她仗着家里有钱有背景，认为自己就只在学校里犯了这么点小错误，连点小风浪也掀不起，完全没必要在意。不过她的如意算盘还是落了空，毕竟有人压根不吃这一套。

“年级主任可能治不了你，但我却有的是办法治你。”

冷漠的男声自不远处响起，杜薇薇惊讶转头，发现景潇不知何时已经站在了那里，他径直朝她走来，校服仍残留着风的寒意，随即果断伸手，直接拽着领子将她拎到了自己面前。

“很狂是吧？真把自己当公主了？”景潇冷笑着，“需不需要我把你扔进学校后巷那条臭水沟里，涮一涮你的脑子？还是让你顶着水盆扛着拖把在课间操之后去操场游行一圈？”

杜薇薇又羞又气：“你敢！”

景潇略一用力掐住了她的脖子：“认识我这么久了，你看我有什么不敢的？放心，你家里能摆平的事情，我家里也能，你不在乎的事，我就更加没必要在乎了——我说得出，就做得到。”

“景潇！”杜薇薇险些被气哭，“你不就是为了风筱绮吗？胳膊肘往外拐，连自己是四班人都不记得了？”

“四班人是四班人，风筱绮是风筱绮，你别给我偷换概念，这二者毫不冲突，”景潇手上的力道丝毫未松，语气已有些不耐烦，“我早说过，谁也别想找风筱绮的麻烦，你不知道这规矩，我就教教你规矩，让你以后都长记性。”

“你到底想干什么！”

“你对风筱绮做了什么，我就对你做什么，或许还要更严格一些。”

杜薇薇清楚他的脾气，顿时就要往回跑，却被他牢牢揪着衣领，半步也走不动。

景潇转头问旁边的四班男生：“擦地的脏水呢？端一盆过来，另外，把咱们班花请到楼下去站好，方便我瞄准。”

杜薇薇尖叫：“我不去！你给我放手！”

“别担心，真冻病了我出医药费，要是有人把你狼狈的模样拍下来，我也会监督他们删掉的。”

大概是意识到此事没有转圜余地了，也有可能是被他阴冷的眼神吓住，杜薇薇羞愤交加，眼眶不知不觉就红了。

安池旁观许久，突然觉得事态已经超出了自己的想象，他犹豫了一下，刚想开口劝两句，却忽听远处有懒洋洋的女声传来，成功吸引了景潇的注意力。

“你说剩下的事你来处理，这就是你的处理方式？”

风筱绮已经换上了新校服，身上还穿着景潇的外套，她缓步走到杜薇薇面前，歪头打量对方半晌，终是叹了口气。

“做人蠢到你这地步，我也实在没什么可说的了——这样吧，你道个歉，我就当今天这事儿没发生过。”

风筱绮暂时心情不坏，故而不准备过多计较，但道歉这种原则问题，还是不能忽略的。

杜薇薇紧咬下唇，固执地沉默着。

“做错事有什么不敢承担后果的？”风筱绮嗤笑一声，“你不说，我可就要把你的头按进洗手间的池子里了，都不用别人帮忙，免得你说我仗着人多欺负你，怎么样？”

“我看你敢！”

景潇随手揉了一把她的头发，微微蹙眉：“洗完没吹干就出来了？”

“我戴了帽子。”

“这是理由吗？”

风筱绮用力拍开了他的手：“你跑题了。”

景潇这才将目光从她脸上移开，重新漠然地看向杜薇薇：“当事人想饶了你，我也不好说什么，道歉还是泼水，你自己选吧。”

杜薇薇双手紧紧揪着衣角，依然拒不开口。

“我耐心有限，再数三下，你还不能做出决定的话，我就替你决定。一……

二……”

眼看着景潇的手再度抬起，杜薇薇的心理防线终于完全崩溃了，她抓狂地哭出声来：“够了！我道歉还不行吗？”

景潇略一点头，示意她对风筱绮说。

杜薇薇含泪瞥了风筱绮一眼，复又低下头去：“对不起，不该一时冲动对你做出这种事，我保证……保证不会再有下一次了。”

“哦，好，”感受到这姑娘是真害怕了，风筱绮也不打算咄咄逼人，反而安慰似的拍了拍对方肩膀，“没有下一次就行，念在你长得这么好看的分上，这事儿就此翻篇——口红色号不错，很适合你。”

杜薇薇一时哽住，这么严肃的场合，讲这种话合适吗?

由于风筱绮的参与，此事就这么风轻云淡地收场了，既然她选择宽容，景潇便也尊重她不再追究，他环视四周，目光满含警告意味。

“四班的人都给我听好了，今天的事就当个教训，不仅是杜薇薇，往后谁再敢打年级第一的主意，别怪我事后不客气！”

风筱绮在身后小幅度踹他一脚：“好端端的吓唬人干什么？”

“哦，那就不吓唬他们了，我给你买杯热奶茶去，你回班等着。”

“可我不想喝。”

“不喝不行，这么多人看着，你得给我个面子啊，绮绮。”

他这语气听上去简直是在撒娇，哪里还有半分刚才不近人情的样子？得亏风筱绮心理素质过硬，迎着多方注视也能保持淡定自若，全然面不改色。

她说：“改天再喝，就算你欠我的，七班的大扫除还没结束，我得回去了。”

安池半天插不上话，此刻终于松了一口气，连忙招呼七班人撤退：“对对，还得大扫除呢，散了散了！”

然后他走了两步又似想起来什么，转身从口袋里拿出一包面巾纸，塞进了还在委屈抹眼泪的杜薇薇手里。

“别哭了啊，最见不得女孩子哭了。”

杜薇薇看了他一眼，本来想拍开他的手，可最后还是接过了纸巾，也没说谢谢就赌气背过了身去。

景潇立于原地，出神地目送七班人簇拥着风筱绮离开，他久久没有移开视线，忽而一笑，笑得意味深长。

距离自己与她关于期末考试的约定，似乎越来越近了。

CHAPTER

05

期末考与小惊险

手里猝不及防被塞了一张画纸，风筱绮将其展开，发现是那天自己穿着他的外套、披散长发站在走廊中的样子。不知为何，无论什么场景，他笔下画出的她，都显得格外动人。

01

轰轰烈烈的期末考试就这样过去了，张榜公布成绩的那天，年级排名布告栏下人头攒动，方圆数米地带都已经被四班和七班的学生占领——可见景潇和风筱绮当初立下的那个赌约，大家都没忘记。

若风筱绮输了，她就要当着年级主任的面，亲自给景潇献花，并真心实意地说想跟景潇考上同一所大学。

林岳眼尖，率先看到了第八十二名位置的景潇的名字，他顿时像被踩了脖子一样，扯着嗓子叫出声来："啊呀——我潇哥进了年级前百！潇哥牛 ×！这不是在做梦！"

四班男生们瞬间沸腾，集体欢呼，就差当众载歌载舞了。相比之下七班男生们的脸色就不是很好看，须知平时他们考试得个十几分都不至于情绪这么低落。

听得有人高声问道："你们班风学委呢？她这次还是年级第一，快让她出来，我们一起庆祝庆祝！"

"谁要跟你们一起庆祝？"安池翻了个大白眼，"我们学委忙着呢。"

林岳才不吃他这一套："那不行！我潇哥都考进年级前百了，风学委没点表示怎么行？当时那个赌约，大家可是都记得清清楚楚！"

四班人纷纷附和，强烈要求风筱绮快些现身，再不现身他们就去七班抢人。

正闹腾着，忽听人群之外有熟悉的女声响起，音量不大，却引起了所有人的注意。

"抱歉，来晚了，能让一让吗？"

"风学委来了？"林岳笑逐颜开，"还以为你想耍赖，不敢来了呢！"

安池当即飞起一脚踹向他："滚蛋！你们四班人会耍赖，我们七班人可不会！"

风筱绮没理会他们，自顾自走到榜单跟前，她很随意地略过了第一位的自己的名字，认认真真地在后面的排名里寻找，直到看见景潇的名字。

唇角几不可觉地弯起，她转身，故作严肃地问林岳："景潇呢？"

"潇哥家里有点事，请了半天假，下午就来了。"

"哦。"她点点头，没再多说什么，脚步轻快地朝来时路行去。

林岳跟在后面，一头雾水地喊："去哪儿啊？"

"去买花。"

02

景潇作为全年级有名的无赖学渣，原本期中考进了前二百名，就已经很不可思议了，现在期末考居然又进了前一百名，着实引起了年级主任的重视。

年级主任也不想戴有色眼镜看人，但结合起景潇平时的表现，她怎么也不敢相信，此人真的会用功学习，而且成绩还像坐了火箭一样往上升。

本着对学生负责的原则，她决定找景潇谈谈。

办公室里，其他老师看起来貌似均在潜心工作，其实各自都竖起耳朵，悄悄听着这边的动静。

"景潇啊，这次期末考的榜单出来了，你是第八十二名，我先恭喜一下你。"

景潇淡定回答："那我也先感谢一下主任。"

年级主任微笑着又问："另外我想知道，这次六科的试卷都是你独立完成的吗？"

"是，"景潇敏锐地听出了对方的弦外之音，略一挑眉，"怎么，主任觉得我考试作弊？”

他问得太直白，一时倒让年级主任无从开口了。

景潇冷冷道：“主任可以查一下当时 302 考场都是些什么人，您觉得我抄谁的答案，能抄到这个名次？”

这是事实，毕竟当时 302 考场全是年级排名垫底的那群学生，谁也没法帮助他作弊。

但在年级主任的设想里，景潇或许是采用了某些特殊的手段把小抄带进了考场，所以她的眼神依旧充满怀疑。

“景潇，我希望你能证明一下。”

“怎么证明？”

“重做空白试卷。”

景潇笑得颇为不屑：“抱歉啊主任，我没那个时间，您要是有兴趣，就直接判我作弊吧。”

年级主任震惊一瞬，禁不住怒道：“你这孩子，什么态度！”

“我态度好不好，能影响您的判断吗？既然影响不了，客客气气有意义吗？”

“景潇！”

恰逢此时风筱绮捧着一束明黄色的小鸢尾来到办公室门前，她刚才从林岳处得知景潇被年级主任叫来问话，于是就一路找来了。

结果还没等她进门，就撞见了走出来的语文老师。

“绮绮？”语文老师挺惊讶，“你这是做什么？”

风筱绮露出了标志性的乖巧笑容：“李老师，徐主任在忙着吗？”

语文老师挺无奈地应着：“是啊，跟四班景潇生气呢，徐主任怀疑景潇考试作弊——否则他为什么会一下子考到年级前百？这根本不科学。”

“真巧，我这次也是来找景潇的。”

"啊？"

风筱绮朝语文老师鞠了一躬，她在对方意外的眼神里，从容推开了办公室的门："报告。"

"进来。"徐主任象征性地回头看了一眼，本来挺不耐烦的，但意识到来者何人之后，顿了一顿，复又重新转过身去，疑惑发问，"风筱绮？你这是送谁的花？"

景潇也在同一时刻看见了风筱绮，她怀里那一抹明艳的颜色点亮了他的眼睛，方才因被怀疑而产生的满心阴霾刹那间烟消云散，只剩喜悦。

他听到风筱绮语气坦然地说："徐主任好，我来给景潇送花的，恭喜他期末考进前一百名——这是他先前找我辅导功课的时候，我们约定好的。"

徐主任奇道："他找你辅导功课了？"

"是啊，"风筱绮在老师们面前永远都是一副天真温柔的模样，这样的她无论说出什么话，都让人觉得很真诚，不掺假，"景潇同学要走了我的复习大纲，还经常找我请教问题，近段时间他一直积极备考，还说大好的青春时光不能荒废，要努力改变自己呢。"

徐主任有点发蒙："这是他能说出来的话？"

"是我说的，有什么问题吗，主任？"景潇似笑非笑，"您也讲过同学间要互帮互助、共同进步，既然要找个帮助我的人，年级第一自然是最好的选择。"

他讲得太有道理，徐主任一时竟无言以对，犹豫半天，这才略显尴尬地夸了一句："风筱绮真是善解人意的好孩子，永远不忘带领其他同学一起进步，这很好，值得作为典型事例向全年级推广。"

"老师过奖了，我只是做了力所能及的事情，重要的还是景潇同学虚心求教，他真的很有学习的天赋，"风筱绮微微一笑，"如果可能的话，希望景潇同学继续努力，我很期待将来跟你考入同一所大学呢。"

徐主任扶额："这目标是不是有点过分远大？"

“不远大，只要有目标，迟早会实现的，”景潇慵洋洋道，“那么主任，我现在能回班了吗？”

由于风筱绮的突然到来，徐主任疑惑解除，她对景潇成绩飙升这件事的信任程度已经达到了百分之九十以上，所以她沉默半晌，终是点点头妥协了。

“去吧，记得寒假期间也要巩固之前所学的知识，别荒废了，希望你能保持现状，不断进步——有什么问题，不愿意跟老师沟通的，可以继续请教风筱绮。”

“多谢主任，我记得了。”景潇很给面子地鞠了一躬，他接过风筱绮手中的鸢尾花，和她一起退出了办公室。

在彼此转身的刹那间，他的手有意无意地在她手上捏了一下，后者没有反应，直到确信彻底离开了徐主任的视线，这才俏生生白了他一眼。

“你刚才是不是又顶撞主任了？”

“你怎么知道？”

“我看主任的脸色就明白了，你也真胡来，万一她把你当成作弊论处怎么办？”

景潇没有回答她的话，反而若有所思地问道：“那你怀不怀疑我的成绩？”

“嗯？”

“你认为我这一次考到年级前百，是不是真的？”

风筱绮看着他的眼睛，神色平静，故意不回应。

在这样安静的气氛里，景潇不知为何，内心竟不安起来，就连方才被徐主任质疑时，他都没有这么不安过，他坚持追问着：“绮绮，你不信我？”

风筱绮慢条斯理道：“我若不信你，刚才在办公室，就不会当着徐主任的面，说那些肉麻的废话。”

“那……”

“对于你有实力考到年级前百这种事，我从没怀疑过，恭喜你，赢了我们的约定。”

景潇的眼底像是藏了繁星，他低声笑着：“对我而言，约定输赢不重要，你才最重要。”

她微怔，随即转开了视线：“听不懂你在说什么胡话，让开，我要回去了。”

“这就走了？”

“该说的话也说了，花也送了，年级主任也见了，你还想怎样？”

景潇将隔在彼此中间的那束花挪开，见四面无人，忽而靠近一步，单手撑在了她耳畔：“想对你做出真诚的、关于寒假外出的邀请。”

背部靠上冰凉的墙壁，风筱绮仰起头来注视着他：“我寒假很忙，没有时间接受邀请。”

景潇低下头，发丝几乎已触到了她的脸颊：“真的？你未免拒绝得也太干脆了。”

“那又如何？”

“是你刚才亲口答应了徐主任，寒假要继续指导我学习，这才没十分钟就不认账了？需不需要我们进去再确认一下？”

风筱绮简直要被他这副无赖的模样给气笑了：“鬼才相信你寒假约我出来是为了认真学习。”

“学习当然要学习，但学习之余一起吃吃喝喝，去有趣的地方，也是很有必要的。”

景潇的眸底有光，就是每次等她答案的时候，都会出现的那种期待的光。风筱绮无奈地发现，自己居然越来越受不了他这样的眼神，无缘无故，偏偏像被击中了软肋。

她叹了口气：“到时候看你表现，也看我心情。”

景潇晓得，这就意味着她对自己提议的许可，所以他笑了笑，收手直起身来。

“给，这是本学期的最后一张画，好好存着。”

手里猝不及防被塞了一张画纸，风筱绮将其展开，发现是那天自己穿着他的外套、披散长发站在走廊中的样子。不知为何，无论什么场景，他笔下画出的她，都显得格外动人。

她抬起头，见他捧着那束鸢尾花，身形如风地远去了，少年背影落在她眼底，恍然化作了别样的风景。

03

假前教育结束的那天，宣告着寒假的正式开始，全七班的人都欢天喜地互相道别，准备收拾书包回家。

“班长，寒假叫你出去打篮球啊！”

“好的，年前我们再组织一次聚餐，我请客，”安池说完转向旁边的风筱绮，笑眯眯地强调，“你一定要来啊。”

风筱绮也爽快地应着：“可以。”

沈乔跟在风筱绮后面，好整以暇地提议：“绮绮，我都跟家里人打过招呼了，今晚不回家吃，咱俩去柏杨路那家新开的椰子鸡火锅尝尝吧！”

“好。”

“吃完饭顺便再看个新上映的恐怖电影！”

“非常好。”

两人挽着手臂出了校门，由于那家椰子鸡火锅店距离三中不远，她俩决定步行过去。

谁知行至中途，在转过一个路口时，风筱绮却骤然停住了脚步。

“等等，”她迎着沈乔疑惑的目光，冷着脸色朝身后瞥去，“好像有人在跟踪我们，跟踪挺长时间了。”

沈乔大惊，下意识就想回头望去，但关键时刻却又僵住了脖子，谨慎地问：“你确定？”

“确定。”

“有多少人？”

“不准确估计，十人左右，有文身，是社会青年的可能性较大。”

“你能搞得定吗？”

风筱绮忽然低声笑了笑：“傻孩子，我再怎么厉害，也打不过十个大男人啊。”

沈乔一拍额头：“那怎么办？喊救兵？”

“是这样的，我们先装作没有发现的样子，尽量往人多的地方走。”附近没有派出所，报警估计也远水救不了近火，怀着自家神出鬼没的老爸也许正在这个区谈业务的想法，风筱绮掏出手机，以最快速度拨通了风明洲的电话。

不得不提到的一点是，在风筱绮的手机通讯录里，风明洲曾突发奇想把自己的备注改成了“好爸爸”，而风筱绮给景潇的号码备注则是“坏家伙”，都是H字母打头，这下一时情急，竟然按错了。

电话“嘟嘟”响了两声，很快就被对方接起，那边传来了景潇低沉含笑的声音：“这是你第一次主动给我打电话啊，绮绮。”

“景潇？怎么是你？”

“嗯？听这意思，你原本不是想找我吗？”

风筱绮一愣，尚未回答，沈乔已经在旁边焦急开口：“绮绮，他们朝这边过来了，要不要跑？”

景潇清楚听到了这句话，登时警觉：“跑什么？有人追你们？”

事已至此，风筱绮叹了口气，决定承认：“有好几个男人跟踪我们，不知是谁。”毕竟她也不记得自己跟谁结过仇。

“你们现在在哪儿？”

“柏杨路和昭阳路的交叉路口，再有几百米就到物美大卖场了。”

景潇的回答斩钉截铁：“去大卖场里等我，我还在学校，这就带人过去。”

“不，我们可能过不去了。”风筱绮蓦然皱紧眉头，她发现在经过路口之后，前方又有另外三四个人意图堵截，很明显，他们就是不许她前往人多的大卖场，“我准备右拐。”

手机里隐约传来杂音，夹杂着呜呜的风声，显然是景潇正在奔跑中：“记住别挂电话，随时报告位置！”

“知道了。”

“我很快就到，别怕。”

别怕。

在这样的情况下，他的声音莫名给予了她难言的安定感，风筱绮“嗯”了一声：“没怕。”

与此同时，走在最前面的一位社会青年已经无限靠近了她俩，正要来扯沈乔的胳膊，却被沈乔恶狠狠地在手背上抓出了数道血痕。

“绮绮！”

风筱绮单手拎着沉重的书包用力甩出去，成功逼退了想要抓住自己的另一人，她攥紧沈乔的手，两人对视一眼，瞬间开始拔腿飞奔。

不同于通往物美大卖场的那条路，这条岔路的行人明显少了许多，道旁还停着各种机动车和大巴车，很方便隐藏身形，地理位置对她们是极为不利的。

虽说沈乔以往体育课的短跑成绩都不错，但她爆发力强，耐力却很一般，逐渐便有些跑不动了。

“绮、绮绮……我脚抽筋了……”

这时风筱绮也听到电话中景潇在紧张地问：“你在哪儿？”

“前面就是昭阳路 293 号的天空书店。”

他咬牙道：“再给我五分钟！”

“好，我等你。”

风筱绮转身，果断带着一瘸一拐的沈乔进了天空书店。

书店里没有其他顾客，老板本来还打算询问她俩要买什么，结果下一秒就看见一群男人气势汹汹地闯了进来，吓得一激灵：“诸位，你们这是……”

为首的金链男不耐烦地一摆手：“你他妈别管！这俩小丫头欠我钱，我抓她们还债去！”

“哦哦，大哥您请便，小心我店里的书就行。”

沈乔气道：“谁欠钱了？这些浑蛋要拐卖人口，赶紧报警啊老板！”

老板明显是个胆小怕事的主儿，他看了一眼那些人凶神恶煞的表情，低下头装作没有听到。

风筱绮晓得指望好心人仗义相救是没戏了，她只能尽力拖延时间：“能容许我问个问题吗？谁叫你们来的？”

金链男冷笑：“这不是你该知道的事情。”

“那我再问最后一个问题——你脖子上这项链是真金吗？扔水里漂得起来吗？”

“少废话！去，把她给老子抓过来！”

眼看着对方离自己只剩数步之遥，风筱绮索性利用手边的书作暗器，专挑最沉的精装辞典，劈头盖脸砸向他们的脸。

她扔得极准，冲在最前面的几个人登时中招，捂着脸嗷嗷惨叫。金链男见状大怒，撸起袖子步步逼近，灵活闪过了几次攻击，绕着不规则排列的书架跟她们展开了追逐战，并号召其余手下去另一侧堵截。

“敢反抗就打！谁要是怜香惜玉老子就揍谁！”

包围圈在慢慢缩小，风筱绮单手将沈乔护在身后，她冷静思考着，一旦发生暴力事件自己能有多少胜算，岂料在千钧一发之际，她忽然听到了书店外面传来的杂乱脚步声。

景潇终于赶到了，他带人抢了高三年级学长们的摩托车，一路飞驰，所幸来得还算及时。

两拨人都很清楚对方出现在这里的目的，他们甚至都没有多说一句话，打了照面后就直接冲突起来，书店一时间混乱不堪，连结账的 POS 机都被用来当武器了，吓得老板躲到柜台底下瑟瑟发抖，生怕被殃及。

别看那些社会青年在年龄上略长几岁，实力在景潇面前却半分不占优势，再加上四班其他男生的保驾护航，景潇一路畅行无阻，他将一名社会青年的脑袋狠狠按在墙上，脚步未停，径直走向尽头那排书架。

“绮绮！”

“这儿呢！”风筱绮高声答应着，她已经和金链男动上手了，同时还不忘示意沈乔后退，“乔乔你先出去！”

沈乔还没反应过来，人已被景潇扯离了原地，岂料当景潇再一抬头，就看见风筱绮反手一本《英汉词典》砸在了金链男的脑袋上，且在同一时刻，晕乎乎的金链男掀翻了旁边的书架。

书架倒塌的那一瞬，景潇下意识朝风筱绮扑过去，紧搂住她倒在了地上，任凭几十本书全都重重砸在了自己身上。

却不承想，由于书架倾斜的角度太刁钻，风筱绮的右脚不幸被压在了下面。

四班男生们大呼小叫着合力抬起书架，趁他们混乱的空隙，考虑到今天运气不好占不到什么便宜，又担心会引来警察，回过神来的金链男招呼一群手下，脚底抹油集体溜了。

林岳原本想去追，但权衡利弊后还是觉得两位女孩子的安全最重要，于是将目光投向旁边心有余悸的沈乔：“没事儿吧？”

“没事没事，我能有什么事啊？快救绮绮！”

林岳随手揉了揉她的头发算作安慰，转而加入了抬书架的队伍：“潇哥，风筱绮，你俩没受伤吧？”

“嗯。”那几十本书的重量不轻，背部疼痛感未消，不过景潇一声没吭，他只关心风筱绮的状态，毕竟怀中女孩看上去脸色有些苍白，“绮绮，你怎么了？”

风筱绮抬起手来，有气无力地指了指自己的脚：“如果我没猜错的话，好像骨折了。”

这对景潇而言，无疑是个堪比晴天霹雳的消息。

“什么？”他闻言神色一滞，眼神瞬间就惶恐起来，“别怕，我立刻带你去医院！”

这时书架终于被完全搬开了，风筱绮费力地支撑起上半身，强忍着脚腕处传来的剧痛感，极轻地叹了口气：“我没怕，反倒是你，手抖什么？”

平心而论，她以前可不觉得景潇是会露出这样惊慌表情的人，仿佛受伤的不是她，而是他自己一样。

“我没抖。”景潇攥紧手指，强迫自己冷静下来，他从口袋里取出一张信用卡，头也不回地甩给林岳，“告诉老板，密码是531512，里面的钱是他今天书店的损失费。”

然后他将风筱绮打横抱起，大步流星出门去叫计程车，直奔平城第一中心医院。

沈乔看着两人的背影，原本也心急如焚想要跟上去，结果中途却被林岳拦住了。

林岳把卡递给战战兢兢的老板，揽着沈乔的肩膀劝道：“放心，我潇哥绝对能搞定的，你就别跟上去添乱了。”

“谁添乱了？要不是为了保护我，绮绮也不至于被那个戴假金链子的王八蛋偷袭，现在她受伤了，我怎么能不陪着？”

“你自己都被吓得够呛，陪着也没什么用啊，”林岳一反常态，极为耐心地低声哄她，“你的当务之急是先给风筱绮家里人打个电话，通知他们去医院。”

沈乔如梦方醒：“对！是得给风叔叔和李阿姨打个电话！”

“这都快六点半了，待会儿我带你去附近吃个饭，再送你回家，你可以明天去看望风筱绮。”

“不行！我今晚就得去！”

林岳拗不过她，只好妥协：“那吃完饭我送你去医院，晚些再送你回家。”

沈乔闷闷地应了一声，复又斜眼看向他：“你怎么突然这么好心了？都不像你的风格了。”

“你这丫头怎么不识好歹呢？我对你什么时候起过坏心了？”林岳重重叹息，“另外，下次再出现意外状况，记得打我手机求助，你看风筱绮都知道打给潇哥呢。”

“绮绮那是不小心打错了，她原本想打给她老爸的。”

“就算如此，那你以后也打错一次，我不介意。”

“神经病啊你！”

四班男生们都在旁边偷笑，小声讨论着潇哥和岳哥都是情场俊杰，能与七班两位熊猫级珍贵的美少女关系匪浅，然后就被林岳发现了，一人脑袋上挨了一巴掌。

“都散了散了，回家吃饭去！记得这件事各自都保密，在潇哥没发话之前，谁也不许出去瞎嚷嚷！”

“Yes Sir！”

沈乔见林岳自然而然地想要来牵自己的手，连忙用力甩开，她悄悄瞥了一眼他郁闷的神情，背过身去只当没看见，唇角却不自觉地弯起。

难得认真观察一回，这家伙浓眉俊眼，居然还挺帅气的，以前怎么没发现？

04

两个小时后，平城第一中心医院。

风筱绮受伤的右脚已经被打上了石膏固定，此刻正躺在病床上休息，而景潇先前一直在忙前忙后办手续交住院费，办妥之后又急匆匆出去，给她买了晚饭回来。

脚踝处仍隐隐作痛，风筱绮尚在望着天花板出神，忽听病房门响动，转过头去，见景潇已提着保温罐快步走近，大衣还带着寒风的气息。

“伤筋动骨，最好还是吃点清淡的。”他打开保温罐放在桌上，随即俯身将她扶起来，把枕头垫在了她背后，“我在附近找了一家粥店，听说那里的青菜鸡茸粥熬得不错，你尝尝。”

风筱绮正欲开口，岂料一侧身不慎抻着了打着石膏的右脚，顿时疼得倒吸一口凉气。

景潇忙紧张询问：“没事吧？对不起对不起，是我不当心……”

风筱绮略微平复了一下呼吸，看向景潇的眼神带着些笑意：“莫名其妙道什么歉？又不是你的错，你这半天已经够辛苦了。”

景潇沉默半晌，终是缓缓摇头：“不，是我的错。”

“嗯？”

“是因为我赶到不及时，你才会被那些王八蛋欺负，否则怎么会出现这么严重的意外。”

“也不算是很严重，你不要太往心里去。”

景潇深深叹了一口气：“你不懂，对我而言，这已经足够严重了。”

他的声音似乎在微微发颤，风筱绮听着有些不对劲，她略一迟疑，试探性地问：“景潇，你怎么了？抬起头来我看看。”

她不顾他的抗拒，强行抬起了他的下巴，逼着他正视自己，然后就看清了他泛红的眼眶。

“你该不会是……要哭了吧？不知道的，还以为我对你做了什么伤天害理的事。”

景潇随手揉了一把脸，语气低沉：“我哪有那么没出息？我只是在想，要尽快把这件事的幕后主使揪出来，绝不轻饶。”

风筱绮颇感好奇：“那些人都溜了，你还能查到吗？”

“届时先去天空书店调出监控，凭我家的信息网，只要想查，没有查不到的事情。”

“这样啊……”

景潇认真地注视着风筱绮：“绮绮，我向你保证，这样的意外不会再出现第二次。”

两人眼神交汇的那一瞬间，不知为何，风筱绮的心竟也像是被海水浸泡的沙滩，软得一塌糊涂。

“好，我信你，”她抬手拍了拍他的肩膀，“所以你就别丧着一张脸了，今天的事，我原本是应该好好感谢你的。”

“你跟我还用这么客气啊？”景潇低声道，“当然，如果你不是因为打错电话才恰好联系上我，我或许会更欣慰。”

风筱绮无奈反问：“这很重要吗？”

“很重要，这意味着在你心里，我是不是一个值得信任和依靠的人。”

风筱绮接过他递来的保温罐，只觉浓郁的香气扑面而来，不禁微笑：“有时候还算挺可靠的。”

譬如在天空书店时，他毫不犹豫扑上前护住她，硬生生用身体承受了那些从架子上方坠落的沉重的精装书，她晓得，彼时他没有时间思考，那完全是下意识的行为。

正因出自本能，才显得分外可贵。

“景潇。”

“你说，我听着呢。”

她示意他转过身去：“刚才你被那些精装书砸得也不轻，让我看一眼。”

景潇漫不经心地回答：“不碍事，男子汉钢筋铁骨，不像你们女孩子身板脆弱。”

“是吗？”话音未落，她突然用力在他背后拍了一巴掌，听他吃痛闷哼，秀眉微蹙，她直接掀开他的校服，便看见了他背后的大片瘀青，“傻子，还嘴硬。”

“小意思，没几天就自行消退了。”

“我上次给你的云南白药喷雾，你带了吗？”

他点点头：“一直在我书包里。”

“拿出来给我。”

大约是她的语气太严肃了，景潇这次没反驳，找出那瓶喷雾塞进了她手里。风筱绮迅速喝掉半罐粥，将保温罐放到一旁，开始给他后背喷药。

雾状药剂喷到皮肤上的那一刻温度冰凉，刺痛感袭来，景潇本能地躲了一下，而后便觉有熟悉的暖意蔓延开来，是她在用手给他揉着瘀青的地方。

“这样有利于促进吸收。”

“嗯，”景潇低低地应着，心跳却愈发急促了，只好找些无关紧要的话题来缓和气氛，“粥好喝吗？”

“好喝。”

“那下次再去给你买。”

结果风筱绮还没来得及答应，就听见一声巨响，病房门从外被大力推开了，紧接着视线内就出现了自家父母风风火火的身影。

她赶紧松手，任由景潇整理好校服起身闪到一旁，装作正在认真喝粥的样子。

“绮绮！”李书颖小碎步跑到床前，含着泪花心疼地问道，“可怜的小宝贝儿，这是怎么了？谁欺负你了？”

风明洲俯身，很细致地替媳妇撩起大衣衣摆：“颖颖，坐下慢聊，新买的衣服别弄脏了。”

“你这人的关注点究竟在哪里？”李书颖转过头去怒视他，“女儿都受伤了，你没看见吗？”

风明洲始终都把女儿当儿子养，认为这点小伤没什么大不了的，但在媳妇的监督下，他不得已强行问候：“怎么弄成这样的？按理说凭你的功夫，一般人不可能把你脚打折的。”

风筱绮在爸爸眼中读出了几分恨铁不成钢的意味，仿佛散打高手的女儿被人揍了是多么不可思议的事情一样。所以为了敷衍他，也为了不让妈妈担心，她当场编了一个非常合理的借口。

“有好多人在步行通道上骑车，我嫌挤就去走花坛边缘了，谁知道没站稳摔下来，崴了脚。”

李书颖奇道：“不对啊，怎么沈乔在电话里告诉我，你是在被人追赶的路上受伤的？”

糟糕，没提前串好口供，沈乔也真是的，说什么大实话。

风筱绮在心里吐槽，表面上却装得很平静：“哦，她可能一时情急说错了，不是别人追赶我，是我追赶别人。”

“追赶谁？”

“偷手机的贼，我是在追贼的过程中不慎从花坛边缘摔下来，崴了脚。”

风明洲关注的重点永远偏离正轨：“那贼呢？抓着了吗？”

风筱绮一本正经地指着旁边的景潇：“抓着了，当时正好碰见他，他制服了贼，把小偷交给了热心报警的围观群众，然后就送我来医院了。”

这个故事听上去非常完整可信，事实上就算不完整，景潇也必须硬着头皮配合她，所以他迎着两位长辈探询的眼神，很严肃地点头："没错。"

"你是绮绮的同学吗？"刚才注意力全在女儿身上，李书颖现在才后知后觉，忙热情地和景潇聊起来，"多谢你送绮绮来医院，如今像你这种长得又帅又有正义感的男孩子，真是不多了。"

风筱绮干咳一声："妈，你平时都是这么夸人的吗？"

李书颖继续笑眯眯地询问："你叫什么名字，方便告诉阿姨吗？"

"景潇。"

"好名字，这个人情阿姨记下了，改天有空到阿姨家里来做客，阿姨下厨给你做好吃的。"

"谢谢阿姨。"

景潇谦和有礼地道了谢，转而侧头朝风筱绮略一挑眉，潜台词是"看，你妈妈亲自邀请我了，以后我就可以光明正大地登门拜访你了，同喜同喜"。

风筱绮只觉好气又好笑："妈，你不用跟他这么客气。"

"那怎么行？即使是关系非常要好的朋友，该表示谢意也要表示谢意。"李书颖忽而话锋一转，意味深长地问，"所以……你们俩平时关系真的非常要好吗？"

景潇微笑："这我不敢妄下定论，您得问绮绮。"

"咦？你也叫她绮绮啊？"

"谁都可以叫我绮绮，绮绮是大家的绮绮，"风筱绮面无表情地接话，"我俩属于同学关系，我受年级主任之托，长期给他提供考试范围，供他复习。"

李书颖恍然大悟："原来如此，这是好事，同学之间就应该互帮互助。"

风明洲冷眼旁观许久，此刻终于开口："刚才我们进门时，绮绮你和景潇同学在做什么呢？"

"嗯……在擦药。"

“擦药？”

风筱绮和景潇迅速对视一眼，她说：“你可以把衣服撩起来给我爸我妈看看，那是你与窃贼搏斗的勋章，值得表扬。”

景潇尴尬顿住。

李书颖闻言母爱泛滥，顺手摸了摸景潇的头发：“这孩子也太勇敢了吧？明洲，有点像你年轻的时候。”

风明洲笑道：“你还记得我年轻的时候呢？不过我年轻的时候，比他还要帅一点。”

“臭美吧你就。”

“这叫自信，不自信当初怎么能追到你这倾国倾城的大美人儿？”

“孩子还在呢，你别胡说八道的！”

风筱绮颇感无奈，下意识看向景潇，见景潇暗地里指了指她爸她妈，双手比了一个心。

风筱绮也不知道为什么，突然间就笑出声来。

风明洲瞥她一眼：“心真大，脚腕都折了还高高兴兴的呢。”

“我哪高高兴兴的了？”这也算亲爹？

李书颖嗔怪地往风明洲胸口捶了一拳：“怎么说话呢？”

“颖颖，你得理解，我目前很沮丧，这傻孩子一崴脚，咱俩的二十周年纪念旅行怎么办？明晚六点的飞机啊。”

风筱绮惊道：“你俩飞机票都订好了？去哪儿？”

“去俄罗斯，你妈向往贝加尔湖好久了。”

“那你们就去呗。”

李书颖连连摇头：“不行，你这还住院呢，我不放心。”

风筱绮瞥见自家父亲哀怨的眼神，耐心地试图劝说母亲：“反正也放假了，就让乔乔过来照应我一下——哎，乔乔你来了？”

李书颖转身，见沈乔不知何时已经站在了病房门口，后面还跟着满脸疑惑的林岳。

林岳走进来，在沈乔的示意下，很乖巧地问候：“叔叔阿姨好。”

“你好，”李书颖顿时露出了慈爱又八卦的笑容，“你是沈乔的……”

沈乔抢着回答：“他是我新收的小弟。”

林岳无语，他悄悄和景潇对了个眼色，满脸委屈。

听得沈乔又道：“叔叔阿姨明天要出国旅行吗？没关系的，我能照顾好绮绮，实在不行还有景潇帮忙呢。”

李书颖依然很犹豫：“怎么好意思这样麻烦你们呢？”

“这哪能算麻烦呢？以前都是绮绮关照我，这回我照顾照顾她，是理所应当的！”

景潇也正色道：“叔叔阿姨不用担心，我愿意一天二十四小时都待在医院里，寸步不离，直到绮绮出院。”风筱绮叹了口气：“即使没他俩，我自己也能搞定的，就伤了脚腕而已，又不是残废了。妈，你快跟我爸去俄罗斯吧，要是耽误了你们庆祝二十周年纪念日，我估计接下来好几个月都要在我爸的抱怨声中度过了。”

被戳中心事，风明洲赶紧摆手否认：“这孩子瞎说什么！你爸我是那种记仇的人吗？爸爸只是想培养你独立生活的能力，希望你能成为花木兰、穆桂英那样勇敢的女人！”

“好的爸爸，我不仅要成为花木兰那样的女人，我还要成为武则天那样的女人呢。”

风明洲欣慰地跟她击了个掌：“我女儿真懂事。”

“明天早晨再回家收拾东西，今晚我得在这儿陪绮绮，”李书颖似笑非笑地看了风明洲一眼，推着他的肩膀吩咐他，“去外面超市买点零食来招待绮绮的朋友们，再打壶热水，我要沏奶茶。”

“好嘞！”

眼看着风明洲乐颠颠地披上大衣出门去，景潇有了一瞬的沉默，他不明白，为何在这两位年过不惑的长辈眼中，依旧能够散发出专属少年少女的璀璨光芒。

那大概是最真实的爱情，历经岁月也不曾淡化，哪怕是旁观者看来，都觉充盈着满心暖意。

正是如此爱意融融的家庭，才能培养出风筱绮那样优秀的姑娘，只要她站在他面前笑一笑，就能成为他世界里胜过日月的耀眼光亮。

他想，这是难修的福气，应该好好珍惜。

“阿姨，时间不早了，我俩先把沈乔送回家，明天再过来代替您照看绮绮。”

“嗯？不多留一会儿了吗？”

“不了，”景潇和善地笑着，“还有点正事没处理，得赶快回去了。”

李书颖点点头，婉声道：“那路上注意安全，明天我和绮绮父亲会把水果和零食都给你们备好，最近一段时间，就劳烦你们照顾绮绮了。”

三人异口同声：“没问题。”

风筱绮又端起保温罐喝了一口粥，眼神却一直追随着景潇离开的背影，在临近门口的时候，她发现景潇回眸往这边投来一瞥，于是极缓极慢地眨了下眼睛，当作回应。景潇自然没有错过她细微的表情，那一下着实眨到了他心坎里，直泛起丝丝甜意。

旁边的林岳偷偷跟沈乔耳语：“你瞧我潇哥，我以前从没见他笑得这么荡漾过。”

“你再大点声，就该挨打了。”沈乔顺手在林岳腰间软肉上掐了一把，而后侧过头去问景潇：“你刚才说你还有正事要做，什么正事？”

景潇气定神闲地回答：“去天空书店调监控，再看一遍今天那群人都长得什么样子。”

“你能找到他们？”

“在平城，还没有我找不到的人。”

而景潇不知道的是，此时在病房内，李书颖正在和风筱绮说着母女间的悄悄话。

“绮绮，你以前还说清新帅气的三好少年在现实生活中不存在，刚才不是出现了吗？还出现了两位呢。”

风筱绮笑道：“他俩可不是三好少年，是问题少年。”

“问题少年怎么了？你爸上学的时候也是问题少年，成天跟别人打架，还得我去帮他善后。”

“可我爸以前告诉我，他上学时勤奋乖巧，是用中华民族的传统美德俘获了你的芳心。”

“你听他瞎编，”李书颖扑哧一声笑了，随即又语重心长道，“不过这都不重要，重要的是他真心爱我，我希望你以后找到的男孩子，也真心爱你。”

“嗯……”

李书颖又问：“我记得某天你回家，披着的是一件男士大衣，好像和刚才景潇穿的是同一件？”

哦，想起来了，是年级大扫除那天自己被杜薇薇泼冷水，湿透的外套没干，所以才不得不穿着景潇的大衣回了家。

风筱绮叹气：“妈，你记性也太好了，我早就说过，那是个意外。”

李书颖若有所思：“你可以将其理解成意外，但作为过来人，我得提醒你，景潇看你的眼神，简直跟你爸当年看我的眼神，一模一样。”

正在此时，风明洲提着大袋小袋进了屋，见状笑道：“说什么悄悄话呢？”

母女俩默契地齐齐摇头：“你别管。”

“唉，好吧。”

CHAPTER

06

小青梅和小竹马

景潇垂眸一笑："说来也奇怪，在你身边，比在任何地方都睡得踏实。"

01

李书颖和风明洲终于离开平城，坐上了前往俄罗斯的航班，临走时留下了一大堆进口零食和水果，并千叮咛万嘱咐，要风筱绮每晚都与自己开视频，汇报治疗状况。

对此，风明洲的反应是：就崴个脚，还用汇报什么治疗状况？

然后他就被李书颖从医院一路数落到了机场，脸上还挂着挥之不去的痴汉笑。

而另一边，风筱绮孤独寂寞地坐在病房里吃零食，直到夕阳西下，她吃完第三包芝士薯片的时候，景潇、林岳和沈乔全都来了。

值得一提的是，景潇手里还拎着一位披头散发的女生，他大步流星地进门，将对方恶狠狠地扔到了病床前。

风筱绮挺惊讶："这谁啊？你强抢良家妇女去了？"

沈乔轻哼："她可不是什么良家妇女。"

"抬头，"景潇冷声道，"让绮绮看清楚你。"

那女生听到他的声音，明显颤抖了一下，随即委屈可怜地抬起了头，露出一张泪痕遍布的清秀小脸，脸上还带着明显的瘀青，显然之前被暴力对待了。

"齐檬？"风筱绮七窍玲珑心，聪明得很，看这一幕就大致明白了来龙去脉，"没猜错的话，昨天追我和乔乔的那伙社会青年，是你叫来的？"

齐檬没说话，但也相当于默认了。

"你人际面还挺广泛。"风筱绮说完，忍不住瞥了景潇一眼，"打人不打脸，你下手不轻啊。"

景潇冷笑：“我只揍了她一拳，很客气了，按理来讲，我应该把她的脚也打折。”

沈乔连连点头：“我同意。”

风筱绮又问：“你怎么确定是她指使的？”

“我去调了天空书店的监控，认清了那群王八蛋的长相——你得相信景家的关系网，找几个人非常容易，揍一顿再给点钱，让他们说实话，就更加不算难事了，”景潇目光阴森地盯着齐檬看，“不过我还是有些意外的，那个戴着假金链子的小头目，居然也是齐交际花的备胎呢——暗恋者众多，办起事来就是很方便，对吧？”

齐檬带着哭腔道：“他愿意喜欢我，我有什么办法？我一直都是只喜欢你的，你又不是不知道。”

沈乔跟林岳耳语，用的却是大家刚好都能听到的音量：“哎哟，那景潇也怪不幸的。”

林岳用力点头：“可不呗！”

“你就这么把她抓来，不怕她哥哥找上门吗？”风筱绮慢条斯理又打开了一包芒果干，也没再看齐檬，只与景潇对视，“我猜这时候齐侃应该已经收到了风声，正气势汹汹往这边赶呢。”

乍一听到齐侃的名字，齐檬总算有了点底气，她挺直脊背，抹干眼泪正色道：“景潇，我希望你能明白，你在五中门口的奶茶店公然掳走我，这件事很快就会被我哥知道，到时候有什么后果，你要想清楚。”

景潇闻言嗤笑一声：“你觉得我会把你哥放在眼里？他要是敢来替你出头，我不介意连他一起打。”

他手里不停歇地给风筱绮剥着美国杏仁，偶尔掠向齐檬的眼神却蕴着无比冷漠的狠意，他甚至不准齐檬站起身来，只准她半蹲在风筱绮床前，一旦发现她试探性要活动一下筋骨，就当即踹在她小腿上，于是她便又狼狈地扑倒在地。

“景潇！你这么欺负一个女孩子，太过分了吧？”

景潇漫不经心道：“你叫了一大群人去伤害绮绮的时候，可没想到绮绮也是女孩子吧——绮绮，蜂蜜核桃吃不吃？”

风筱绮垂眸刷着微博：“吃。”

“OK.”

齐檬银牙暗咬：“所以你俩究竟想怎么样？”

“这话应该我问你吧？”风筱绮笑了笑，“事先声明，我并没有让景潇把你抓来，但你既然来了，我想还是有必要提醒你一句，咱们无冤无仇，最好别互相挑衅，这样很幼稚，若再有下一次，我可能不会选择放过你。”

齐檬愤然反问：“最先挑衅的是你吧？谁知道你用了什么阴招损招，如今连我哥都帮着你说话，你以为我没有脾气，会任由你踩在头上吗？”

“我只能说，那是因为你哥还保留着正确的三观，分得清是非。”

“你胡说八道！”齐檬吼完就意识到自己失态了，她眨了眨眼，再望向景潇时，一瞬间又恢复了楚楚可怜的神态，“景潇，你今天打我这一拳，我不怪你，但将来你会醒悟的，这个女人段位太高，擅长欺骗，其实她只是在利用你而已，她怎么可能像我一样真心喜欢你呢？”

景潇平静道：“没错，本来就是互相利用，她用才华给了我详细的考试大纲，作为报答，我只好做她的保镖兼私人画师，有问题吗？”

“保镖？画师？”

“这似乎不是你需要操心的事情，你现在要担心的，是如何以最妥善的方式挽回错误，才能避免我打断你的狗腿。”

沈乔叼着棒棒糖接茬：“就凭她这智商，如果想不出来呢？”

“那今晚就睡在医院走廊里，别回去了。”

林岳默契帮腔：“超过三天打折左腿，超过五天就打折右腿，再拍了照片发到五中校园网上去，完美。”

“你们敢！”齐檬怒道，“我哥一定不会放过你们的！”

“哟，那我还真挺期待的，他到底会怎么不放过我们呢？”

话音刚落，病房大门忽然被人从外面一脚踹开，要说这扇门真的很惨，似乎都被人暴力开启好几回了。

在齐侃身影出现在视线里的那一刻，齐檬下意识就要起身扑过去，结果又被景潇按回了原地。

齐侃见到这一幕，怒火攻心，大步流星上前：“姓景的，你他妈是不是疯了？”

林岳闪身挡住：“哎哎哎，跟谁说话呢？这么没礼貌。”

“你们随随便便把我妹抓到医院来，居然还有脸指责我没礼貌？我这算客气的了！”

齐檬委屈道：“哥，他们打了我，你看。”

“王八蛋！居然连女孩子的脸也打？”齐侃咬牙切齿，“景潇，老子今天非把你废了不可！滚出来！”

景潇冷着脸正欲起身，却被沈乔一把按住了，沈乔似笑非笑地走到齐侃面前，抬手往他胸口一推：“兄弟，这里是医院，你吵吵嚷嚷的，是要把大夫们都招来吗？”

齐侃沉声道：“乔乔，你让开，这是我跟景潇的私人恩怨。”

“实不相瞒，景潇揍你妹时我也在场，还鼓掌叫好了，不如你先把我废了吧？”

齐侃微微一愣：“为什么？你跟着瞎掺和什么？”

沈乔冷笑：“你睁大眼睛看看，谁躺在病床上呢？”

正在病床上嚼蜂蜜核桃仁的风筱绮察觉到齐侃投来的目光，觉得自己这样貌似有些过于悠闲，于是放下了包装袋，很严肃地开口："甭看了，脚折了，惊不惊喜？"

"怎么折的？"

"昨天放学，有一群社会青年跟踪我和绮绮，一路把我俩堵进了书店，绮绮就是在跟他们纠缠的过程中，被书架砸折了脚腕，"沈乔环着手臂，看向齐侃的眼神意味深长，"如果绮绮没有拼命护着我，又或者景潇和林岳没有及时赶到，今天躺在病床上打石膏的人，可能就是我——这一切都是拜你亲爱的妹妹所赐，你不信的话，可以自己去问她，看看景潇揍她的那一拳，究竟值不值得。"

齐侃终是在沈乔的注视下败下阵来，他沉默半晌，将视线转向不远处的齐檬。

"檬檬，是这样的吗？"

齐檬瞪了沈乔一眼，低头不语。

"檬檬，哥在问你话。"

"是又怎么样？"齐檬见躲不过去，索性将心一横，理直气壮地反问，"风筱绮先是在三中校门口当众羞辱我，后又蓄意挑拨你我兄妹之间的关系，她仗着有景潇撑腰，根本不把我放在眼里，我让陶强那群人小小地教训她一下，难道不是应该的吗？"

齐侃满脸的难以置信："陶强？就是进过局子的那个流氓？我早告诉过你离他远点儿，你怎么还跟他联系？"

"因为他关键时候能派得上用场。"

沈乔在旁吐槽："了不起，您这交友标准还真是现实主义呢。"

齐檬冷哼："我跟你说话了吗？"

"我就乐意随便接话，有本事你咬我一口？"

"你嚣张什么？你运气好没被打折一条腿，是不是还挺得意的？"

林岳没好气地冲齐檬一指："劝你注意点措辞啊，否则不用等我潇哥动手，我先用砂锅大的拳头教教你五讲四美。”

齐檬看他凶神恶煞的眼神，登时躲到了齐侃的身后：“哥，他们都敢在你眼皮底下威胁我了，你都不打算帮我吗？”

“哥也想帮你，但是……”齐侃叹息一声，“你先把自己做过的错事承认了，去，向风筱绮道歉。”

“道歉？”

“对，你害得人家好好的姑娘伤筋动骨，至少也要两个月行动不便，难道不该道歉吗？”

齐檬红着眼眶反驳：“那她对我做过的事呢？你就不管了？”

齐侃蹙眉：“她对你做什么了？她是主动去五中寻衅了，是抹黑你名誉了，还是抢你东西了？折腾这么久我也算看明白了，起源就是景潇而已，可景潇的心思也完全没在你这儿，檬檬，你何必总是给自己加戏？”

“连你也这么认为吗？”齐檬这下终于情绪失控了，她撩起头发愤怒地看着齐侃，“我脸上的瘀青还在呢，你却让我给风筱绮道歉？做梦！我还觉得她受的惩罚不够呢！只是脚腕骨折算什么？她就应该被陶强他们带到酒店去，被他们狠狠地糟蹋一番，看她还会不会摆出这么一副招人讨厌的高傲表情！”

景潇猛地拍案而起，却被风筱绮扯住了衣袖。

齐侃气得浑身发抖，蓦然抬手重重给了齐檬一个耳光：“我这当哥的平时是不是太惯着你了，导致你做事随心所欲，从来不计后果？”

齐檬猝不及防，被齐侃这一巴掌扇得有点发蒙，她站着愣了半晌，眼泪夺眶而出：“哥，你打我？你以前从没打过我的，现在就为了这个死丫头，你竟然舍得打我？”

“我打你，不是为了别人，是为了让你以后收敛性子，不要再胡闹，”齐侃低头看着自己的手，沉声叹息，“我再疼你也不能保护你一辈子，你该稍微学着以善待人。”

“以善待人有什么用？能得到我想要的东西吗？哥，你变了！”

沈乔忍不住替齐侃说了句话：“你哥变得通情达理了，这未尝不是件好事，毕竟你哥跟你不一样。”

“真好笑，你是我哥什么人啊？轮得到你来教育我？”

“算起来，我对你哥的了解，恐怕比你还要多一些。”

林岳小声嘟囔：“就好像你俩关系匪浅似的……”然后就被沈乔在腰间用力掐了一把。

“乔乔，风筱绮，这件事我要向你们道歉，身为大哥的我没有监督好她，给了她胡闹的机会，是我的错，”齐侃深深向两人鞠了个九十度的躬，语气低沉，态度恳切，“回家后我会将她的所作所为告知父母，让父母来亲自管教她，至于风筱绮的医药费和营养费，我也会代为付清。”

林岳对此表示质疑：“你说你会告知父母，要怎么证明？万一你继续包庇你妹妹怎么办？”

“不会的，”沈乔看着齐侃，发现他恰好也在注视着自己，她笑了一笑，“齐侃既然能这样保证，就说明他会遵守承诺，这点信心我还是有的。”

齐侃低声道：“多谢。”

“我相信乔乔的判断，那就让他带齐檬回去吧，省得我看着也怪眼烦的，”冷眼旁观许久的风筱绮，此时总算找到了插话的机会，“另外，医药费我自己会付，不需要你们出，我家不缺那点钱。”

齐侃认真道：“这无关钱不钱的问题，是我必须替檬檬做出的补偿。”

“你不懂，接受了这份补偿，对我来讲才是最大的耻辱——你尽快带着你妹妹消失在我视线内，就算积德行善了。”

“没听见吗？带着你的便宜妹妹赶紧滚。”景潇已经懒得看对方一眼了，他给风筱绮削着苹果皮，头也不抬，语调冷冽，“齐侃，我最后警告你一句，这种事如果再发生下一次，我绝对会打断她的狗腿扔到马路上去，所以你最好把她看得严一点，别放出来乱咬人。”

齐侃唇角紧抿，只隐忍地应了一声，便将仍在哭泣的齐檬拖出了病房。擦肩而过的瞬间，他与沈乔的视线有了片刻交汇，然后沈乔抬起手来，拍了拍他的肩膀，算是无言的安慰。

她没有因此怨恨他，这大概是唯一令他感到欣慰的事情了。

02

直到确信齐家兄妹俩的身影已经彻底消失在走廊另一端，林岳这才转过身来，一头雾水地问风筱绮：“就这么放过那朵黑心的小白莲了？”

“我为难她，就相当于为难齐侃，而为难齐侃就是为难乔乔，不值当的。”

“所以说沈乔你跟齐侃的关系真的很好啊！能容我们八卦一下，究竟好到什么程度了，以至于只要是你出现的场合，他立刻老实又乖巧？”

沈乔白了林岳一眼：“你怎么这么啰唆？从小长到大的交情，他当然多少会给我三分薄面。”

“那是三分薄面的问题吗？那简直是大灰狼变哈士奇，就跟我潇哥见到风筱绮时一模一样！”

无端躺枪的景潇原本还不声不响地看着热闹，此刻闻言一脚踹过去：“滚！”

风筱绮似笑非笑：“林岳这酸劲儿，我都闻到了。”

“我那能叫酸吗？那叫与生俱来的正义感，是为了保护三中姑娘的身心清白，免得她误入歧途！”

“你快歇会儿吧你！”

沈乔不耐烦地往林岳嘴里塞了两块燕麦饼干，强迫他停止碎碎念，谁知她一转头，发现有一群男生正在病房门口探头探脑，而且还都是熟悉面孔。

“班长？你们怎么来了？”

为首那位正是安池，他身后还跟着好几位七班的活跃分子，更重要的是，在他们踏入病房之后，竟又突然有一群四班的男生紧随而至。

病房一时间显得颇为拥挤，听得有位四班男生高声道：“潇哥！你点的叉烧饭送到了！”

“你小点声，这里是医院，”景潇面无表情一指桌子，“放这儿吧，还有长乐甜品店的红豆奶茶呢？”

另一位四班男生兴高采烈地靠近前来：“这儿呢！老板娘听说大嫂住院了，还特意赠了一份芒果班戟，说祝大嫂早日康复。”

风筱绮淡定地戳了戳景潇的后背：“他们但凡再叫我一声大嫂，我就把你也从病房赶出去。”

景潇冷冷抬眸一瞥：“管好你们的嘴。”而后把红豆奶茶插好吸管递到了风筱绮跟前。

“事先声明啊，我们可不是跟他们一起来的，”安池放下手中的玩具熊、鲜花和果篮，很一本正经地和四班人划清了界限，“我们是在一楼大厅偶遇的，当时还看到了那个在三中门口贴海报的五中浑蛋……风筱绮，他不是来找你麻烦的吧？”

“不是，”风筱绮反问，“你们没找他麻烦吧？”

“没有啊，他好像挺生气的，带着个哭哭啼啼的小妞儿径直走了，看都没看我们。”

风筱绮点点头："那就好，他可能只是带妹妹来医院精神科看病的，不必理睬。"

"哦……"

沈乔好奇地研究着那束鲜花："康乃馨配文竹和满天星？挺好看的，班长你审美不错啊。"

安池谦虚地摆摆手："我哪懂送花的技巧啊，这多亏了杜薇薇碰巧也在花店，她帮我选的。"

众人异口同声："杜薇薇？"

林岳一脸看透了的表情："你小子是不是觊觎我们班花？"

"谁觊觎你们班花了？"安池下意识否认，"我始终团结在以风筱绮同学为核心的七班人周围，对你们班花顶多算是表面上的客套，是为建设和谐校园贡献一份力量而已。"

"班长，其实你不必这么刻意解释，"风筱绮从容道，"计算机天才配班花，无论如何都很合适，我是举双手支持的。"

旁边有七班男生悄悄念叨着："对啊班长，你得主动出击，不要遮遮掩掩，也算是为咱们班扳回一城，咱们学委可是都被姓景的拐走了……"

风筱绮微微一笑："宋源同学，请不要当着我的面说些奇怪的话。"

"没有没有……"

安池尴尬地挠了挠头，决定尽快转移这一话题："我听说这次风筱绮遭遇意外，多亏了景潇及时将她送到医院是吧？这种正义的行为值得肯定和鼓励，对此我也代表全七班的成员，向你表示感谢。"

景潇痞气地扬眉："不用感谢，我救绮绮，跟你们全七班可没什么关系。"

风筱绮轻描淡写地扫了他一眼："我也是七班的一员。"

"哦，"本着团结友爱的原则，景潇当即改口，"那我勉强收下你们七班的谢意，希望大家今后互帮互助和平共处，给年级的其他班级做个榜样。”

林岳疯狂鼓掌：“潇哥说得对！这绝对是一段史诗级的发言，具有无比重要的意义！”

沈乔冷漠地抚了抚胳膊上的鸡皮疙瘩：“真是奇怪了，我为什么会和你这个马屁精站在一起？”

“我拥护自家领导者，有什么错？”林岳理直气壮，“你摸着良心讲，自己是不是认为风筱绮说的所有话都正确？”

“那是因为绮绮讲话一向很少出错。”

“你这就是盲目崇拜，别解释了。”

眼看着沈乔已经掐上了林岳的脖子，把他摇晃得像风中飘零的落叶，风筱绮决定让他俩慢慢折腾，自己负责转移大家的注意力：“四班和七班的两位领导者，为表示诚意，你们就在大家的见证下握手言和吧。”

景潇倒是很坦然，直接把手伸过去了，安池则犹豫了很长时间，见对方始终保持着先前的姿势没有收回，这才不情不愿地握住了他的手。

“事先说好啊，这并不代表我们七班就认可你们四班了，仅仅是给风筱绮个面子罢了——话又说回来，你最好也收敛点，别总是另有图谋地接近风筱绮，影响了她学习，你负得起责任吗？”

景潇微微一笑：“你简直比年级主任都啰唆，友情提示——杜薇薇不喜欢话痨的男生。”

“关徐主任什么事？又关杜薇薇什么事？”安池赶紧把手抽回来，嫌弃地在衣服上擦了擦，“另外，咱俩之间有什么友情可言？幼稚！”

风筱绮头疼地叹了口气：“行了班长，你看看你们喜欢吃什么，桌上的零食随便拿，大家自己找地方坐吧。”

安池道：“不坐了，你好好休息，我们就是来问候一句，待会儿还要去打篮球呢——等你康复了，咱们出去聚餐啊！”

“没问题。”

安池又跟风筱绮聊了两句，就带着七班男生们离开了。林岳使了个眼色，于是四班男生们也非常识趣地走掉了，他伸手拽住沈乔的袖子，笑眯眯地提议：“看不看电影？新上映的恐怖片？”

沈乔嘟囔：“本来还想跟绮绮一起去看的……”

风筱绮低声笑道：“你俩先去看吧，等我脚好了，再陪你去看别的电影。”

“走吧走吧。”林岳锲而不舍地把沈乔扯向门口，“到时候给你买两桶焦糖爆米花！”

“两桶爆米花就能收买我了？”

“那再加两桶冰淇淋。”

03

病房最终只剩下了景潇和风筱绮，方才热热闹闹的气氛骤然安静，倒令人有些不习惯了。

景潇从袋子里取出特地托人买来的叉烧饭，贴心地把勺子递给风筱绮：“尝尝，这家店的叉烧饭口碑极好，我猜你会喜欢。”

“谢谢。”

“你跟我还用说谢谢？”

风筱绮认真地看他一眼：“你这次相当于救了我半条命，无论如何都受得起一句谢谢。话说你一直在医院陪我，家里人同意吗？”

“无所谓，我家里人不在乎我回不回去。”

“嗯？”

景潇忽而自嘲一笑：“我爸常年忙于公司生意，有时一个月都不回家一次，我妈的精神状态又一直很糟糕，要么半句话都不对我说，要么就对我发脾气，我在家里实在没什么存在感，也没有谁会特意惦记着我。”

风筱绮吃叉烧饭的动作一顿，她迟疑着抬眸：“抱歉。”

景潇随手揉了揉她披散的长发，语气又恢复了一贯的漫不经心：“你有什么可抱歉的？你只要不把我赶出去，允许我在这儿多陪陪你，我就高兴了。”

“好端端的，我为什么要把你赶出去？”风筱绮淡然反问，“你不是我的保镖兼私人画师吗？不要工钱，还自费给我买奶茶买午饭，这么优厚的待遇，我当然要多享受几天了。”

“真巧，我也求之不得。”

两人对视半晌，蓦然一笑，空气中暖意融融，如景潇手中的奶茶一般，泛着丝丝甜意。

04

最近几天，白天都是由景潇照顾风筱绮，晚上则由沈乔来陪风筱绮过夜，不料某一夜沈乔跟着父母去了邻城探亲戚，没能赶回来，于是景潇就直接留下了。

当晚风筱绮在照常与李书颖视频聊天之后，就一直靠在床头看书。景潇安静地坐在床边，用彩铅在带来的画板上描着她的肖像，两人极少交谈，只偶尔会抬眸看向对方，眼神交汇的瞬间便又同时低下头去，装作什么都没有发生的样子。

结果就这样不知不觉地，风筱绮歪在床前睡着了，一夜无梦，再次醒来已是清晨，阳光透过窗棂洒满病房，她睁开眼睛，见那本外国名著已经被放回了桌上，自己的被子也盖得严严实实，而景潇此刻趴在她枕边，睡得正沉。

他的画板就立在旁边，画纸上勾勒的是她昨晚低头看书的情景，她端详半晌，忍不住将目光投向他。

睡梦中的他显得格外安静乖巧，而他平日里根本是与“乖巧”二字不沾边的，如此时光，着实难得。

她悄悄伸出手去，拨了一下挡住他眼睛的刘海，谁知下一秒，手腕就毫无征兆地被他抓住了。

景潇睁眼，极为清醒地注视着她：“早安。”

“啊……早安，你一宿就这么趴着睡了，累不累？”

“不累，”景潇慢慢松开她的手，良久，垂眸一笑，“说来也奇怪，在你身边，比在任何地方都睡得踏实。”

风筱绮也笑了：“我是安眠药吗？”

“是安眠药、止痛片、镇定剂，还是枇杷膏。”

“枇杷膏？”

景潇认真解释：“单是想一想，都让人喉咙发甜。”

风筱绮干咳一声，忙转移话题：“我该起床去洗脸了。”

“好，我扶你去，小心一点。”

景潇给风筱绮披好外套，见她很吃力地单脚跳下床，犹豫片刻，最终还是俯身把她打横抱了起来。

风筱绮被吓了一跳，低声问：“你要干吗？”

“提高效率，否则等你蹦到洗脸的地方，医院门口卖早饭的都该收摊了——你昨天不还说要吃烤饼夹里脊？”

“哦，你不提我都忘了。”

“伤员就应该乖乖听话，当心我把你扔到地板上。”

风筱绮顺手在他后脑勺扇了一巴掌：“你敢！”

景潇轻声笑了笑：“我是不敢。”

他稳稳抱着她，每走一步都谨慎至极，而她倚在他怀里，听着他熟悉的心跳声，只觉此情此景似曾相识。

上一次被杜薇薇泼水，他也是用外套紧紧裹着她，一路抱她前往职工宿舍，不知为何，那一刻她突然很希望时间定格，脚下的路再漫长一些，不要走到尽头才好。

这种想法很危险啊，风筱绮同学。

她这么告诉自己，所以明明察觉到了他专注的目光，也还是故意挪开了视线。

05

正当此时，她忽然听到了一声极为耳熟的呼唤：“小绮？”

“叶墨？”

不远处眉目清俊的男孩子下意识加快了脚步，一直到她面前才停下，颇为疑惑地看着她：“小绮，你们这是……”

风筱绮有些尴尬，赶紧把景潇的手臂一推，单脚落地：“这是我同学景潇，我爸妈去国外了，这些天多亏他在照顾我——景潇，这是我发小叶墨。”

“最近真是辛苦景同学了，”叶墨朝景潇略一颔首，语气温和，“小绮的事我听风叔叔和李阿姨提及了，接下来的日子由我在医院陪小绮就好，两位长辈已经同意了。”

风筱绮奇道：“你陪我？你不回日本了吗？”

“我爸工作调动，以后就不需要再去日本了，所以我们一家又搬回了平城，”叶墨笑吟吟地捏了下风筱绮的脸，“而且我下学期就转学去平城三中了，我特意求我妈托了关系，让年级主任把我分到七班去——咱俩以后就是同学了，请多多关照。”

风筱绮欣喜地和他击了个掌：“漂亮！就是我们班的同学都不是太好相处，你需要多适应适应。”

“这不是有你呢嘛。”

“也好，就像小学时一样，我罩着你。”

景潇站在旁边，看两人热络地聊天，他薄唇微抿，终是将手搭在了风筱绮肩上：“我去给你买早饭，很快回来。”

“嗯。”

等他带了早饭回到病房时，见叶墨正坐在床边给风筱绮剥着山竹，不晓得前者到底说了些什么，只听见风筱绮笑声悦耳，比以往每一次都要开心。

在景潇的记忆中，风筱绮极少这样对自己笑过，她大多时候都是一本正经或若有所思的，哪怕偶尔笑一笑也只维持在唇角的微弱弧度，仿佛跟他相处的时光里，并没有什么特别值得高兴的事情。

“绮绮。”

他走上前去，将早饭递到她手里，然后听到她和叶墨异口同声：“谢谢。”

叶墨淡然抬眸，恰与他眼神相对，就是在那一刻，两个男孩子，都在彼此眼底读出了几分不同寻常的意味。

风筱绮何其敏锐，她见景潇的神情不太对劲，立刻开口唤道：“景潇，你昨晚没休息好，需不需要回去补一觉？”

谁知这话听在景潇耳中，无异于逐客令，垂于身侧的手指忽而攥紧，他迅速转身，没有让她看到自己眼中一闪即逝的失落。

“那你们慢聊，我告辞了。”

风筱绮望着他快步离去的背影，出神了好久，直到叶墨把山竹递给自己，才后知后觉地反应过来。

那家伙有情绪了，具体因为什么，不言而喻。

或许，应该找机会安抚一下？

有时候连她自己也觉得困惑，究竟从何时开始，自己竟然越来越容易被他带跑心思，换作以前，这根本是不可能发生的荒唐事。

“小绮。”

“嗯？”

叶墨笑着看她：“在想什么？”

她用力清了清嗓子，像是要把脑海中那些乱七八糟的念头都赶跑，转而正色回答：“在想这几年没见，你长得更帅了，怎么样，平时是不是会收到很多情书？有没有心仪的小姑娘？”

“真遗憾，情书确实有很多，不过心仪的小姑娘……”

“啊？”

他温柔地摸了摸她的头发：“我身边的小姑娘，有你一个就够了。”

06

沈大小姐刚刚从邻城回来，就接到了林岳十万火急的电话，要她现在就出发去贰号街和自己吃饭。

沈乔惊异万分："神经病吧你？我这刚到家连屁股都没坐热呢，改天再约！"

林岳的语气一本正经："不行，不能改天，我这次找你是有正事。"

"你还能有正事？"

"其实不是我，是我潇哥，他想跟你谈谈风筱绮的事儿。"

一提风筱绮的名字，沈乔终于有所动摇，她迟疑着问："那……你俩在贰号街的哪里？"

"川上烤肉店。"

"OK，我现在出门。"

于是在四十分钟后，沈乔打着哈欠坐在了景潇和林岳的对面，开始翻菜单点菜，最后基本上是前几页都点了一遍。

理由很简单，是景潇请她来的，又是为了风筱绮的事，那么她让他破费破费也很正常。

"说吧二位，绮绮怎么了？"

林岳找服务员要了工具，兢兢业业在一旁剪肉烤肉，最后都夹在了沈乔的盘子里："你的绮绮挺好，目前正在医院跟她英俊温柔的小竹马叙旧。"

沈乔严肃思考半晌，恍然大悟："小竹马？是她那个姓叶的发小？"

"对！"

"嗨，其实我跟叶墨不熟，就是早年间见过几面，但他跟绮绮的交情绝对铁，要不是因为他后来随父母去了日本定居，两人现在说不定都……"

景潇冷冷抬眸："说不定什么？"

沈乔干咳一声，委婉改口："说不定都在一所高中读书，成为同班同学了。"

"不用假设，下学期他就要成为你们七班的一分子了。"

“啊？他搬回平城住了？这效率也太高了吧！”

林岳懊恼叹气：“我的小祖宗，潇哥特地把你叫来，可不是为了听你在这儿一惊一乍的。”

沈乔往嘴里塞了一大块肉，边嚼边八卦地瞥向景潇：“你想问什么尽管问，看在你帮过我们的面子上，能告诉你的我都告诉你——再来一杯鲜榨菠萝汁，谢谢。”

景潇沉默良久，终是平静开口：“绮绮和叶墨，关系究竟要好到了什么程度？”

“唔，据我所知，上小学时叶墨生得挺瘦小的，经常受同班男生欺负，然后绮绮没少替他出头打架。”

林岳不爽地反驳：“那能代表什么？风筱绮也替我潇哥打过架呢！”然后他脑袋就被景潇按在了桌面上。

景潇问：“还有呢？”

“还有就是不在国内的这些年，每逢过年过节或者绮绮的生日，叶墨都会准时寄来各种特产和小礼物，他甚至还用最传统的方式与绮绮互通书信，又文艺又浪漫。”

“嗯，所以说绮绮喜欢文艺浪漫的男生？”

“呃……绮绮没明确表示过自己喜欢什么类型，事实上认识这么久，除了叶墨和你，我也没见她对哪个男生特别上过心。”

林岳闻言，忙又殷勤地给她夹了一块牛小排：“那凭你直觉，如果叶墨和潇哥二选一，风筱绮会更加倾向谁呢？”

沈乔不假思索道：“说句实话，单从表面上看，一般女生肯定都得优先选择叶墨吧？毕竟叶墨温文尔雅脾气好，学业优秀还体贴细致，在哪儿都属于男神级别的人物……哎，景潇你别这么瞪着我，看你脸比这铁板都黑，我这不还没说完呢嘛！绮绮不是一般女生，她的心思可难猜了，否则她也不会帮你打群架、给你送花还陪你逃课吧？换作从前，这些压根是我想都不敢想的事情，可她都为你做了！莫非这还不能说明问题吗？”

景潇的脸色总算缓和了一些，他注视着面前的那杯冰柠檬水，久久一言不发。

“喂，林岳。”沈乔悄悄向林岳示意，“你老大想什么呢？”

林岳正经思考了一下这个问题：“我觉得，可能是在回忆风筱绮帮他打群架、给他送花和陪他逃课的一幕幕吧？”

景潇没好气道：“闭嘴。”

“好的，潇哥。”

沈乔“扑哧”一声笑了起来：“景潇，我掏心窝子跟你讲，有些事你应该亲自去问绮绮，不能主观臆断。”

景潇莫名叹了口气：“在她希望与叶墨独处的时候去打扰她，不太好。”

林岳和沈乔诡异地对视了一眼，均觉不可思议，前者道：“潇哥，这可不像你的风格啊。”

是的，就连景潇也觉得，这完全不像自己的风格，他也不晓得究竟从何时开始，只要一遇到与风筱绮有关的事情，自己就会变得瞻前顾后、患得患失，哪怕在夜里辗转反侧难以入眠，也不愿直接去求个答案。

因为最后的答案，如果并非心之所想，他怕自己会彻底失望。

越在意，就越会小心翼翼。

“真难想象，还有什么是你景潇不敢做的？”沈乔道，“反正照我看来，绮绮已经为你破例很多次了，至于能不能更加深入探知她的心思……要靠你自己的本事。”

林岳满脸骄傲：“我潇哥当然有这个本事！”

“他有本事，你得意什么？你该是个笨蛋，还是个笨蛋。”

“没良心的！我白给你烤那么半天肉了，我自己一块都没吃上！”

“哎呀馋死你，张嘴张嘴！”

景潇面无表情地听着两人闹腾，忽觉口袋里手机振动，打开一看，屏幕上竟正显示着风筱绮的微信提示。

绮色如枫：你的画板落在医院了，什么时候来取？

十秒钟过后，那边又发来一条。

绮色如枫：来的时候，顺便捎一份长乐甜品店的红豆冰沙吧。

唇角悄无声息地弯起，就好像郁闷已久的心情突然被这迟来的信息点亮了，景潇飞快地回复：“冬天不要吃冷饮。”顿了一顿，又补充了一句：

换成红豆焦糖布丁吧，我一会儿就给你送去。

他收起手机，将钱往桌上一放，淡声道：“你俩慢慢吃，我有事先走了。”言毕扬长而去，很快就消失在店铺门口。

CHAPTER

07

小情绪和小情愫

漫天流光里，风筱绮听到景潇凑近自己耳边轻声道：“绮绮，新年快乐。”话音刚落，她忽觉额上微暖，竟是他俯身落下了蜻蜓点水般的一吻。

01

李书颖和风明洲回来的那天，刚好赶上接风筱绮出院，两人在医院门口还看到了给风筱绮保驾护航的叶墨。

“墨墨来啦？我昨天还跟你父母视频通过话，过几天等你父亲工作稳定下来，咱们两家一起吃个饭。”

叶墨稳稳地背着风筱绮，弯起眼睛笑道：“好的，一切听阿姨叔叔安排。”

“墨墨真乖。”

风筱绮伏在叶墨背后，听他温和有礼地与父母寒暄，沉默许久，眼神却不自觉地飘向远处。

她环视四面，始终没有发现某人的身影，直到风明洲拍了一下她的小脑袋：“丫头，愣什么神呢？“

“哪有？我就是饿了。”

李书颖和善地笑着：“我刚出门时炖了玉米排骨汤，回去再给你炒个芥蓝虾仁和醋溜木须，都是家常菜，墨墨不嫌弃的话，一起来吧？”

叶墨乖巧地点头：“怎么会嫌弃呢？阿姨的手艺一级优秀，我早就盼着能再吃到您做的菜了。”

四人一同坐上了风明洲的车，远观亲热得像是一家人，殊不知此时在街角，景潇已经无声站立了很久。

他目送那辆黑色路虎绝尘而去，这才插着口袋转身，拿出手机拨通了号码。

“喂？爸，今天是你和我妈的结婚纪念日，忘了吗？你再忙，总该回家陪她吃顿饭……我没有在说教，要不是为了我妈，我甚至懒得跟你联系……你该好好想想，究竟是我眼里没有你，还是你眼里没有这个家。”

电话那端被恶狠狠挂断，景潇紧紧攥着手机直至青筋暴起，猛然对着墙壁挥出一拳，皮肤渗血，却恍然不觉。

有些事情，从来可望而不可即。

02

风筱绮回家之后，几天没接到景潇的消息，这很反常，毕竟自从加了她微信之后，他时不时地就要发图片和视频过来跟她没话找话，如今这么安静，倒让她有点不适应。

谁知好巧不巧，李书颖就在这时发出了邀请：“绮绮，上次还说要请你的景潇同学来家里吃饭呢，拣日不如撞日，干脆你现在问问他吧？”

“妈，什么叫‘我的’景潇同学？”

“哎呀，不要跟我咬文嚼字了，你快打电话问问人家，今天中午有没有空。”

仿佛突然间找到了非常完美的借口，那一瞬风筱绮竟然松了口气，她坐在床边翻通讯录，找到备注为“坏家伙”的号码拨了过去。

铃声响了十几下，那边的景潇才终于接听，他的声音听上去有些沙哑，带着浓重得化不开的疲惫感。

“喂，绮绮？”

风筱绮试探着问：“你怎么了？病了？”

“没有，可能是这两天没睡好吧——你找我有事？”

“是这样的，我妈打算邀请你来家里吃顿便饭……”

“什么时间？”

“就今天中午。”

“好。”

她没料到他会答应得如此爽快，一时怔然：“呃……所以你是同意了？”

景潇低声笑了笑：“阿姨邀请，我自然没有拒绝的道理，况且……我也想去看看你。”

或许，这最后一句话才是最重要的。

挂掉电话后，风筱绮抱着枕头躺在床上跟沈乔闲聊，大约是屋里太过暖和的缘故，她聊着聊着就睡了过去，等醒来的时候，迷迷糊糊发现景潇竟已经坐在了自己的书桌前，他单手托腮，眼神仍凝在她身上，看样子是端详她很久了。

风筱绮瞬间清醒：“你怎么进来的？”

景潇似笑非笑地看她一眼：“当然是阿姨允许我进来的。”

“嗯……几点了？是不是该吃饭了？”

“阿姨说，我们十分钟后去客厅就可以。”

风筱绮“哦”了一声，目光微转又瞧见了他拿在手上的那本画册，不禁讶然：“挺不见外啊你，还敢随便翻我书架了？”

景潇摩挲着画册精致的烫金外壳，里面是他送给她的所有画像，每一张都存放得整整齐齐，可见主人的在意和用心。

“绮绮，我的画这么值钱吗，还值得你特意买本画册来搭配？”

风筱绮一把抢过画册，面不改色地将其重新放回书架，环着手臂瞥他一眼：“你在绘画方面这么有天赋，如果有朝一日真的出名了，这本画册会变成昂贵的绝版。”

“借你吉言，如果我将来真的出名了，一定要专门为你出一本画册。”

“好啊，我等着那一天。”

听得李书颖在客厅婉声唤道：“屋里的两位小朋友在干什么？吃饭了。”

风筱绮撑着床边意欲起身，景潇担心她摔倒，忙搀住了她的手臂，到后来几乎是把她半抱到了餐桌前，然后在看到李书颖从厨房走出来的一瞬，他收回了手，规规矩矩坐在了旁边的椅子上。

“阿姨，我来吧。”

他动作麻利地盛好了三碗汤，双手递到了李书颖面前，李书颖给他舀了一勺虾仁，眉眼含笑道：“现在像你这么懂事的男孩子，真是很少了。”

风筱绮叼着鸡翅小声地笑：“妈，你刚才是在夸他懂事呢？”

“对啊，”李书颖说完又微笑着转向景潇，“阿姨熬的汤好喝吗？”

景潇低下头，一时间连原本桀骜不驯的眉眼也变得光影柔和起来：“好喝，我在家里从没喝过这么好喝的汤。”

李书颖极温柔地抚摸了一下他的头：“那你今后可以常来，阿姨再给你熬。”

“谢谢阿姨。”

风筱绮趁李书颖不注意，把自己碗里的一块排骨夹给了景潇，她迎着他惊讶的目光，一本正经地板起脸：“吃你的。”

景潇重新将视线移回自己的碗，他出神良久，蓦然展颜一笑，比窗外映照进来的午后阳光还要暖上几分。

如果时间能稍微等一等，驻留在此刻，就好了。

03

下午天气极其明媚，风筱绮坐在窗前，半晌合上了手中的书。

“景潇。”

“在呢。”

她懒洋洋道：“你难得来我家做客，我总不能让你一直陪我干坐着，咱们去附近吃个甜品，或者看场电影吧，我请客。”

景潇笑着指了指她的脚：“就你这行动速度，能行吗？”

“我们可以叫一辆计程车。”

“也好，需要走路的时候，我背着你。”

岂料就在两人和李书颖打过招呼，准备出门的时候，迎面却撞见了从外走进来的叶墨。叶墨穿着一身浅色休闲装，干净帅气，站在那里微笑着开口：

“小绮，你要和景潇同学出去吗？”

风筱绮答应着：“嗯，去看个电影。”

“哪部电影？”

“《唐人街神探》。”

叶墨笑意更甚：“真巧，我也对这部电影很感兴趣，一起吧？”

“一起？”

叶墨点点头，迅速掏出手机，在二十秒内订好了三人的票，没有给风筱绮开口的机会。

风筱绮下意识朝身侧的景潇投去一瞥，不晓得该说些什么，然而她不知道的是，正因为这个尴尬而不失歉意的眼神，令景潇的心情豁然开朗，他突然觉得，即使叶墨坚持要跟随前往，也不是一件多么重要的事情了。

他很自然地在她面前俯下身，风筱绮略作犹豫，终于还是伏在了他背上，双手搂住了他的脖子。

景潇悠然道：“那就麻烦叶小哥，去叫一辆计程车吧。”

叶墨神色复杂地看他一眼：“好，不麻烦。”

04

在去往电影院的路上，三人间的气氛很微妙，叶墨始终能找到各种各样的话题跟风筱绮聊天，而景潇则通过微信跟风筱绮私下交谈，搞得风筱绮又开口又打字，要不是因为她脑子好使，估计一不小心就会错频了。

计程车开到了目的地，下车时叶墨极其绅士地伸出手来，想要搀扶风筱绮下车，岂料景潇直接弯腰将风筱绮一个公主抱，稳稳当当，轻车熟路。

“车钱刚才已经付过了，叶小哥稍等，我和绮绮先去买桶爆米花，你要喝什么吗？”

叶墨微笑着点一点头，眼神却瞥向风筱绮：“小绮喝什么，我要一样的就好。”

“哦，那还真是巧了，她刚说跟我喝一样的，那我就给叶小哥也买杯红豆奶茶吧。”

叶墨当即将视线转向一边，只装作没有听见。

风筱绮被景潇抱着，像只猫一样蜷在他怀里，此时闻言禁不住抬眼瞪他：“你耳朵出问题了？我说过那种话？”

景潇一本正经地用外套为她挡住风，也挡住了叶墨看向这边的视线。他痞气地挑眉：“难道说你不喜欢喝红豆奶茶？”

“你不要给我偷换概念，玩文字游戏。”

“乖，这不是重点，”景潇一面大步流星往里走，一面耐心哄着她，“电影快开场了，我们买完奶茶，得赶紧去取票。”

风筱绮如今行动不便，也没办法跟他计较些什么，只得抬起手来去掐他的脸，岂料他低下头，作势要来亲她的手，惊得她连忙收回：“无赖吧你！”

“你才知道啊？”

风筱绮有点后悔，自己不该贸然答应同时跟景潇和叶墨一起出来的，毕竟这样复杂的状况着实难以调和，更何况景潇从来不按套路出牌。

没想到事态永远没有最尴尬，只有更尴尬，正当景潇抱着她，她拿着奶茶，两人来到自动取票机跟前时，忽听有熟悉的清越女声从身后传来，语气蕴含着满满的不可思议。

“绮绮？”

风筱绮猛回头，正迎上沈乔的一双琉璃大眼，且沈乔旁边还站着铜铃大眼的林岳，这两人的眼神如同 X 光般唰唰扫射过来，还都带着意味不明的笑容。

景潇淡淡瞥了林岳一眼，趁对方还没来得及开口，选择先发制人：“行啊小子，看来最近进展很顺利。”

林岳被噎了一下：“呃……潇哥，还是你最顺利。”

“你俩到底在谦虚些什么？”沈乔小嘴一撇，“绮绮，你们也看电影啊，看哪部？”

“《唐人街神探》。”

“真巧，我们也是，”她凑上去看了景潇刚取出来的票，“哟，咱们都在 3 号厅，还在同一排！”

说话间，叶墨也走上前来，温文尔雅地和沈乔打了招呼：“好久不见。”

沈乔浑身一激灵，她沉默片刻，目光诡异地在叶墨、景潇和风筱绮之间扫了一圈，呵呵尬笑：“叶墨？是好久不见，你们仨这么有雅兴，居然搭伙来看电影啊？”

叶墨微笑：“碰巧而已。”

“哈哈哈，那还真是挺巧的了……”

眼看着电影放映时间临近，各怀心思的五个人终于结束了这毫无营养的谈话，通过检票口前往 3 号厅。

景潇走上楼梯，穿过过道，小心翼翼地将风筱绮安顿在座位上，这才侧身坐在了她左边。叶墨原本准备坐在风筱绮右边的，结果半途杀出个林岳，林岳不由分说把沈乔按在了那个位子。

“乔乔，风筱绮腿脚不便，你坐她旁边能随时照顾。”

风筱绮轻笑一声重复着：“乔乔？这称呼，挺亲切啊。”

沈乔果断捂住了她的嘴：“叫你绮绮的在现场，叫你小绮的也在现场，你好意思跟我说这个？”

“住口。”

而另一边，林岳正发挥自来熟的本领，强行跟叶墨搭讪：“叶小哥，不如咱俩坐一起啊？你看咱俩名字就有缘分，可以组一个‘岳来岳墨契’组合，我听乔乔说你学习成绩超好，改天指导一下我的功课可以吗？”

不得不承认，叶墨真的是好涵养，这种情况下还能笑着应对：“如果林同学有需要的话，没问题。”

“好的哦，我随时约你哦。”

风筱绮低声叹了口气：“乔乔，他平常跟你约会的时候，讲话也这么油腻吗？”

“他平时讲话倒是挺正常的，不过撒起欢来我也拦不住，谁让他智商不太高……等等！”沈乔后知后觉意识到了什么，没好气地白她一眼，“什么叫约会？我哪里跟他约会了？”

“我说的约会，指的就是朋友之间的邀约，没有特殊含义，你别误会。”

“哼。”

正在这时，放映厅的灯光全部暗了下去，电影开始了。

风筱绮和沈乔分吃着那桶焦糖爆米花，半晌转过头去，压低嗓音问景潇吃不吃，问了两遍没反应，她只当他在聚精会神看电影，于是又把兜里的奶茶给叶墨递了过去。

接过奶茶的瞬间，叶墨微凉的手指触碰到了她的掌心，她听到他柔声说：“谢谢小绮。”

“你吃不吃爆米花？”

“不了，你们女孩子吃吧。”

然后叶墨就又被林岳搂住了，可见林岳为了自家老大，做出了多少牺牲，中途被沈乔掐了十多次都不撒手。

风筱绮递完奶茶，刚刚正过身子，忽觉肩头一沉，竟是景潇歪在她肩膀上睡着了。

她本能地想躲开，但略作迟疑，终于还是没有那么做，而是任由他靠着。

景潇的呼吸平稳悠长，撩拨得她颈间微痒，她盯着前方的放映屏幕，不知怎的，心跳却一声更比一声急促了。

她想起了先前他一直没有跟自己联系的事情，以及今天见面时，他眼下淡淡的乌青，他没有跟她解释原因，可这一刻她却似乎意识到了什么。

罢了，在家里他可能睡不安稳，那就让他在这里补个觉吧。

05

电影放映了两个小时，景潇也睡了两个小时，待 3 号厅的灯光再度亮起，他被四周的脚步声惊醒，而后于睡眼蒙眬间，发现自己居然已经枕在了风筱绮肩上。

“呃……绮绮？”

风筱绮正视前方，面无表情道：“醒了？醒了就起来吧，我整条胳膊都麻了。”

原来她为了不吵醒他，就一直保持着这个姿势，坚持到了电影结束。

景潇心口一热，无言良久，忍不住揉了揉她额前刘海：“傻丫头，累了就直接喊我啊。”

她从容反问：“看来这两天都睡得不太好？”

“嗯……算是吧。”

“微信也不登录，电话也不秒接，很忙？”

景潇顿了一顿，而后像是突然悟到了什么，笑意更深：“怎么，绮绮，你一直在等我微信吗？”

“只是突然想到了而已。”

他俯身背起她，又将她稳稳地向上托了托，这才不紧不慢地回答：“其实没什么，就是我妈最近精神状态不太好，我陪她出去散了两天心——我记得了，以后不管在哪里，都要随时发微信告诉你一声。”

“不必那么麻烦。”

“对我来说这不是麻烦，而是求个心安。”

换句话讲，只有看到她的回复，听到她的声音，他才会心安，不至于觉得无所寄托。

听得一旁的沈乔问：“绮绮，你是现在就回去，还是跟我们一起吃顿晚饭？”

风筱绮道：“你们晚上准备去哪里吃？”

“火锅呗！”

“我知道东街口有一家牛肉火锅超级好吃，不早去就要排长队的那种！”林岳热情提议，“要不要去？”

“可以，”风筱绮想了想，又将目光转向叶墨，“不如一起去吧？”

听到她问自己，叶墨眼神微亮，连笑容都显得愉悦许多：“好啊，晚上也方便送你回去。”

林岳佯装疑惑：“咦？晚上不是我潇哥送风筱绮回去吗？”

“怎么就你废话多呢？带路！”沈乔抬手将他脑袋按了下去，而后在他耳边恨铁不成钢地提醒，“太明显了笨蛋！你收敛一点！”

“啊……”

由于那家火锅店距离电影院并不远，高德地图显示大约只有一公里，几人一致决定步行过去，而这也就意味着，景潇需要一路背着风筱绮前往。

为了保持身体平衡，风筱绮再度搂住了景潇的脖子，其实连她自己也不太明白，为什么现在做这种动作自然而然，并不觉得有哪里不对劲了。

她温热的呼吸拂在他颈间，长发随风扬起，有几缕贴上了他的脸颊，景潇突然下意识放缓了脚步，仿佛走得慢一些，就能留住此刻的时间。

他听到她低声问：“累不累？”

“你这么轻，怎么会累？”他笑了笑，“况且你的小竹马就在不远处偷看着，我难道要这时候把你放下来吗？”

风筱绮顿觉哭笑不得：“你这是什么酸溜溜的语气？”

“哦？我有酸溜溜吗？”

“当然。”

景潇道：“放假前还在办公室给我送花的年级第一，身边冷不丁就出现了个长相好脾气好成绩也好的小竹马，搁谁谁没有危机感？”

风筱绮不假思索地反问：“像你这种人，怼天怼地的，还会有危机感呢？”

“换作别人，确实没什么可在乎的，但是你啊……”景潇不自觉地叹息着，语调却变得愈发温柔，“绮绮，你不同，你对我来讲，是猜不透和难以把握的人，所以……”

最后一句话戛然而止，他没有再说下去，她也没有再追问。

前方的沈乔和林岳不晓得在耳语些什么，只见沈乔笑着转身，摆摆手招呼道：“诸位，穿过这个十字路口就到了！”

几乎是在同一时刻，风筱绮垂眸，恰与回过头来的景潇目光相对。

他轻声说：“要是路再长一点就好了。”

“路本来就还长着。”

事实上，说出这句话的瞬间，她是完全没经过大脑思考的，以至于说完自己都愣住了。

然后她就听到了景潇的笑声，比任何一次都要开心。

“对，路还长着。”

06

平心而论，晚上那一顿火锅很好吃，气氛却比较微妙，哪怕大家都努力维持着表面上的和谐，也还是没能避免偶尔出现的尴尬。

譬如当景潇在给风筱绮夹菜的时候，叶墨总是巧之又巧也在给风筱绮夹菜，导致风筱绮只好分别跟两人道谢；再譬如林岳右手给沈乔夹着菜，左手还要给叶墨斟着饮料，并不断挑起与后者之间的话题，以避免后者去跟风筱绮聊天。在此期间，风筱绮和沈乔不知暗地里对过多少次眼神，均觉得发起这次聚餐就是个天大的错误。

好容易熬到晚餐结束，众人走出火锅店门，景潇原本打算送风筱绮回家的，岂料家中母亲突然来了电话，从他的脸色看，似乎是挺重要的事。

风筱绮主动开口：“你先回去吧，我到家给你报平安。”

景潇下意识朝叶墨投去一瞥，沉吟片刻，终是缓缓点头：“那到家联系。”

“好。”

待景潇离开后，林岳目送风筱绮和叶墨上了计程车，这才不情不愿地被沈乔扯走，中途不晓得抱怨了多少次，认为自家老大丧失了今晚与风筱绮月下漫步的绝佳机会。

沈乔笑着掐了他一把：“大傻子，绮绮心里有数的，不用你操心。”

“她有什么数？”

“愿意与谁亲近，亲近的意义是什么，她心里自有一杆秤，从不会轻易倾斜，可一旦倾斜了，就意味着百分之百。”

林岳奇道：“你难得说这么有哲理的话，我居然一句也听不懂。”

“那是你智商不够。”

“你说风筱绮的心里有杆秤，那你呢？”他忽而上前一步，靠沈乔更近了一些，一本正经地问，“你心里也有杆秤，衡量着应该和谁更亲近吗？”

沈乔一时语塞：“呃……这算什么蠢问题？”

林岳将大手覆在她头顶，神色坦然：“因为我好奇，在你的认知里，我和齐侃的存在，究竟谁更有意义？”

突如其来的问题，令沈乔愣在当场。

林岳等了半晌，没有等到她的答案，只好无奈地笑笑，转过身去：“好啦，我就随便一问，别太在意——时间不早了，该送你回家了。”

沈乔慢吞吞跟着他的脚步，不知为何，她总觉得这一刻的林岳，情绪仿佛迅速陷入了低谷。

值得一提的是，这样的念头，竟让她也瞬间郁闷起来。

而与此同时，坐在计程车内的风筱绮，正面临着应对叶墨询问的窘境。

只听得叶墨温声开口：“小绮，脚还疼吗？”

“不疼了，等它慢慢恢复就好。”

“平时记得多喝牛奶，或者用骨头熬白汤，如果阿姨没时间的话，我也可以给你熬了送过去。”

风筱绮连忙摇头：“不用不用，太麻烦你了。”

“对我而言，只要是你的事，没有麻烦的，”叶墨意味深长地看她一眼，“小绮，你现在跟我越来越客气了，是我的错觉吗？”

“没有客气，如果你坚持要熬，我肯定也会全都喝完的。”

“真乖。”

两人就这么不尴不尬地各自沉默了一会儿，直到风筱绮转过头去，意外发现叶墨居然还在注视着自己：“怎么了，我脸上有花啊？”

叶墨弯起眼睛，笑意更深，但他接下来问的问题却颇为直截了当：“你在学校里与景同学，关系很要好吗？”

风筱绮模棱两可地回答：“还可以吧，是上了高二之后才认识的。”

“能跟你有共同语言的男孩子，成绩一定很好。”

“不，他成绩不好，甚至说很糟糕，就连期中、期末的考试大纲都是我在替他整理。”

叶墨点点头，眼神却在不经意间光影微黯：“可我记得你从前，很少管这些闲事。”

“呃？也不至于吧？好像我有多不近人情似的。”

叶墨细心地将她鬓角一绺乱发抿至耳后，话尾悠长，似是回忆起了很久以前的故事：“是啊，那时候的你的确不太近人情，除了我，你是从不爱和任何男孩子讲话的。”

“唔……”

“即使是我，在你面前也经常会生出不自信的情绪，因此我总是努力让自己保持着足够优秀的成绩，只为听你夸奖几句。”

风筱绮不禁失笑：“其实我交朋友，跟成绩好坏没关系。”

“嗯，”叶墨温柔应着，“我也是如今，才开始明白这个道理。”

她与景潇之间密切的互动，他都清楚地看在眼里，此刻听她亲口讲来，才终于彻底确认，原来缘分这种事当真难以言喻，和成绩无关，和性格也无关，可能只是在某个阳光正好的午后相遇了，一眼望去，觉得彼此合拍，想要靠近而已。

然而为什么，他竟会觉得莫名感伤呢？

“没想到我不在国内的这几年，小绮有了其他谈得来的朋友，这是好事，你长大了。”

风筱绮认真道：“无论我有多少朋友，你都是最重要的那一个。”

两人相视一笑，而后轻快地击了个掌，就像当年无数次那样，算是立下了约定。

可风筱绮不知道的是，这并不是叶墨真正要的约定，而他想问的那句话，最终也没能问出口。

07

时间一晃到了腊月二十三，经过这一段日子的休养，风筱绮总算可以下地走动了。某天下午她正在屋里随便溜达，忽听李书颖在客厅唤自己。

“绮绮，这眼看着新年都快到了，我也没给你买什么衣服，总怕买了你又不喜欢——不如你待会儿自己去商场挑两件啊？”

“挑衣服？不必了吧？我衣柜里这么多衣服，平时上学都没机会穿的。”

李书颖很有耐心地回答：“要挑要挑，我的宝贝女儿，过年怎么能没有新衣服穿？”

“你妈让你买，你就尽管买，难道还担心我们夫妻俩没钱吗？”风明洲刚刚到家，听到两人谈话，顿时大步流星走到风筱绮房间，从风衣口袋里取出一张卡，财大气粗地甩在了风筱绮面前，“拿去！多买两件，权当哄你妈高兴了！”

风筱绮只好默默接过了卡，有些时候，她实在不太能理解自家思维奇特的父亲。

但纵使如此，为了图个清净，她还是选择了妥协。

半个小时后，地处市区的华夏购物广场。

她打着哈欠从一楼逛到二楼，忍不住拍了张顾客们拥挤的照片，发到朋友圈吐槽：空气里弥漫着闷热的汗味，这大约也算过年的喜庆氛围。

短短十分钟，这条状态下面就已经挤满了评论。

乔一乔看一看：你居然去逛商场了？ELAND（衣恋）貌似从今天开始到除夕所有门店都打折，我觉得肯定有适合你的！

岳夜：沈乔！你不回我微信，却在这里给她评论？

乔一乔看一看：我不想理睬送我一条大金链子当新年礼物的白痴。

山寨黑客 Andy：脚伤好了吗？等年后出来聚餐啊。

墨色深海：注意安全，有需要联系我。

当时景潇没有评论，只是低调地给她点了个赞，她并未特别注意，谁知二十分钟后，她突然接到了景潇的电话。

她按下通话键，听那边传来他含笑的低沉嗓音：“你在华夏购物广场呢？”

“你怎么知道？”

“你朋友圈下面显示了定位。”

好吧，是她犯傻了。

景潇又道：“你猜猜我现在在哪里？”

风筱绮很奇怪他为何有此一问，懒洋洋答道：“我才没空猜，你自己说。”

电话里出现了大约三秒钟的沉默，正当她意欲询问时，忽听他再度开口：

“绮绮，回头。”

她下意识转过身去，却忽觉眼前一黑，竟然迎面撞进了某人的怀里。

温暖熟悉的气息扑面而来，近在咫尺的心跳声格外有力，她诧异抬头，见景潇正放下手机，眼神清亮地盯着自己看。

“巧得很啊，”他迅速收拢双臂，将她裹进了自己宽大的外套里，恰似拥抱，“脚伤还没好利索，就独自出来逛街，是不是胡闹？”

风筱绮连忙从他怀抱中挣扎出来，装作若无其事地掸了掸衣袖：“我体质好，正常走路完全没问题了。”

“哦，这样啊。”

“所以你来这里是要做什么？”

“来医院给我妈开点药，刚好看见你的朋友圈，干脆就来购物广场找你了。”

她歪头打量着他：“医院距离购物广场有三百多米，你还要从熙熙攘攘的人潮中准确找着我，这概率……”

景潇低声笑了：“其实我也觉得不可思议，但就是一眼就望见你了，大概是因为你不管站在哪里，都会发光吧。”

“如果这算赞美的话，我接受。”

“当然是赞美。”他很自然地揽过她的肩膀，语气愉悦地问，“我看沈乔说，你是来买过年穿的新衣服的，挑好了吗？”

风筱绮兴致缺缺地摇着头：“没有，我对穿什么衣服向来没概念，舒服就行，挑不出好看的。”

“那……不如我来替你挑？”他笑道，“只要你相信我的审美眼光。”

本着破罐子破摔的原则，她也没犹豫，直接答应了：“随你。”

事实证明，景潇拥有比一般直男都要优秀的审美，他带着风筱绮逛遍了整座华夏购物中心，最后着重选择了几家风格最中意的商铺，催着她进试衣间，一件一件地试穿。

不得不承认，凡是他挑出来的衣服，都很合风筱绮的眼缘，但风筱绮这人很懒，她逛街从来不愿意试来试去。

“你就帮我看看哪件最顺眼吧，我又不胖，S 码基本上都能穿。”

“不行，必须现场试一试，才能确定是否真的适合你，”景潇坚持己见，他把挑好的几件衣服一股脑塞进她怀里，推着她往试衣间的方向走，“就几分钟的时间而已，我在这儿等你。”

“非得试吗？”

“就当试给我看了，”他笑道，“毕竟平时在学校只能看见你穿校服，也没机会看你穿各种漂亮的小裙子。”

“无聊啊你。”

话虽如此，风筱绮最终还是妥协了，她一转身进了试衣间，殊不知在关门的瞬间，外面的景潇就很自然地看向销售员。

“麻烦您，”他从口袋里掏出银行卡递过去，客客气气道，“刚才她拿的那几件，还有先前摸过看过的那几件，请全部帮我结账。”

销售员笑着：“像您这么宠女朋友的男生，如今可不多见了。”

景潇竖起手指示意对方噤声：“别说这种话，她不爱听。”

然后等风筱绮从试衣间走出来的时候，就看到景潇已经提着大袋小袋在原地等自己了，她惊道：“你干吗？你帮我付账了？”

“是啊，哪有陪女生逛街，却让女生自己付账的道理？”他说完便上下将她打量一番，满意地颔首，“这身搭配得特别好看，是小仙女本人了。”

“这么肉麻的夸奖，谁教你的？”

“只是有感而发。”

风筱绮别扭地扯了扯裙摆，蹙眉道：“回头我把钱转账给你，注意查收。”

景潇闻言当即沉下脸色：“转账？就给你买几件衣服，还需要转账？”

“为什么不需要？”

“这是我送你的新年礼物，”他不由分说拉起她的手，大步流星朝店外走去，“我记得刚才咱俩还相中了一件袖口带蕾丝的小衬衫，还有一双羊皮短靴，干脆都买下来好了，你慢慢穿。”

风筱绮简直哭笑不得：“这么多衣服，我哪有机会穿？你快别胡闹了，你在外乱花钱，被你家长知道不会骂你吗？”

“不会，这张卡是我爸扔给我的，换句话说，这么多年他能给我的，就只有钱而已——我如果不花，哪里对得起他呢？”

这句话景潇是微笑着说的，可风筱绮却莫名听出了几分落寞的情绪，她沉默许久，终是低声答道：“那你也不必花在我身上啊。”

他垂眸看她一眼：“花在你身上，才是花在了最有意义的地方。”

“嗯……”

“绮绮，看你穿得漂漂亮亮的，我打心底高兴，所以你就当作哄我高兴，别拒绝我的好意，行不行？”

他在看向她的时候，眸中总是有着熠熠的光，能将那份期待的恳切的心情毫无保留地传达给她，让她无从拒绝。

一向特立独行的她，在他面前，仿佛突然就失去了拒绝的力量。

“哄你高兴还真是件挺困难的事情，”她闷闷地应着，“那你呢？给自己买新衣服了吗？”

“没呢。”

“走，这次我帮你挑——我付账。”

景潇正欲推辞，下一秒却感觉她反手握住了自己的手，五指收拢，带着不容抗拒的力道。

那大概是，她第一次如此主动地牵住他。

难言的甜意自胸腔蔓延开来，他忍不住侧过头去看她，唇畔含笑。

“好，都听你的。”

待风筱绮陪景潇买完外套和毛衣，已是傍晚六点，夕阳余晖洒满华夏购物广场，给周围的一切都镀上了淡淡的金色。

景潇叫了计程车，一路将风筱绮送到了家门口，临别的时候，风筱绮将购物满额所赠的新年公仔送给了他。

“今天谢谢你。”

景潇凝视着手中的公仔，又将目光认真投向她：“不，是我要谢谢你。”

风筱绮笑了笑，转身下了计程车，她的身影终于消失在渐沉的夜色里，也融入了他温柔的眼底。

而此时的家里，风明洲正忙前忙后帮李书颖端菜，他听到脚步声，从厨房探出头来，看着风筱绮手里的一大堆袋子，挺愉悦道：“哟，很乖，买了不少衣服，卡够刷吗？”

“够了。”

李书颖闻言也来到客厅，接过袋子好奇地翻看：“宝贝，都买了些什么？哦这件衬衫很清新啊，这双靴子也可爱，还有这外套……咦？这外套设计得很别致啊，又帅又酷的，我记得你以前不太喜欢设计感很强的风格，怎么现在想要尝试了？”

风筱绮一门心思给自己斟水，未经思考就很随意地回答：“他非说我穿着好看，然后就跑去付账了，我没拦住。”

李书颖和风明洲顿时异口同声：“‘他’是谁？”

“唔……景潇，我跟景潇在华夏购物广场偶遇了，这些衣服都是他买的单。”

“啊？都是他买的？”

“当然，作为回礼，我也帮他付了两套衣服的款。”

风明洲这才松了口气，欣慰地拍她的肩膀：“不错不错，礼尚往来是正常的人际交往套路。”

李书颖眉眼微弯：“这可不应该被定义为普通的人际交往，我看咱家绮绮是开窍了。”

“妈，你说什么呢？”风筱绮飞快地岔开了这一话题，“是不是可以开饭了？我饿了。”

“哦哦好的，今晚有白灼虾、葱烧羊肉、拌秋葵，还有你爸非得吃的叉烧面，”李书颖说完，冷不防又抬手搂住了风筱绮，笑吟吟道，“绮绮，容我再最后问一句，叶墨和景潇，谁才是你心目中最好的少年呢？”

“妈，我有权保持沉默。”

风明洲在旁冷哼一声：“依我看谁都不是最好的，都是对我家闺女存有非分之想的臭小子。”

“有你什么事？”李书颖横他一眼，“过来盛面！”

“哦。”某位散打教练乖乖地跟了上去。

客厅里一时只剩下了风筱绮自己，她随手点开微信，目光微滞，恰好看到了景潇刚刚更新的朋友圈。

Jing X：既然是贵人相赠，就把你放在枕边吧，小家伙。

配图是她今天送给他的那只新年公仔，最好笑的是，林岳居然还评论了。

岳夜：潇哥，你就直说是风筱绮送的呗，还贵人相赠。

Jing X：滚。

风筱绮盯着那张图细看良久，忽而低声笑了起来，随后轻快敲击屏幕键盘，在下面回复了短短两个字。

绮色如枫：白痴。

08

除夕那天，沈乔一大早就来拜年串门，顺便帮风筱绮把家里的吊钱、福字和对联都贴好了，然后中午又留下吃了顿饭。

值得一提的是，临走时风筱绮将她送出门，发现林岳就站在门口那里等她，两人像是早就约好了。

“以前没仔细看过，林岳真挺帅的。”

“你干吗跟我说这种奇怪的话？”

风筱绮笑道：“你最近时不时就要和林岳一起出去玩，朋友圈互动得比跟我还频繁，是不是有情况了？”

沈乔轻哼：“你跟景潇亲亲热热逛街买年货，事后还在朋友圈秀恩爱，以为我没看见吗？还敢笑话我！”

“麻烦你把‘亲亲热热’的形容词去掉。”

两人谈话间，忽觉有高大身影挡住眼前光亮，抬眸见林岳不知何时已凑到跟前，他展颜一笑，牙齿雪白，几乎可以去拍佳洁士的广告了。

他说：“风筱绮，我昨天去我潇哥家，发现他真把那只公仔放在枕边了，我怀疑他每天晚上都是搂着公仔睡的。”

风筱绮很淡定：“这么无聊的问题你也要怀疑一下，怀疑完还要特意告诉我，可见智商不太高。”

“啊？”

沈乔连连点头：“你才知道啊？他智商从来就没高过。”

“乔乔！”林岳大吼一声，见她怒视自己，连忙压低嗓音赔笑，“咱俩是不是该走了？清光大桥那边的新年集市，下午四点就结束了。”

“哦，那好吧，绮绮我们先走了啊，随时微信联系。”

风筱绮懒洋洋应着，目送两人并肩离去，中途沈乔的手机铃声还响了，她清清楚楚听见林岳半生气半撒娇地阻止沈乔：“又是齐侃打来的？告诉他你没空！明明都约好你今天下午陪我的，说话怎么这么不算数呢你这人？我是不如他帅还是怎么的？”

而后沈乔无奈投降：“行行行，我告诉他没空，哎呀你可真是烦死了……”

风筱绮唇角勾起欣悦的弧度，转身进屋，极轻地关上了大门。

看来这注定是一个意义特殊的新年。

晚上，风明洲归家，李书颖早已做了满满一桌子的好菜，一家三口围桌而坐，顺便打开电视，开始边看边吐槽春节联欢晚会。

外面鞭炮声此起彼伏，红豆粥的热气氤氲，这是最团圆而温暖的时候。

然而对景潇来说，所谓除夕，无非是又一个陪着母亲沉默度过的萧瑟年夜罢了，没有任何期待，也没有任何惊喜。

他坐在沙发上，看向不远处面无表情的母亲，见她始终出神地盯着门外，忍不住开口：“妈，别等了，他都说过今晚要在公司加班，不会回来的。”

“我没有等他，”景母淡然回答，她转过头来，微笑着看了景潇一眼，“在家里待着很冷清吧？你应该出去找朋友们聚一聚，或者叫上喜欢的人一起看烟花。”

“妈……”

“我要睡了，你记得自己带钥匙。”

景母起身离开客厅，缓步走向卧室，半晌卧室门被不轻不重地关上，彻底隔绝了景潇的视线。

电视里仍在播放着春节联欢晚会，热闹喜庆的音乐与此时的气氛格格不入，景潇枕着双臂，也不晓得究竟躺了多久，他终于鼓起勇气拿过手机，拨了风筱绮的号码。

铃声响了几下才迟迟被接通，那边传来亲热的笑声，似乎是风明洲和李书颖在聊天嬉闹，随即听得一阵簌簌的脚步声，应该是风筱绮回到了自己的房间。

“景潇？怎么了？”

“绮绮，”他略一迟疑，终是沉声道，“现在有空吗？陪我出来看烟花吧。”

“啊？又不是小孩子了，你还对看烟花感兴趣呢？”

像是不愿听到她下一句拒绝的言辞，他语速渐快：“就在永安广场，我等你。”

电话被突然挂断，只剩下风筱绮听着机械的嘟嘟声，一头雾水。

这家伙，怎么总是随心所欲的，也不过问别人的意见？

但是……他的语气，仿佛不是很开心。

风筱绮叹了口气，暗道自己什么时候还学会揣摩对方心思了？他开不开心很重要吗?

正在此时，手机的提示消息再度响起，是叶墨发来了微信。

墨色深海：小绮，要一起出门看烟花吗?

绮色如枫：为什么大家都这么喜欢看烟花?很有意思吗?

墨色深海：其实自己看烟花没什么意思，但和最在意的人看烟花，感受是不同的。

是……不同的吗?

风筱绮望向窗外月色，蓦然就记起了那一日提及家庭时，景潇黯淡又寂寞的眼神。

此刻的他，俯视着通明的万家灯火，又在想些什么呢?

绮色如枫：抱歉啊叶墨，先前答应了乔乔，晚上要去她家拜年的，我初三再去找你。

回复完这一句，她收起手机，起身扯了外套朝门外走去。

李书颖正忙着包饺子，见状讶然道：“绮绮，去哪儿啊?”

“和人约好了，去永安广场看烟花。”

“那这饺子……”

“我回来再吃。”

风明洲大手一挥，同意得很爽快：“去吧去吧，反正要守岁，我跟颖颖给你等门!”话音未落就被李书颖抹了一脸面粉。

李书颖柔声道：“手机充好电了吗?有事随时联系你爸。”

“知道了。”

每一年的除夕夜，永安广场都是最热闹的地方，有很多年轻情侣都喜欢相约在这里，共同等待广场的大铜钟奏响午夜零点的音乐，一起跨年。

今年，自然也不例外。

景潇坐在台阶上，无言地摆弄着手中刚买的孔明灯，他一笔一画在灯布上写下一行字，而后点燃底盘松脂，起身将其缓缓放飞。

茫茫夜色中，无数孔明灯恍如漫天星辰，他望着属于自己的那一点光亮，良久静立。

广场大铜钟的指针缓缓走动，已经无限接近零点。

新的一年就要来了，可他等的人还没有来。

她，大约是不会来了吧。

景潇叹息一声，举步朝来时路行去，他低头穿过喜气洋洋的人群，直到猝不及防被拦住去路。

他懒懒地抬眸，却正迎上那双小鹿一般清澈明亮的眼睛，似蕴藏着星屑光影，一动不动注视着他。

风筱绮穿着他上次挑选的那件外套，梳着垂至肩头的双马尾，看上去乖巧可爱得像个洋娃娃，她极缓慢地呵出一口寒气，略带喘息地开口：“为什么不回我微信？”

景潇一怔，他忙掏出手机，这才发现由于天气太冷，手机竟被冻得关机了，“对不起，我没看见……”

“你约我出来，却不及时检查手机吗？”风筱绮无奈扶额，“拜托，这算什么态度？”

景潇忍不住抬手，摸了摸她冻得通红的小脸，颇为内疚：“抱歉绮绮，我……

没想到你真的会来……”

“我原本是不想来的，毕竟看烟花这种事，实在挺幼稚，”她平静道，“但你既然主动邀请，又逢除夕，我还真不太好意思拒绝。”

她拽过他冰凉的手，揣进了自己毛绒绒的口袋里，就这么牵着他朝大铜钟的方向走去。

景潇任由她替自己暖手，目光始终没有离开她的脸，她秀气的侧脸被广场灯光镀上一层柔和的金色，美得不食人间烟火。

多幸运，他今晚终究是没有白来这一趟。

“绮绮，你是怎么找到我的？”

“不瞒你说，我已经在永安广场转了整整两大圈，这才撞见了你，”风筱绮叹气，“你呢？等我等了很久吗？”

他低声笑着：“不，没有等很久。”

她仰头望向高空，若有所思：“在我没到的时候，你放了孔明灯吗？”

“你怎么知道？”

“我猜的，”她也笑了，“看来猜得没错，你许了什么愿？”

景潇垂眸凝视着她，语气轻缓：“不重要，因为已经实现了。”

“嗯？”

他未再多说什么，只是解开大衣外套，将她严严实实包裹在内，挡住了广场上凛冽的寒风。

风筱绮的额头抵在他胸前，他有力的心跳撞击着她的耳膜，她微微合上眼睛，只觉周身的寒意都被属于他的热量驱散，温暖无比。

大铜钟的指针终于指向了十二点，熟悉的轻音乐响彻广场，绚丽的烟花在夜空中绽放，在人群的欢呼声中，新的一年到来了。

漫天流光里，风筱绮听到景潇凑近自己耳边轻声道：“绮绮，新年快乐。”

“嗯……你也新年快乐。”

话音刚落，她忽觉额上微暖，竟是他俯身落下了蜻蜓点水般的一吻。

“有你陪着，我一直很快乐。”

那一刻，风筱绮怔在当场，她下意识攥拢手指，而后便听到了自己如惊雷骤雨般慌张的心跳声。

CHAPTER

08

小矛盾和小甜蜜

“景潇，你几乎变成我的弱点了，这是以前从未发生过的事情，我毫无经验。”

01

寒假的时光匆匆即逝，待正月十五过后，平城三中就正式开学了。

开学那天，风筱绮和叶墨相约一起去学校报到，两人低声交谈着行至校门口，忽见有一辆银灰色的布加迪威龙停在了不远处，风筱绮似有所感，迟疑地顿住脚步，而后便见景潇从副驾驶的位置走了下来。

与景潇同时下车的，还有一位气宇轩昂的中年男人，从长相的相似度上判断，这大约就是景潇的父亲——景氏集团的董事长景振了。

景潇一眼就望见了风筱绮，他并未跟父亲打招呼，径直快步走向她，谁知景振竟也不紧不慢跟了上来，一双锐利的眼睛将风筱绮从头到脚打量了一回。

“小姑娘，你是景潇的朋友？”

“嗯……算是吧。”

“是就是，不是就不是，为什么还有模棱两可的定义呢？”

看对方的架势，似乎想要多问几句，风筱绮转头告诉了叶墨班级的具体地址，让他先走一步。

叶墨温声道：“班里等你。”

“好。”她说完又将目光重新投向景振，温和有礼地回答，“是这样的，叔叔，我和景潇平时不在一个班，只是偶尔见面而已。”

景振若有所思：“你叫什么名字？”

“风筱绮。”

“风筱绮？班主任寄来的成绩单上，似乎总会出现这么个名字，你是年级第一？”

“是的，叔叔。”

“家中父母在哪里工作？”

她有些意外于对方问得这么直白，不禁蹙眉：“我父亲是散打教练，母亲是作家。”

景振面无表情地点点头：“总而言之，是文武双全但经济水平较为普通的家庭，但你看上去气质还不错，成绩又优秀，父母的教育应该还算到位。”

他的语气不疾不徐，似乎只是在评价一份再平常不过的策划案，却莫名让风筱绮感到不悦，碍于景潇就在旁边，她仍保持了足够客气的态度，缓声应道：“或许在叔叔眼中，我的家庭只是普通的家庭，但在我看来，那就是最好的家庭。”

景振满含深意地看她一眼：“你很漂亮，也很聪明，是景潇喜欢的类型，然而年轻人所谓的喜欢，大体是没什么责任感可言的，希望你能明白。”

风筱绮闻言，脸色渐沉：“叔叔多虑了，我和景潇之间，并没什么必须负起的责任。”

“哦，真的吗？那我就放心了。”

“你问够了没有？”一直冷着脸沉默不语的景潇，此时终于开了口，他阴郁地朝景振投去一瞥，“请你尊重我的朋友，不要说些浅薄又无礼的话，那不是你该关注的问题。”

景振轻哼一声：“你在指责我？”

“我是在指责你，因为你多管闲事，还出言不逊，”景潇沉声道，“我今天同意你来送这一趟，是作为你陪我妈共进晚餐的谢礼，从今往后请离我的生活圈子远一些，我与谁交好，都跟你毫无关系。”

他说完没有再等景振的回答，直接拽过风筱绮的手，大步流星地离开了现场。

风筱绮一路被他扯得跌跌撞撞，她沐浴着从四面八方投来的诡异视线，终是在教学楼门口用力挣脱了他的手。

“你这是怎么了？”

景潇的脸上没有笑容，他定定地注视着她："绮绮，刚才我爸问你和我是不是朋友，你为什么犹豫了？"

"我只是在思考你父亲想得到的答案，毕竟我也不清楚他的用意。"

"如果要你说真心话呢？"

她从容颔首："是朋友啊，当然是朋友。"

"仅仅是朋友吗？"

"不然呢？"她忽而有些心虚，下意识避开了他的视线，转过身去，"时间不早了，我得赶紧去班里。"

她的身影很快远去，只留下景潇还立于原地，他久久地望着她的方向，眼神里说不出地落寞。

02

转学生叶墨的到来，着实在七班掀起了一阵小高潮：一方面是因为他长得好看，女生们都忍不住多看几眼；另一方面，鉴于他的座位就安排在风筱绮正后方，上课期间两人还很自然地交换了一下文具和笔记本，言谈举止带着相识许久的熟悉感，故而完全挑起了男生们的八卦之心。

午间休息时分，叶墨刚给风筱绮买了红豆布丁回来，还没在座位上坐稳，就见安池他们迅速围了过来。

安池笑嘻嘻道："叶同学跟风筱绮很熟吗？"

"嗯，我俩认识很多年了。"

"熟悉到什么程度呢？"

叶墨一本正经地回答了这个问题："小的时候被人欺负，都是小绮帮我打回去的。"

围观者一片惊呼，安池恍然大悟："风筱绮，原来你很早之前就这么能打了？"

"大概因为我是正义的使者吧，"风筱绮舀着红豆布丁，很随意地道，"哦对了，忘记告诉你们，叶墨的成绩也特别好，从此就又有一个人能帮你们整理考试大纲了。"

"咦？真的啊？那就辛苦叶同学了。"

叶墨微笑道："荣幸之至。"

然后双方就这么愉快地聊了起来，到后来风筱绮甚至都插不进话，她叼着勺子，托腮看着一群人侃得热火朝天，不禁感慨："我先前还担心你融不进他们呢，现在看来真是多虑了。"

叶墨转过头，深深看她一眼："大家都很友善，或许是因为你的关系，所以他们对我也非常客气吧。"

"啊？你怎么不说是因为你自己有魅力呢？"

"毕竟你无论在什么地方，光芒都挺耀眼。"

她笑着捏了下他的脸："拜托你别这么肉麻地夸我，我难为情的时候，说不定会揍人的。"

这边正热闹着，沈乔突然从外面走了进来，神神秘秘拍了下风筱绮的肩膀："绮绮，刚我发现有四班男生在门口偷看。"

"嗯？他们似乎好久不做这种幼稚的事了吧？"

"谁知道呢，我感觉他们班的人，心思都挺难猜的。"

两人没研究出什么具体的结论，只当是四班男生无聊了来偷窥一下其他班级的课余活动，于是继续加入了安池他们的聊天，很快就将此事忘到了脑后。

然而风筱绮万没想到的是，这就代表了一个莫名其妙的误会的开始。

03

放学后，叶墨和风筱绮原本说好要一起去买东风巷口的网红关东煮，鉴于每天排队的人都很多，而她还要去行政楼帮老师拿点东西，所以叶墨先行一步，约好到时候电话联系。

岂料当风筱绮和沈乔走到学校门口的时候，却接到了叶墨疑似求助的来电。

“小绮，你可能得快一些，我这儿……遇到了点麻烦。”

“什么？”

叶墨叹了口气：“有一群自称四班的男生说要教训教训我，可我不记得哪里得罪了他们。”

风筱绮神色一凛，恰好此时安池蹬着自己新买的山地自行车路过，她果断拦下他，征用了他的交通工具。

“明天还你。”言毕，人已跨上车座绝尘而去。

安池惊呆了：“她这是要去哪儿？”

“大约是有点急事，”沈乔环着手臂站在原地，半晌似笑非笑地朝他投去一瞥，“行啊你，山地自行车还特意装了后座，怎么，为了开春载着杜薇薇去踏青吗？”

“喂！饭可以乱吃，话不能乱讲啊！”

“你逃不过我这双火眼金睛，当我没看见你给她那条‘春天想去郊外BBQ（烤肉）’的朋友圈点赞呢？”

安池险些一个趔趄：“你怎么会有杜薇薇的微信好友？！”

“有什么奇怪的？”沈乔理所当然地回答，“我、她和绮绮都在玩最新出的手游，所以那天返校开年级会的时候，就顺便加了好友，上线组队开黑。”

“这样啊……”

沈乔坏笑一声：“班长终于开窍了，不再是只爱追动漫的傻小子了。”说完自顾自转身去追随风筱绮的脚步，只留下了脸色微红的安池站在原地。

04

十分钟后，东风小巷。

巷口的网红关东煮店铺前排满了顾客，但巷子的另一端由于是死路，很少有人会往里走，风筱绮骑着自行车迎风疾驰，直到看见了被四班男生们包围的叶墨，她才用力刹车。

“都干什么呢！”

四班男生都对她的声音极其熟悉，闻言瞬间朝两边散开，她快步上前，一伸手把叶墨护在了身后。

有人小声嘀咕：“你们看我没说错吧？这小子和大嫂关系真的很好啊。”

风筱绮转头问叶墨：“他们没对你动手吧？”

叶墨摇摇头：“没有。”

“嗯，”她阴森森地环视一圈，而后就看到了靠墙站着、极力收敛存在感的林岳同学，“林岳，你躲什么？是景潇叫你们来的？”

林岳的脑袋摇得像拨浪鼓：“不不不，是我们自发组织的！”

“自发组织欺负我朋友？”

听她语气不善，林岳很谨慎地斟酌着言辞：“也不算是吧……毕竟我和叶小哥也没仇没怨的，我就是想给他提个醒……”

“提个醒？”

“啊，希望他和你稍微保持距离，别太亲近了，”林岳尴尬挠头，“风筱绮，你也知道，我潇哥他……”

风筱绮没好气地打断了他的话：“我跟谁做朋友，亲近到什么程度，还需要跟你们汇报吗？还是说我已经成了你们潇哥的附属品，除了他，就不能跟其他男生关系密切了？我签了卖身契给你们班吗？”

“你……”

“你没有。”

低沉男声自不远处突兀响起，所有人同一时间转头望去，见景潇不知何时已站在了那里，他身后还跟着满脸怒气的沈乔。

沈乔见了这一幕才搞清楚状况，她气势汹汹一指林岳：“你给我过来！”

换作其他人敢这么对林岳讲话，林岳早就破口大骂了，可现在对象是沈乔，他除了乖乖过去，没有别的选择。

“那个……乔乔，你听我解释哈……”

“解释个屁！”沈乔怒道，“你上次不是还跟人家叶墨勾肩搭背瞎聊天？现在带你们四班男生欺负我们七班人，挺有本事啊？”

“我也是一时冲动……”

“我打死你！”

而在另一边，景潇正沉默地和风筱绮对视着，刚才她的话他都听在耳中，此刻心里说不清是什么滋味。

“绮绮，”他终是先行开口，“对于这件事，我替他们向你和叶墨道歉。”

风筱绮余怒未消，她沉着脸点点头：“道歉我接受了，我只希望今后你能管好四班的人，不要再默许他们做这种混账事。”

景潇唇线微抿：“你觉得是我默许的？”

“不然呢？难道他们还有胆子自作主张？”

景潇愣了半晌，突然自嘲地笑起来，眼神里透出难以掩饰的失望之色：“你非要这么认为，我也无话可讲——都给我滚。”

最后四个字，是对着那群四班男生说的，他头也不回地举步离去，背影冷峭，不多时便消失在小巷的尽头。

林岳好容易才把沈乔哄好，一抬头见景潇走了，登时慌张，忙跑到风筱绮面前：“风筱绮！你……你别把罪过归到潇哥头上啊！他压根不知道这事儿，是我们看他今天一直情绪低落，怀疑是你俩闹别扭了，这才派人去七班打探消息，谁知正看见你和叶墨有说有笑，还互相捏脸……”

风筱绮神色微滞。

沈乔走近，顺手揪着林岳的耳朵将其拎到一边，然后低声对风筱绮道：“绮绮，这事儿真跟景潇没关系，刚才在来的路上我看见他风风火火往这边赶，我问他，他说四班人又出去惹事了，我猜他是后来才得知的。”

这时有个四班男生小心翼翼地举手：“其实潇哥给我打了电话，质问我们和岳哥鬼鬼祟祟去了哪里，我一害怕就……说了实话……”

林岳气道：“叛徒！回头再收拾你！”

“好了，小绮，反正这件事也没有造成什么后果，就不要再追究了，”叶墨把买好的关东煮递到风筱绮手里，温和地拍了拍她的肩膀，“快吃吧，都凉了。”

风筱绮接过关东煮说了声“谢谢”，她蹙眉瞪了林岳一眼：“下次请别妄自揣测，你不尊重我的朋友，就是在藐视我。”

沈乔飞快接口：“你藐视绮绮，就是挑衅我。”

林岳垂头丧气：“我错了，姑奶奶们，还有叶小哥，我发誓真没想对你做什么，就是想吓唬吓唬你，毕竟……”

叶墨平静地打断了他的话，眉眼间依旧温文尔雅，看不出什么波澜：“没关系的，我明白，林同学是个很讲义气的人。”

“啊……”

“小绮，我们走吧？”

风筱绮应了一声，随他离开了东风小巷，只留下沈乔继续给林岳进行思想教育。

却不晓得为什么，那一刻，她突然想起了景潇临走时，难以形容的失望目光。

05

回到家后的那顿晚饭，风筱绮吃得有些心神不宁，以至于李书颖很担心，问了她好几次，都被她搪塞过去了。

当天并没有什么特别难以完成的作业，她只花费了半个小时就搞定了，而后托腮望着书架上的那本画册发呆，直到手机铃声忽然响起，来电显示的是林岳。

“喂？”

“风筱绮，你知道我潇哥去哪儿了吗？我刚打电话想跟他认错，结果他手机关机；打去家里，他妈妈也说他还没有回家。”

风筱绮语调微沉：“关机？也没有回家？”

“是啊！所以我才来问问你，看你有没有线索。”

“我能有什么线索？”

林岳懊恼叹气：“别这么冷淡啊，我觉得如果有个人能在这种情况下找到潇哥的话，那就只有你了！”

她静默无言。

“风筱绮，你听我说，潇哥他真的挺在乎你的，在这之前，我就没见他在乎过谁——今天的事是我错了，我会想办法弥补的，但那和潇哥没关系啊，他是绝对不会做出让你为难的事情的！他这一整天的心情都很糟糕，你要是能找到他，就去劝劝他，行不行？算我求你了。”

电话那边传来呼呼的风声，风筱绮安静听着林岳絮絮叨叨，良久，终是垂眸问道：“你在哪儿呢？”

“我刚刚找了潇哥以前常去的几家清吧，还有我俩打过游戏的电玩厅，还有他爱吃的那家烧烤店……”

“他不在那些地方，”风筱绮也不知道自己哪儿来的自信，但她偏偏就下意识说出了口，“你先回家吧，我去找他。”

林岳略显迟疑：“你这么确定吗……”

“我不确定，我只是希望，自己不要猜错。”

她挂断电话，起身拿了外套，出门换鞋时李书颖刚好看见，万分惊讶：“绮绮，这么晚了还要出去？”

“嗯，有点正经事，放心吧，我十一点之前肯定回来。”

“那好吧，有需要记得打电话。”

“好。”

06

考虑到家里距离目的地并不远，骑行远比叫计程车更省时间，风筱绮蹬上安池那辆山地自行车，顶着寒风穿越夜幕，直奔永安广场。

工作日的夜晚，永安广场空旷而寂静，极少有人驻足。她将自行车锁好，踏着灯光碎影一路寻找，直至来到大铜钟的位置。

她远远就看到了静立于大铜钟前的颀长身影，在无边月色下，愈发显得寂寞。她踌躇半晌，终是放慢脚步，走到了他身后。

“在想什么？”

景潇似是被她的声音惊到了，他猛然回头，在看清她的一瞬间，眼神透着难以置信：“你怎么来了？”

风筱绮也不好解释自己为什么会来，她揉了揉鼻子，闷声答道：“遛弯，碰巧路过。”

这可真是个极不走心的答案。

景潇似是想笑，可最终也只化为了唇边的一点点弧度，他的语气有点沙哑：“你是来……兴师问罪的？”

“不，我是来道歉的。”

“嗯？”

风筱绮将心一横，她微微仰头，坦然地看着他：“对不起，今天在东风小巷误会你了，那件事……”

“不怪你，”景潇道，“换作是谁都会怀疑，毕竟这就是我能做得出的混账事。”

风筱绮叹了口气：“你这么说，就是还在生我的气。”

景潇沉默。

风筱绮等了很久，没等到他回应，一向聪明冷静的她，也不禁苦恼起来：“那……要不你告诉我，我怎么做才能弥补一下过失？我是真心想要道歉的，因为当时被愤怒冲昏了头脑，说话也没经大脑思考……”

“你很在乎叶墨？”问这话时，景潇仍低着头，没有看她，“他对你的重要性，可能是我无法想象的吧？”

风筱绮严肃思考着这一问题：“叶墨他……在我心里，大约和乔乔的重要性是一样的，都是必须维护的好朋友。”

“朋友？”

“嗯，这个定义不准确吗？那你想听什么？”她伸出手去，强行抬着他的下巴，逼他正视自己，“景潇，你不敢看我？”

景潇这才发觉，她的手指被冻得通红、冰凉，他蹙眉问道：“你没戴手套？”

风筱绮倒是没太在意：“出门骑车比较匆忙，忘记了。”

“你骑车来的？”

“对，骑车更快一些。”

他颇为心疼地吸了一口气，仿佛刚才的郁闷情绪并不存在一般，登时解开外套，将她的双手拢进掌心，暖在了自己怀里。

指尖传来了他心跳的律动，暖意蔓延至四肢百骸，风筱绮微微眯起眼睛，听到他低声道：“绮绮，其实你不用非得来这一趟的。”

“我却认为，自己非来这一趟不可。”

景潇怔然：“为什么？”

“今天早晨的时候，你在教学楼门口问我，自己之于我，仅仅是朋友吗？我还没回答你。”

彼时她并非存心想要敷衍他，她只是困惑，直到刚刚提到了叶墨和沈乔，她才恍然惊觉，自己到底在纠结着什么。

景潇下意识将她的手攥得更紧了些：“你说，我听着呢。”

风筱绮谨慎斟酌着言辞，全然没有了平时的那副好口才，须知当初做全市竞赛的高难度试卷时，她也没这么烦恼过。

“我的普通朋友有很多，知交好友也不算少，还有像叶墨和乔乔这样的死党，面对他们时的心情，我自己从来都是很清楚的，”她茫然摇头，“可你不同，我不知道该如何对待你才好，我经常拿你没办法，甚至，自乱阵脚。”

“你的意思是……”

“景潇，你几乎变成我的弱点了，这是以前从未发生过的事情，我毫无经验。”

正因毫无经验，所以才会惶惑不安。

原来他之于她的意义，始终是特别的。

那一刻，景潇眼底璀璨的光影，几乎要汇聚成遥远的星河，他心跳的速度超出了自己所能承受的限度，以致连呼吸都不稳起来。

“绮绮，你不用说了，我明白。”

“你明白什么？”她头疼地叹息，“我自己都还不太明白呢。”

“没关系，”他眉目柔和地笑了笑，“我们的时间还长着，不过现在，我该送你回家了——就用你的自行车。”

他用外套替她挡着风，就这么半搂着她，朝来时路走去，然后在给自行车开锁之前，他又仔仔细细将她的围巾围好，领扣也系好。

风筱绮抬眸看他：“还生气吗？”

“本来也不是生你的气，是生我自己的气。”

“嗯？”

他认真回答：“在你面前，总是觉得自己还不够好，所以……”

所以会自责，为什么不能变得更优秀，为什么不能靠她靠得更近一些？

话音未落，风筱绮蓦然踮起脚尖，用手护住了他被风吹红的耳朵，她莞尔一笑，说不出的天真温柔。

“真想不到，咱们年级的群架之王，居然还会产生这种消极的想法？”她说，“可是在我眼里，你已经足够好了。”

和成绩无关，和舆论无关，和任何人的评价都无关，她在乎的，只有他的笑容、他的眼神、他的心跳声，以及……在除夕夜零点时，他落在她额上的一个吻。

景潇内心柔软得一塌糊涂，他略显慌乱地背过身去，示意她坐上自行车后座。

“你……搂紧我的腰，别掉下去了。”

“哦。”在双手搂在他腰间的那一刻，风筱绮也不晓得自己哪儿来的恶作剧念头，收拢手指掐了一下他的软肉。

景潇浑身一颤，他单手骑车，另一只手紧紧抓住了她的手腕：“别闹，痒。”

她低声笑了：“你还怕痒？”

“以前不怕的，可现在怕了，”他缓缓道，“据传言，怕痒是有人关怀的象征，没人疼没人爱才不会怕痒。”

“唔……”

“谢谢你，绮绮。”

寒风从耳边呼啸而过，她贴在他宽厚的背上，微微合上了眼睛：“谢什么？”

“没什么。”

她叹了口气：“听林岳说，你一整天都不开心？”

景潇顿了顿，语气低沉：“就知道他会跟你胡言乱语。”

“如果不是因为我，大约是因为你的父亲？”

“嗯。”

她想起今早的时候，他对景振讲的那番话，不禁迟疑：“你以前说自己和父亲的关系很疏远，现在我理解了。”

“在我爸的心里，所有事都比我和我妈更重要，甚至连结婚纪念日，他都不肯回来陪我妈吃顿饭，我又能指望他改变什么呢？”景潇苦笑，“我妈陪他熬过了最艰难的创业时光，什么都不图，只图他的爱情，可他却越来越冷漠无情——最近我妈的抑郁症越来越严重了，看了不少医生，吃了很多药都难以缓解，我是真的没办法了。”

风筱绮沉默半响，安抚地拍了拍他的肩膀：“你如今能做的，就是多陪陪你的母亲。”

“嗯，我了解。”

“有什么需要帮忙的，可以找我。”

“你不嫌弃我脾气太差劲，就算是帮我了。”

对他而言，那个家日复一日萧瑟冷清，没有一丝暖意，所以这些年来，他开始慢慢学会漠然处之，一旦不渴望得到，便也不会再失去。

然而他没有预知未来的能力，怎么能猜到，在某个天朗气清的秋日，会遇上身后这位女孩，她就此成为他生命里的例外。

只听得风筱绮笑道：“你脾气确实挺差劲，但我的脾气也不怎么好，谈什么嫌弃。”

景潇稳稳地骑着车，没有再多说什么，他能感觉到，搂在自己腰间的那双手，在此刻更紧了一些。

夜色虽冷，心底却如同日光洋溢，充满了值得期许的幸福感。

07

二月十六日是风筱绮的生日，用沈乔的话来说，即“绮绮是典型的水瓶座，个人主义色彩浓重，思维跳跃又心思复杂，谁也猜不透她”。

对七班成员来讲，风筱绮过生日是件大事，为此安池特意向班主任申请，放学后借用教室一小时，让大家给风筱绮小小庆祝一下。班主任欣然同意，甚至还特地给风筱绮准备了一份小礼物，愿她能够拥有最美丽的十七岁。

自然，风筱绮并不晓得这件事，她本来都收拾好书包准备回家了，结果又被沈乔和叶墨重新按回了座位。

“绮绮，瞧我给你买的生日礼物。”

风筱绮拆开颜色粉嫩的包装盒，见里面是一套潘多拉的耳钉和项链，不禁失笑：“太破费了吧？再说我也不常戴首饰。”

沈乔不假思索道：“留着收藏也行啊，以后逢年过节，我都给你买一对新的，你换着戴。”

“傻不傻啊你……”

叶墨送的是她找了很久的一套绝版书，他趁她饶有兴致拆开看的时候，忽然笑着抬手蒙住了她的眼睛：“小绮，等我数完一二三你再睁开，有惊喜。”

“嗯？”风筱绮很明显一头雾水。

下一刻，原本装作若无其事聊天的七班同学们，蓦然集体唱起了热情洋溢的生日歌。

安池推着一辆不知从哪儿搞来的小餐车，上面放着全班 AA 制买来的黑天鹅三层芝士蛋糕，吹着悦耳的口哨，笑眯眯地走到风筱绮面前。

“Surprise（惊喜）！”

随着叶墨将手挪开，视线重归清明，风筱绮看着近在咫尺的蛋糕，眼神讶异。

“我说你们今天怎么都磨磨蹭蹭不肯回家，原来如此。”

沈乔跑去把窗帘拉上，教室灯都关上，回头见安池已经点好了蜡烛，笑着道：“绮绮，许个愿吧。”

风筱绮在众人含笑的注视下，依言十指交叉，合目许愿。

“多谢大家了。”

肖瑰华从旁边羞怯地递来一把水果刀，小小声提醒道：“学委，切蛋糕。”

安池猛点头：“对对对，切蛋糕！一人一块，风筱绮亲自装盘，都沾沾喜气！”

“好啊。”

正当风筱绮切下第一刀时，教室门突然被敲响，随即门外传来了林岳的大嗓门。

“有人在吗？这门户紧闭的，都干什么坏事儿呢？”

安池嘟囔着“捣什么乱啊”，不情不愿地走去开门，谁知却迎面被某只高达两米的棕色玩具熊撞了个趔趄。

那只玩具熊实在太胖，根本挤不进教室门，最后还是林岳用尽吃奶的力气，将其硬塞了进来。帮忙抬熊的几位四班男生，沐浴着七班人疑惑的目光，理直气壮地高呼：“祝大嫂生日快乐！永远都是美貌与才华并重的年级第一！”

风筱绮扶额叹息：“祝福我收下了，麻烦把称呼去掉。”

林岳笑道：“熊是我潇哥买的，潇哥刚才有急事先回家了，他特别嘱咐我转告你，熊内有惊喜。”

“哦……”

任务完成，林岳美滋滋地朝不远处的沈乔抛了个眼神，而后又像想起了什么，一溜小跑来到叶墨跟前，硬往叶墨手里塞了一样东西：“叶小哥，这是上次的赔礼，对不起了。”

叶墨低头一看，见是一支精致的万宝龙钢笔，他惊讶地抬头，却发现对方早已带着四班男生跑远了。

真是怪人。

小插曲过后，风筱绮继续给大家切蛋糕，目光却不由自主地飘向横占了两张课桌的玩具熊，唇角勾起轻盈的弧度。

听得沈乔问道：“绮绮，你打算怎么把那么大一只熊搬回家去？”

她从容回答：“只要想搬，无论如何都能搬回去。”

更何况，这是他送的熊。

那只两米高的玩具熊，足足比风筱绮高出两头，最后还是安池他们热心帮忙，才勉强将其塞进了计程车里。

自然，到家后李书颖一开门，也被这只笑眯眯的大熊吓了一跳，直到看见风筱绮从熊的身后探出小脑袋，这才恍然。

“绮绮，有人送生日礼物了？”

“是啊，有不少人送呢，差点就拿不了了。”

风明洲坐在沙发上，剑眉一挑：“那这只熊精是谁送的？”

“景潇。”

“我就知道是那小子，数他最会来事儿！”

李书颖作势要将棉拖鞋扔过去，佯装生气：“你扫什么兴？快盛饭去！”

于是风明洲灰溜溜地进了厨房，不敢再嚣张。

晚饭是配料丰富的长寿面，还有李书颖亲自烤制的各色小点心，餐后夫妻俩说笑着一起去刷碗，风筱绮则不声不响回到了卧室。

那只巨大的玩具熊就倚在她的床边，占据了一大片地板，她盘腿坐在柔软的熊腿上，左右端详，最后找到了玩具熊肚子上的一个录音按钮。

没想到，这居然是一只会唱歌的熊，三分半钟的时间，录的是四班全体男生为她唱的一首《娃娃脸》。

不晓得他们私下排练过多少次，没有人跑调，没有人抢拍，唱得整齐又动听，但真正令她心跳失速的，是景潇独唱的那几句。

“格林家的公主，安徒生的女王，牵手的孩子喝着幻想，眨睫毛，撇嘴角，带坏笑的不老，懒懒的秒针挂着糖浆……”

这是她第一次听他唱歌，低沉悦耳的声线，像是粼粼月色照进心底，泛起温柔的涟漪。

五分钟后，她接到了他的来电。

“喂。”

“绮绮，生日快乐，”电话那边景潇的声音带着几分难以掩饰的疲惫感，他似是轻叹了一口气，“我妈高烧不退，我正陪她在医院打点滴。”

“那……她现在好些了吗？”

“医生说没什么大碍，她已经睡了。”

“那就好。”

两人沉默许久，她听得景潇轻笑着又问：“玩具熊里藏着的惊喜，找到了吗？”

风筱绮也笑了：“嗯，你唱歌很好听，可惜我现在才知道。”

“没关系，以后有的是机会唱给你听，”他低声说，“可我所谓的惊喜，指的不是这个。”

“嗯？”

“你找找看。”

她开始在玩具熊的身上摸来摸去，直至摸到玩具熊身后装电池的拉链处，那里硬邦邦的，好像有东西。

她拉开拉链，从里面掏出了一个正方形的首饰礼盒，打开之后是一串玫瑰色的碧玺手链，在吊灯下浮动着星辰般柔和的光影。

礼盒底部还垫着一张折叠的画纸，她将其展开，见果然又是一张新的画像，画的是除夕夜自己和景潇站在大铜钟下的情景，背景是漫天璀璨的烟花，美不胜收。

“手链很好看，画也很好看，谢谢你。”

景潇笑道：“这么官方的感谢言辞，可不像你的风格。”

“OK，不得不承认，这份礼物令我感到惊讶，没想到你居然拥有如此少女的审美眼光。”

“那你喜不喜欢？”

“喜欢。”

短短两个字的肯定答案，瞬间让景潇的语气都欢愉起来：“喜欢就太好了，今天没能当面祝福你，改天容我补偿给你，想吃什么，想去哪儿，都随你挑。”

风筱绮蜷着双腿，整个人都倚靠在玩具熊的怀里，温暖的触感令她眯起双眼，一时间连声线也变得慵懒："好，到时我不会客气的。"

"一言为定？"

"嗯，一言为定。"

她并不知道的是，此刻卧室门外，自家那对擅长八卦的父母，已经默默听了很久的墙角。

风明洲压低嗓音，悄悄在李书颖耳边说："这俩小崽子密谋什么呢？什么不客气，什么一言为定？"

李书颖则完全偏离了重点："哎，景潇那孩子唱歌挺好听的，不像你，五音不全。"

"颖颖，毕竟人无完人，我难得有个缺点，你损了我二十多年。"

"我以后还会损你四十多年。"

"哦？"

他坏笑一声，忽而毫无征兆地凑过去，用力在她脸上亲了一口。

窗外月色正好，屋内暖意萦绕。

CHAPTER

09

年少时光里的你

你是咖啡的方糖，黑夜的星光，象征着甜蜜与光亮，温暖了我对未来的全部期望。

01

时间日复一日平淡地流逝着，作为转学生的叶墨，已经完全和七班的同学们混熟了。不仅如此，鉴于最近一次月考他荣登年级第二名，与第一名的风筱绮仅差六分，且两人还一起在升旗仪式上给市内体育比赛获奖的同学颁奖，不久之后，关于“七班那位新转来的男生又帅成绩又好”的说法，就迅速在全年级的女生队伍里传开了。

午休时分，叶墨正在整理上午的笔记，忽然感觉肩膀被人拍了一下，回头发现是安池，安池朝他神神秘秘一眨眼：“有位三班的女同学指名道姓说要找你。”

“找我？”

“对，”安池点点头，露出了八卦又兴奋的笑容，“长得挺漂亮的，而且身后好像还藏着什么东西，你赶紧去吧，别为了学习这点小事耽误了正经事。”

可以理解，毕竟在班长大人的眼里，除了学习都算正经事。

于是叶墨无奈之下只得起身走出了教室门，果然看到在走廊窗边有位梳马尾的清秀女生等在那里，见他终于出现，对方眼神一亮，忙快步迎上前来。

“叶墨同学你好，我是三班的刘婧。”

“唔，刘婧同学你好，请问有什么事吗？”

刘婧忸怩半晌，终是鼓足勇气正视着叶墨，小心翼翼递过来了一封粉红色的信：“这是我亲手写的，如果你有空的话……可不可以认真看一看？”

叶墨接过那封信，眉眼弯弯，和善地微笑着：“可以，不过能告诉我，里面写的是什么吗？”

“是……我抄录的泰戈尔的诗，因为同学们都夸过我字迹很好看。”

“原来是这样啊，”叶墨略一颔首，“我会好好收藏的，感谢刘婧同学的这份礼物。”

他客客气气向她道了别，转身欲走，谁知衣角却又被对方扯住了，刘婧的语气有些急促：“不，那不仅是一份礼物，还是我……”

“嗯？”

她迎着他清亮的目光，双颊飞红，赧然垂下头去：“叶墨同学，其实我暗中观察你很久了，自从在那次升旗仪式上第一次看见你，我就……我就很喜欢你，我想我应该……当面告诉你。”

当少女勇敢将心事讲给心上人听的时候，那份紧张而期待的情绪，令她一双水汪汪的眼睛像是在泛着光芒，格外羞涩可爱。遗憾的是，此刻的叶墨注视着她，脑海中浮现的却是另一个女孩的模样。

他沉默许久，终是温柔微笑，抬手摸了摸刘婧的头发：“你很漂亮，像你这么漂亮的女生，将来一定会有男生用心疼爱的。”

“你的意思是……”

他仍旧和煦地微笑着：“抱歉，我已经有喜欢的人了。”

这话无疑给了刘婧极沉重的打击，她眼眶刹那间就红了，但大约是因为在暗恋对象面前要保持形象与尊严吧，她没有掉眼泪，反而愈发挺直了脊背，委屈又不甘心地问道：“我能知道她是谁吗？”

原本叶墨是犹豫的，岂料在他侧过头的一瞬间，刚好看到风筱绮和景潇正朝这边走过来。

彼时景潇正轻轻松松拧开奶茶饮料的瓶盖，很自然地递到风筱绮手里，两人不晓得说了些什么，只见风筱绮抿唇一笑，心情极佳的样子。

叶墨眼神微黯，下一秒却鬼使神差地开口呼唤：“小绮。”

风筱绮恰好目睹了这一幕，登时就明白了是什么状况，她举着奶茶笑吟吟地打招呼：“忙着呢？你们继续，我先回班了。”

“小绮，过来。”

风筱绮和景潇对视了一眼，前者疑惑地走到叶墨跟前：“怎么了？”

叶墨单手揽住她的肩膀，很真诚地对刘婧讲：“这就是我喜欢的女孩子。”

“嗯？”

刘婧惊道：“你喜欢的人，是年级第一？”

“是啊，有什么问题吗？”

“我觉得没什么问题，是非常优秀的审美眼光，”冷眼旁观的景潇此刻上前一步，环着手臂似笑非笑，“真巧啊，这位年级第一，也是我喜欢的女孩子。”

风筱绮的心脏霎时漏跳了半拍，她下意识往景潇胸口怼了一拳：“闭嘴！”

景潇淡定地向叶墨一指：“他也说了，你怎么不打他？”

叶墨道：“我说的是真心话。”

“我也并非虚情假意。”

两个男孩子的眼神于半空中交会，似天雷勾动地火，谁也不肯退让半分。

“同学，让你见笑了，”风筱绮见两人互相较劲，尴尬之余，只好试图安抚旁边神情呆滞的刘婧，“他们不知又犯什么病，脑子不太清楚，刚才的话你可以当作没有听到。不如我把叶墨的微信号告诉你，你晚上回去再找他聊聊？”

刘婧这才如梦方醒，她深深看了风筱绮一眼，用力摇头：“不必了！是我打扰了，三位慢聊，我还有点事，这就回班去了——叶墨同学，你加油！”

话音未落，她已脚下生风，转眼间就消失在了原地。

年级第二和年级大佬、好学生的代表和坏学生的领导，全都喜欢上了年级第一的女学霸，这是什么惊天的八卦？原先早就听说四班和七班奇闻频出，没想到自己今天有幸见着了实锤，即使没有表白成功，她也认了！

风筱绮手指收拢，几乎要把奶茶的瓶子都捏瘪，她面无表情地看了看叶墨，又看了看景潇：“二位，这出戏演得挺逼真啊？”

景潇和叶墨异口同声："没演戏，是真的。"

"够了，都给我回去乖乖看书！高三快到了，居然还有心情胡说八道！"

"哦……"

02

一晃又到周五，因全校要召开教职员工大会，平城三中下午停课半天，偏巧作业又少，这就给了同学们出去玩耍的好机会。

叶墨见风筱绮收拾好书包，脚步轻快准备离开教室，他从身后唤住了她："小绮，急着回家吗？"

"不急，我先不回家。"

"那不如……陪我去看场电影？"

风筱绮脚步一顿，转过头来，神色略显歉意："对不起啊叶墨，今天不行，我约了人。"

究竟约了谁呢？看她的眼神，他就懂了。

叶墨垂眸，生怕她看出自己眼底过分落寞的情绪，他低声笑了笑，点头应道："嗯，那我们改天再去。"

"好。"

她的身影轻盈消失在走廊尽头，他的视线始终追随着，直到再也看不见她为止。

他想，自己从六岁起就认识的、放在心尖惦念的小姑娘，终于还是在他不能陪伴的时光里慢慢走远了，以至于再也无法长久停留在他的身边。尽管她自己未必清楚这件事，但其实在她的潜意识里，已经做出了选择。

“嘿，想什么呢？”沈乔突然从后面拍了下叶墨的肩膀，“别发呆了，人都走远了。”

叶墨叹了口气，回到座位旁拿起书包，临走时终于没忍住，朝沈乔投去一瞥：“沈乔。”

“啊？”

“小绮她……是要与景潇一起出去，对吧？”

沈乔颇为无奈地摸了摸鼻子：“嗯，其实你自己心里明明都有答案了，还问我做什么。”

叶墨的声音有些发涩：“你陪了小绮这么多年，一定最了解她，她的想法，你应该再清楚不过。”

“话不能这么说，绮绮的心思最难琢磨了，很多时候我也不懂她，可如果你指的是景潇……”沈乔叹息一声，“我可以告诉你，景潇之于绮绮的意义，确实是不同的。”

叶墨那双温柔的眼睛里，仿佛布满了灰色云翳，如同大雨将至的黯淡夜空，他苦笑着：“我明白了。”

逝去的岁月难以追回，错过就是错过了，或许他不该奢望什么，只要还能以朋友的名义站在她身后，就算一种迟到的补偿了。

03

半个小时后，新光百货顶层的滑冰场内。

也不知道景潇突然想起了什么，定要拉着风筱绮来滑冰，由于是工作日并不拥挤，两人几乎承包了偌大的滑冰场，甚至还即兴上演了一场追逐赛。

风筱绮踩着冰鞋，一路如风驰电掣，眼看着即将扯住景潇的衣角，谁知景潇突然刹车，来了个漂亮的转身，她收势不住，瞬间撞进了他怀里。

景潇回拢双臂搂住她，在她耳边低声笑道："这么激动干吗？迫不及待想占我便宜？"

冰面太滑，风筱绮一挣扎就往下出溜，无奈之下只得扶着景潇的手站稳，这才重重在他腰间掐了一把："无耻不无耻？懂不懂得游戏规则？"

"哎，不就是赌了一杯红豆奶茶吗？算我输了，待会儿去给你买十杯。"

"我是要用奶茶洗澡吗？"

"如果你喜欢，也不是不可以。"

风筱绮禁不住笑了笑，抬眸看着他："感觉你最近总爱说些无聊的话，又总爱做些无聊的事。"

景潇当即反问："你指什么？是指上次在二楼走廊里，我跟你的小竹马说了同样的话？"

"你要知道，本周我已经听了许多乱七八糟的传闻，什么版本都有，可见你的言辞引起了多大的误会。"

"难道那是误会吗？"

"难道不是吗？"

风筱绮一动不动地仰头注视着景潇，一双毛茸茸的鹿眼亮得出奇，含着几分难以察觉的笑意。景潇蓦然意识到，她其实什么都了解，只是无论如何也要等自己一个肯定的答案罢了。

是的，有些事，只有亲口认认真真讲出来，才算无愧于心。

"绮绮，我没骗过你，"景潇用力攥住她的手，似乎这样就能使自己显得更有诚意、更有勇气，他的语气如同念情诗般温柔，"我那天说的句句是真，能喜欢上你，是我活了十八年，所做过的最美好的事。”

你是咖啡的方糖，黑夜的星光，象征着甜蜜与光亮，温暖了我对未来的全部期望。

两人近在咫尺，风筱绮几乎能听到他愈发强烈的心跳声，她眨了眨眼睛，忽而笑了：“嗯。”

“‘嗯’是什么意思？”

“就是我听懂了的意思啊。”

他板着脸凑近她，很严肃地摇头：“不行，为公平起见，你也要给个明确的答复才行。”

“唔……什么答复？”

“绮绮，你是不是也有那么一点点的，喜欢我？”

在热气氤氲的火锅店里，在播放轻音乐的甜品店里，在一片黑暗的电影院里，在安静空旷的操场上，在祥南街头的圣诞树旁，在燃放烟花的永安广场上……每一次精心设计的偶遇，每一次指尖相触的暖意，是否都能让你对自己的心情，认识得更加清晰?

或许你也曾对我心动过，却还是要转过身去，假装不经意。

两人长久对视着，直至风筱绮微微抿唇，缓慢而坚定地点了下头。

“我……”

后面的话，她尚未来得及讲完，就听见景潇口袋里传来了手机铃声。

景潇掏出手机，见屏幕上显示的是陌生来电，岂料待他按下接听键后，那边响起的，却是齐檬的声音。

风筱绮站在一旁，眼看着景潇的神色越来越凝重，最后甚至隐隐透出了几分阴戾之气。她听他沉声道：“你最好就给我老老实实等在那里，我十分钟后过去。”

“怎么了？”

景潇挂断电话，拉起她的手朝冰场门口滑去：“齐檬约我在四号街见面，说有重要的东西交给我。”

换作平时，不管齐檬说些什么，他都绝不会理睬的，现在竟然要立刻赴约，可想而知，事态非比寻常。

风筱绮蹙眉：“出什么事了？”

在解开冰鞋的一瞬间，景潇垂眸做了一次深呼吸，像是在努力平复情绪。

他一字一句道：“是关于我父母的事。”

04

两人到达四号街的时候，见齐檬已经等在那里了，而且她还特地叫了哥哥齐侃作陪，但从齐侃尴尬而不解的表情上推断，他应该跟保镖的职能差不多，并不清楚自家妹妹想做什么。

齐檬迎上前来，轻蔑地扫了风筱绮一眼，语调是一贯的阴阳怪气：“看来风同学的脚伤已经完全好了，没留下什么后遗症还真是遗憾呢。”

齐侃在身后低声呵斥：“檬檬，你有点礼貌！”

“跟这种人需要什么礼貌？”齐檬满不在乎，“况且我也没叫她来，是她自己找上门来的，还怪我态度不好？”

风筱绮懒得搭理她，只将询问的目光投向景潇。

“我劝你最好赶紧说正事，”景潇眼神阴沉，“否则我很难保证，自己会不会当着你哥哥的面，把你揍出脑部后遗症。”

不得不承认，他的话对齐檬是非常具有威胁力度的，齐檬的表情明显有些迟疑，但当她从口袋里取出那沓照片后，她登时又变得扬扬得意起来。

她将照片甩到了景潇怀里：“喏，你自己慢慢看。”

那些都是暗中偷拍的照片，照片的主人公无一例外都是景振，且都是他和一个陌生的年轻女人出入各种西餐厅、咖啡厅甚至五星级酒店的画面，两人搭肩搂腰举止亲密，可见关系非同一般——而最后一张，景振和那名年轻女人正在他的跑车前面，热情拥吻。

景潇手一松，那沓照片全部掉落在地，他恶狠狠地盯着齐檬，眼中似要滴出血来：“这些都是在哪儿拍的？”

齐檬笑而不语。

他一把揪过她的领子：“我问你在哪儿拍的！”

齐侃下意识就要上前阻拦，结果被风筱绮中途挡住了。风筱绮面无表情地看他一眼：“放心，景潇不会对你妹妹做什么，他只想让她说句实话。”

齐侃看她一眼，犹豫地放下了手：“檬檬，回答他。”

齐檬道：“景董事长在本城也算有头有脸的人物了，这么毫不避讳地带女人上街，被我的朋友遇到也很正常——而我朋友恰好知道我跟你很熟悉，就顺便拍了两张照片，托我交给你。”

风筱绮冷声道：“恕我直言，能在不同地点接连偶遇景董事长，看来你的那位朋友是个嗅觉灵敏的私家侦探。”

“要你管？无论是以何种方式得到的，总之这些照片是真实存在的。”

“所以你到底想干什么？”

“咦？你是景潇的代言人吗？这话应该由他亲自来问我。”

景潇将风筱绮往身后一护，目光仍停在齐檬脸上：“我给你最后一次解释的机会。”

“难道我需要解释吗？”齐檬俏生生地一耸肩，笑容满是嘲讽，“哦，对了，忘记告诉你，这些照片除了给你呢，我还特意多打印了一份，托人送到了你家信箱，还叮嘱对方一定要按门铃，确保你母亲能出来取——这算我对你先前所作所为的一点回礼，不成敬意。”

估算一下时间，此刻，那份备份的照片，怕是早已经交到了景母手里。

景潇霎时惊得手脚冰凉，他甚至没有当场追究齐檬这荒唐的行为，便转身头也不回地朝家的方向狂奔而去。

风筱绮仍站在原地，她注视着散落满地的照片，半晌，俯身将其一张张捡起。

她攥着照片，缓步靠近齐檬，猛然间抬手重重扇了对方一耳光，直打得齐檬踉跄歪向一边。

嘴角尝到丝丝腥甜的味道，齐檬一时气急，本能地就要还击，谁知还没碰到风筱绮，就被风筱绮用力抓住手腕一拽一扯，直接摔倒在路旁，连膝盖都磕出了血。

风筱绮将那沓照片狠狠甩在了她脸上，随即抬眸看向意欲阻拦的齐侃：“怎么，你这当哥哥的现在知道心疼了？你管教不好你的妹妹，就由我来替你管教，如果你觉得不合适，我也不介意在这儿跟你打一架——齐侃，你摸着自己的良心讲，齐檬干的这还叫人事吗？景潇的母亲精神状态一直不太好，你知道这会让她受到什么刺激吗？”

“抱歉，最近太忙，我实在没料到她会胡闹到这种地步。”齐侃沉着脸，将齐檬从地上拉起来，也不顾齐檬如何怒视风筱绮，严厉强迫她随自己离开，“看来之前的禁足没有丝毫效果，我想有必要向父亲提议，将你重新送回国外生活了。”

齐檬拼命挣扎：“你以为你是我哥，就能随意决定我未来的去向吗？”

“我不是在随意决定你的去向，我仅仅是对你负责。”

“我用不着你对我负责，我又没犯什么错！”

“你他妈犯的错还少吗？我脸都快被你丢尽了，还要跟在你后面收拾残局！

你把你哥当傻子一样骗，考虑过我的容忍限度吗？！”

齐檬被突然爆发的齐侃吓到了，她惊讶地看着他：“哥……”

“别他妈叫我哥！”齐侃咬牙道，“我给你两个选择，要么乖乖跟我回家，要么我当街把你拖回去！”

齐檬晓得自家哥哥说得出做得到，终于还是妥协了，她心有不甘地跟在他身后离开，自然，也没敢再和风筱绮挑衅。

风筱绮立于原地，久久望着景潇离去的方向，眼神复杂。

希望不要出什么难以解决的岔子才好。

05

自那天之后，风筱绮再没有收到景潇的任何消息，然后在某次前往办公室送试卷的时候，她无意中听到老师们议论，景潇已经连续四天没来上课了，班主任致电和他的父亲沟通，他父亲的态度也很不友好，不晓得出了什么事。

风筱绮走出办公室，当即去四班找了林岳，恰好沈乔正在教室门口和林岳闲聊，两人见她突然出现，都很惊讶。

“怎么了？”

“林岳，我问你，最近景潇和你联系了吗？”

林岳茫然摇头：“其实我还惦记着跟你说这事儿呢，这几天给潇哥发微信他也不回，打电话直接是关机状态……你俩是不是又吵架了？”

风筱绮无奈：“什么叫‘又’吵架？我哪有那么多时间跟他吵架？这次是因为齐檬。”

沈乔一听齐檬的名字，就气不打一处来：“又是那个小绿茶？她试图影响你俩的关系？我掐死她！”

“她不是试图影响我俩的关系，而是找私家侦探拍到了景潇父亲的外遇证据，还将其送到了景潇母亲的手里。”

“什么？这疯子还能不能做个人了！”

“所以我现在很担心，景潇会不会遇到了什么棘手的状况。”

沈乔若有所思：“绮绮，你很在意这种事吗？”

“我不该在意吗？”

“呃，只能说，你以前从不喜欢管闲事。”

风筱绮下意识反驳：“他的事不算闲事。”

听得林岳提议道：“要不我把潇哥家的地址给你，你去家里找他？我猜他如果心情不好，肯定最想见到的就是你。”

“好，你把地址传到我微信上，我放学就去。”

接下来整整一下午的时间，风筱绮都有些心神不宁，以至于当老师提问安池的时候，她根本没注意，导致安池因无人提醒答案而被老师骂了一顿。

好容易挨到放学的铃声响起，她迅速给李书颖打电话，告知今晚不回家吃饭了，然后就见叶墨不知何时已站在了旁边，后者温声问道：“小绮，不回家了？你要去哪儿？”

“嗯……有点正事。”

叶墨没再多说什么，只温柔地摸了摸她的头：“路上注意安全，有需要随时打我电话。”

“好。”

06

从学校到景潇家的别墅，坐计程车大约需要半个小时，这一路上风筱绮心中都隐约有种不好的预感，而这种预感在她下车之后彻底得到了证实。

她按响了别墅的门铃，半晌有人缓步走近，是一位五十多岁、看上去老成持重的男人，应该是景家的管家。

他站在门后，略带倦色地看了她一眼："小姐，您找谁？"

"我是景潇的同学。"

"少爷从昨晚离开医院之后，我就联系不上他了，他也没有回家。"

风筱绮微怔："医院？他受伤了？"

管家叹息着摇头："不是少爷，您有所不知，家中最近出了点意外。"

"意外……"

"四天前，我家夫人跳进了宋安河，虽被好心人及时救起，可现在还躺在医院，没醒过来呢。"

寒意霎时袭上心头，风筱绮的声音不禁有些发颤："有生命危险吗？"

"命是保住了，然而……"管家的目光逐渐黯淡下去，他伤感地摇摇头，"医生说因溺水时间过久，颅脑损伤严重，可能……以后都难以恢复意识了……"

若讲得更直白些，就是景潇的母亲，成了植物人。

夜风忽起，吹动道旁的树叶簌簌作响，风筱绮就在这样过分安静的环境里失去了再度开口的勇气。

管家低声唤她："小姐，恕我多言，您和我们少爷平日里关系很要好吗？"

"算是吧。"

"那么，您能找到他吗？如果可以的话，请多劝劝他，不要让他太为难自己。"

她艰难地点点头："我会尽力的。"而后转身朝来时路走去，重新拦了一辆计程车离开了别墅。

在司机问她目的地的时候，她下意识说出了"宋安河"三字，没有理由，直觉告诉她，景潇就在那里。

她每一次关于他的直觉，都很准确。

宋安河岸，斜坡之下，月色将不远处水面映照得一片银光粼粼，孤独瘦削的身影藏在浓重的夜幕中，少年沉默地坐在那里，身边是无数散落的啤酒罐。

他已经独自静坐很久了，像是逃避既定的现实，并不奢望会有谁找来。

可他还是听到了身后极轻的脚步声，那声音谨慎小心，却一步一步似踏在他心上。

他转过头去，见风筱绮就站在数米开外，她的长发在风中飘扬而起，如同电影里的慢镜头，唯美而不真实。

"绮绮？"

风筱绮迟疑片刻，终于还是紧挨着他坐了下来，她按住了他从袋中取啤酒的那只手："够了，别喝了。"

景潇歪过头来看着她，一双桃花眼在酒精的作用下泛着水光，大约是错觉吧，她觉得他的眼眶微微泛红了。

"你……"她轻声叹气，选择了妥协，"算了，你想喝就喝吧，我也陪你喝一罐。"

他阻止了她："女孩子在外，不要喝酒。"

"如果是在你身边喝，没关系。"

景潇愣了一愣，他注视着她自顾自打开啤酒罐，半晌，哑声问道："绮绮，你怎么会来？"

"你认为我找不到你吗？"风筱绮无奈地笑了笑，"其实我也不懂，为什么不管你在哪里，我都能找得到你。”

“是吗……”

“对不起，是我唐突了，半小时前去了你家。”

也就是说，她清楚了他突然失踪的理由。

手上骨节发白，青筋暴起，景潇将啤酒罐恶狠狠地捏瘪，他的身体蓦然毫无征兆地颤抖起来，像是被酒精暂时麻痹的记忆又被再度唤起，且变得更加清晰而痛苦。

风筱绮拿走了他的啤酒，小心翼翼地轻抚着他的背：“景潇。”

她一向自视口才优秀，但此时此刻，除了唤他的名字，她竟连半句劝慰的言辞也讲不出口。

景潇将脸埋进掌心，语声哽咽：“你知道吗？我爸得知我妈看到了那些照片，他没有半点悔改之意，反而直接提出了离婚，我……我怎么能想到，我妈表面上平静同意，暗地里却做了自杀的准备呢？

“绮绮，是我的错，我应该寸步不离看住她的……发现她离家出走的那一刻，我整个人都是蒙的，后来在这条河边，亲眼看着她被人捞上来时，我连去死的冲动都有了，真的……她是我亲妈，我却什么也不能为她做，也保护不好她，只能任由她一步步走到今天的结局，我……我对不起她……”

心中泛起一阵难以言喻的酸涩感，风筱绮忍着眼泪，靠近搂住了景潇的肩膀，柔声安抚：“乖，不要自责，这不是你的错，而且阿姨也一定会醒过来的，你要有信心——你现在应该做的，是陪在她身边。”

“我也想陪在她身边，”景潇低声道，“可医院病房和走廊都挤满了人，是娘家的人来找我爸讨说法，我爸已经和她们周旋了将近一天一夜，若解决不好，说不定还要闹到公司去——你能明白吧？双方没有谁是真正为了我妈着想的，娘家人是惦记着赔偿款，而我爸……他或许巴不得我妈早些咽气吧。”

人性如此，在欲望面前，所有的感情都一文不值。

风筱绮收拢手臂，更加用力地抱住他："景潇，你信我，无论何时都不要放弃，一切都会好起来的。"

"还能好到什么程度呢？绮绮，你别骗我了。"

"我从不骗你。"

景潇茫然地摇摇头，刘海垂落遮住眼睛，是风筱绮从未见过的、无比脆弱的模样："可能人越在乎什么，就越容易失去什么吧，等到都失去了，也就只剩我一个人了……"

"景潇，"她强迫他正视自己，一字一句认真回答，"放心，最后不会只剩下你一个人的，还有我呢。"

景潇难以置信地看向她，下意识重复着："还有……你？"

风筱绮含泪微笑："上次在滑冰场，我的话还没有说完——其实，我也喜欢你。"

不知从何时开始，你变成了我绝无仅有的心事，我珍藏起你画的每一张画，也清楚记得你讲过的每一句话，每当我途经与你共同走过的小路，眼前总能浮现出你放肆而张扬的影子，而你若在我面前挑眉一笑，我会感觉，连头顶阴霾的天空也变得明亮了。

我猜，那就是喜欢。

而我的喜欢很漫长，认定了就不再收回，足以陪你走过今后的路。

"我向你保证，未来绝对不会离开你，好不好？"

不管发生什么事，一直都陪在你身边，好不好？

她的眼底倒映着温柔星光，仿佛是值得倦鸟停栖的地方。所有心理防线终于崩溃，压抑已久的悲伤情绪刹那决堤，景潇紧紧攥着她的手，像个委屈的孩子一样，在她怀里痛哭失声。

07

关于景氏集团董事长夫人跳河自尽、家属大闹医院又大闹公司的新闻，已经在网络上传得沸沸扬扬，自然，景振为此花费了一大笔钱款，加之采取公关手段，才终于勉强将事态压了下去。

景母仍处于昏迷之中，目前已安排专门的看护人员照顾，而一个星期之后，景潇又重新回到了学校，只是他像换了个人，性情变得冷淡寡言，每天只知埋头念书，且再也没有笑过一次。

同样发生改变的还有风筱绮，曾经从不主动的她，如今开始频繁出现在四班成员的视野范围内，且目标对象永远只有一个，就是景潇。

“薇薇，把这份总结笔记给他，告诉他，放学后在校门口等我。”

杜薇薇现在和风筱绮是游戏死党，两人以前的矛盾早已烟消云散。她接过笔记扫了一眼，神色古怪：“你干吗不亲自给他？”

“我进去了，怕那群男生又吵吵嚷嚷的，影响景潇的学习情绪。”

“我不得不说一句，你这样子好像个乖巧小媳妇，已经完全不符合年级第一考神霸王花的设定了。”

“我拿针线把你这张涂了斩男色唇膏的小嘴缝上，是不是就符合人设了？”

“OK，你厉害，我不跟你一般计较，”杜薇薇俏生生地翻了个白眼，又像想起了什么，神秘凑到她耳边，“对了，今天中午景潇一直在教室做习题，貌似根本没吃午饭。”

“嗯，知道了。”

“这么敷衍？我告诉了你重要情报，你都不诚恳地感谢一下？”

“为表示感谢，我把之前偷拍的安池丑照发给你。”

“呸！”

傍晚，当风筱绮背着书包在学校门口转到第三圈的时候，忽觉有温暖手指覆上了自己头顶，她转过身去，见景潇就站在身后。

他一双漂亮的眼睛沉静地注视着她：“抱歉，老师拖堂，让你久等了。”

“没有等太久，”风筱绮笑了笑，“走吧，一起去吃饭。”

景潇略显意外：“你不回家？”

“今晚爸妈都有事，家里没给我留饭，所以要拜托你陪我了，可以吗？”

其实景潇明白得很，她刻意找了借口，只是因为担心自己不肯好好吃饭而已，但那样温言软语的询问，偏偏拥有着令人无法拒绝的力量。

“可以。”

过马路时，景潇仍习惯性走在车来的一侧，将她护在绝对安全的范围内，风筱绮很自然地牵起他的手，他似微微一怔，而后便用力反握住了她的手。

他并不知道的是，齐侃也在此刻到达了三中校门口，只是很巧地与他错过了，反而偶遇了正准备回家的沈乔和林岳。

“乔乔，你见到景潇了吗？”

林岳在看清来者何人后，下意识就要冲过去干架，结果被沈乔拦住了，不满道：“你怎么还护着他！”

“我没护着他，”沈乔道，“你先退后，我有话要跟他说。”

林岳纵使不情不愿，却终于在沈乔威胁性的目光里败下阵来，耷拉着眉眼走向一边。

他不敢惹她生气，她一生气可是会连续好几天都不理他的，他承受不起沈大小姐的冷战威力。

沈乔环着手臂，神色复杂地看了齐侃一眼：“景潇不在，你找他干什么？”

她的脸上毫无笑容，且这样的姿势充满警惕性和防御性，明显是对齐侃存在敌意的。意识到这个问题后，齐侃的眼神迅速黯淡下去：“我想当面跟他道个歉。”

“道歉有用的话，或许景潇的妈妈就能醒过来了，可实际上并不能，”沈乔冷声道，“况且应该道歉的也不是你，你以为自己可以替你妹妹承担起这件事的后果吗？”

“檬檬被我爸反锁在了家里，也已被断了所有的经济来源。”

沈乔嗤笑一声：“这就够了？恕我直言，你们家对‘惩罚’二字的定义是不是太浅薄了？依我看来，她就该被打折两条狗腿，从此再也不能爬出门才对。”

“乔乔，我只是想……”

“我对你在想什么并不关心，”她果断截住了他的后话，“齐侃，真的很遗憾，我现在对你妹妹深恶痛绝，以至于对你全家都产生了难以扭转的成见，我觉得当初我们两家关系渐远，也许是非常明智的选择——我回家之后，会认真向我父亲提出这个建议的。”

齐侃的神情骤然间慌乱起来，他本能地想要拉住沈乔的手：“乔乔，你信我，发生这种意外我也没有料到，我……”

“我知道，其实不是你的错，”沈乔叹了口气，却依然坚决地推开了他的手，“但绮绮是我最好的朋友，景潇又是绮绮喜欢的人，你妹妹对景潇做了那么过分的事，你知道她间接伤害了多少人吗？就算景董事长出轨的事实注定要被揭露出来，也绝不该是以这种方式展现在景潇母亲的面前，而且还是你妹妹一手策划的。”

“我……”

“平心而论，如果我和你妹妹只能选择一个，你会选谁？”

齐侃茫然愣住。

沈乔注视着他的眼睛，平静地摇了摇头："别往心里去，我随便问问而已，我怎么可能为了让你跟我继续做朋友，而逼你和妹妹断绝关系呢？"

她转身欲走，却猝不及防被齐侃紧紧攥住了手。

齐侃低着头，声音发涩："乔乔，难道我连弥补的机会都没有吗？"

"你没有听懂我的意思，齐侃，"沈乔沉声回答，"要设法弥补的人不是你，要求得原谅的人也不是你，但你我明明都很清楚，想让你妹妹真心悔过难于登天。所以很抱歉，我们以后不能再做朋友了，毕竟每当我见到你，就会记起你妹妹令人作呕的所作所为——你的确是个好哥哥，可这对我而言，已经毫无意义了。"

在她面前，齐侃桀骜不驯的棱角尽数敛去，他永远都下意识地放低姿态，顺应着她或嗔或喜的心情，变得患得患失，无所适从。

而此时此刻，齐侃预感到，她是真的下定决心要离开自己了。

"乔乔，"他艰难开口，"可你对我来讲，不仅仅是朋友……"

沈乔顿住脚步，她没有回头，却在等他继续说下去。

"你是我，喜欢的人。"

夜风愈发喧嚣起来，时间仿佛一瞬定格，沈乔沉默地静立许久，她垂眸凝视着脚下的地面，终于缓缓将手指抽离了齐侃的掌心。

"对不起，我也有喜欢的人了，虽然他……是个笨蛋。"

他所能触及的、属于她的最后一丝暖意，终究是完全消散在风里。

齐侃立于原地，望着沈乔和林岳的身影慢慢远去，他的半边脸隐在黑暗中辨不清情绪，但那一声极轻的自嘲笑声里，却分明蕴含着难以言说的疼意。

08

肆陆街口新开了一家书店，书店兼营奶茶和简餐，风筱绮带着景潇去了那里，吃完晚饭后，她顺便指导了一下他的作业。

暖黄的灯光照在书页上，风筱绮做完了最后一道习题，转过头去低声问他："最近的课程，有什么听不懂的地方吗？"

"都能听懂，"景潇停下写字的动作，抬眸迎上风筱绮注视的目光，"你给的大纲帮了不少忙。"

"那就好。"

"只是这样太麻烦你了，绮绮。"

风筱绮抿紧唇角，似是不很高兴："你以前从不会跟我客气，现在怎么想起说这种话了？你自己不觉得不习惯吗？"

景潇略一怔忡，他低声哄着："你别生气，我没有跟你客气，只是……"

"只是什么？"

他叹了口气："只是你对我这么上心，我会过意不去。"

风筱绮认真琢磨着他话中深意："你的意思是……我对你太好了？"

"嗯。"

"你要明白，这些事对我而言并不是负担，而且以前我也同样在做。"

景潇沉默。

他承认，她说得没错，为他整理大纲是她一直都在做的事情，唯一的区别在于，那时是他不遗余力地接近她，而现在是她主动将其视为了责任。

他何德何能，值得让她如此花费心思。

风筱绮垫着双臂趴在桌面上，任由长发垂落，侧过头去细细打量着他："景潇，我做的这一切，都不会影响到正常的学习和生活，所以你不要有心理压力，记得照顾好自己就行了。”

记得照顾好自己，这才是最重要的。

他将手抚上她头顶，低声道：“绮绮，其实你不必为了我浪费时间的，我自己也可以……”

“浪费时间？”她当即反问，“如果和你在一起都叫浪费时间，那你告诉我，我该去做些什么，才不算浪费时间？”

景潇愣住。

“依我看来，跟你在一起的时间都很充实，无可替代，但如果你认为有我陪在身边是件毫无意义的事情，我也可以马上离开。”

她说完，迅速收拾好东西，起身要走，果不其然，还没走出两步就被他从身后攥住了手。

景潇指尖微凉，声线也低沉得很：“是我错了，别走，我当然盼着你能多待一会儿，毕竟除了你，也再没人愿意这样陪我了。”

风筱绮原本也没打算真的丢下他走掉，此刻听了他的话更是心软不已，她回握住他的手，转身挪了椅子，靠他更近了一些。

“既然如此，就不要总跟我讲些奇怪的话，”她坦然地看着他，“我以前从来不会在意这些事的，是你不计后果非要闯入我的生活，让我背负着全年级的舆论与你越走越近，如今想反悔也来不及了——你自己造成的后果，就应该勇敢承担，这其中也包括接受我的喜欢，无须心生不安。”

“我没有心生不安，”景潇垂眸，极轻极轻地在她手上落了一吻，“能被你喜欢着……何其有幸。”

少年柔软的刘海被灯光笼上一层毛茸茸的浅金颜色，显得格外沉静而温柔，气氛很安静，最适合聆听彼此微微急促的心跳声。

风筱绮没有再开口，她的视线久久停留在景潇的脸上，而后蓦然倾身向前，给了他一个毫无保留的、温暖的拥抱。

愿时光永驻此时，愿你我之间，永如今日。

09

时间飞逝，转眼已至高三的下半学期，这注定是集体冲刺的三个月。

在此过程中，无论大考小考，风筱绮依旧是雷打不动的年级第一，而叶墨就是雷打不动的年级第二，两人甚至还在班主任的建议下成立了辅导小组，专门协助各科老师，针对七班不同学生的不同成绩状况，进行疑难解答和重点梳理。

风筱绮说过，自己的愿望是让全班同学都能在高考中交出满意的答卷，考入各自心仪的大学。

叶墨则说，她的愿望，就是自己的愿望。

而在班主任和各科老师的允许下，每天的晚自习时间，就成了风筱绮的盯班时间——毕竟七班的女生们都和她关系好，男生们又都乐意听她的话，由她来监督他们，确实有显著的效果。

"赵疏义、王文贺，你俩在讨论什么后宫动漫，当我听不见吗？"风筱绮坐在讲台上，板着脸用水笔敲了敲桌面，"班长你还管不管了？"

安池随手就把前排两位男生的脑袋按了下去，怒吼一声："习题都做完了吗？还后宫动漫……有点出息行不行？"

赵疏义小声嘟囔："班长，这一部明明是你推荐给我们的……"

"住口！"

“班长，”风筱绮叹了口气，“把你英语书底下的手机收起来，请拿出《五年高考三年模拟》，翻开第 164 页前年的高考题，把文综的简答题做了，然后自己用红笔对答案，放学之前我要检查。”

安池欲哭无泪。

而另一边的叶墨，正在耐心解答肖瑰华同学的诸多疑问：“我给你们整理的历史大纲，里面的内容不需要全部背下来，有些只要理解意思就可以了，但画星号的必须背，别偷懒；数学的立体几何题，如果你空间立体感不是特别强的话，可以考虑选择建立平面直角坐标系；为了写好英语作文，我建议你还是背几个优秀的作文模板吧，阅读题没什么速成的好方法，就是要多做题，做我给你推荐的那本习题，锻炼语感……”

沈乔旁观这一幕，默默把一瓶未开封的矿泉水递了过去：“累不累？我感觉你说得舌头都快打结了。”

“谢谢，还好。”

“乔乔，”听得风筱绮在唤她，“我指定的那套试卷做完了吗？”

“呃……还没，已经快做完选择题了。”

风筱绮似笑非笑：“四十多分钟，你连十道选择题都没做完？”

沈乔心虚地别开了视线：“这就做这就做，学委大人息怒。”

正当沈乔唉声叹气地做完最后一道填空题时，晚自习的铃声终于响起，她顿时从座位上弹起来，兴高采烈地开始收拾书包。

风筱绮走下讲台，来到旁边歪过头打量着她：“这么着急忙慌的，要去干什么坏事？”

“瞎说，谁要去干坏事了？”

“嗯，那就是急着见林岳。”

沈乔抬手作势要掐她的脸：“就你聪明是吧？话又说回来，你这段时间怎么都没去看景潇？”

风筱绮淡定回答：“我去过。”

“啊？可林岳说根本没见着你啊。”

“我为什么非得要让他看见？他那大嗓门，每次都闹得尽人皆知，”风筱绮道，“我只是偶尔去看一眼，看到了就走，免得影响景潇学习。”

沈乔若有所思地点头：“景潇近段时间，学习成绩好像真的在稳步上升，上次我在办公室，还听年级主任说他考一本有希望呢。”

风筱绮笑了笑，没有再多说什么，转身拎着书包走出了教室。

岂料就在她下楼的时候，隐约听到身后有几名男生在对自己指指点点，互相窃窃私语。

“看，那就是七班的风筱绮吧？长得还挺漂亮的。”

“那有什么用？事实证明，漂亮又成绩好的乖乖女，最后都得被四班景潇那样的人渣斩于马下。”

“嘘……你也不怕这话传到景潇耳朵里？”

“喊，前段时间他妈不是投河自杀，他爸还因为这事儿差点摊上官司吗？他自己家的麻烦都顾不过来，还有心思揍人？”

“说得也是，我估计这位年级第一跟他也好不了多久了，呵呵。”

风筱绮顿住脚步，面无表情地又折返了回去，在那几名男生面前站定，迎着他们诧异的目光，环着手臂冷笑一声。

“哥儿几个，想说人坏话就应该坦坦荡荡当面说，别在背后嚼舌根，怪没意思的，不像男人的做派。”

“我们说什么了？”有个男生故意装傻装无赖，“那些话不都是事实吗？”

其他几位也连声附和着，其中一位甚至还笑嘻嘻地拍了下风筱绮的肩膀：“没想到你倒挺维护景潇的，怎么着，看意思两人感情不错啊？”

风筱绮登时反手攥住了他的手腕，用力一拧，然后平淡地端详着他吃痛的表情："少跟我动手动脚，你们哪班的？"

"你……你管我们是哪班的？反正比你们七班强多了！你给我松手！"

"在我松手之前，我希望你能为刚才的言论道歉。"

其他几名男生见势头不对，纷纷围拢过来，想要把风筱绮扯开，在此过程中还有人出言讽刺："瞧你这护短的劲儿，景潇到底花了多少钱，能把你这高高在上的年级第一收买得服服帖帖？哎哟……他该不会是把你睡了吧！"

风筱绮眼神一凛，谁知还没等她当场发怒，旁边已有黑影掠过，一把将那个男生的脑袋重重按在了墙上。

"嘴这么脏，谁他妈教你的？需不需要我给你醒醒脑？"景潇左手箍着他的脖子，右手拎起另一位意欲阻拦的男生的衣领，将其甩出了数米远，"二班的是吧？我还真认得，上次二班体委被我揍的时候，你们几个也在现场对吧？"

对方死要面子，硬撑着没回答，但抽搐的嘴角已经出卖了内心。

"二班的优越感究竟是从哪里来的？我是不是有必要把二班男生全都打一遍，才能真正让你们长点记性？"

他的眼神像只阴狠的兽，眸底泛着寒意逼人的光，以致那群人瞬间就尿了，群架王的外号名不虚传，他们都见识过，万万不敢亲身体验。

被他掐着脖子的男生战战兢兢，试图求饶："意外，意外而已，我们没别的意思，就是……"

景潇微微眯起眼睛，声线低沉而冷漠："你刚才是不是碰了风筱绮？"

"啊……"

"她也是你碰得起的？不如我把你这只手废了，让你在高考之前中个头彩？"

风筱绮忙扯住他的衣袖，低声劝道："算了，不是什么大事儿，让他们长个记性就可以了。"

“可我认为他们长不了记性。”

“你听我的，别把事情闹大了，到时还得给徐主任添麻烦。”

景潇神情阴沉地环视一圈，被他看到的人无不背脊发凉，见风筱绮在旁边摆了摆手，那群二班男生如蒙大赦，霎时作鸟兽散，连头也没敢回。

风筱绮叹了口气，这才将视线转向景潇：“感冒了？”

“没有。”

“声音这么哑，还带着鼻音，当我听不出来？”她转身往楼下走去，招手示意他跟过来，“走吧，顺路给你买点药，高考复习那么紧张，我可不希望你身体出什么差错。”

景潇牵住她的手，垂眸注视着她：“为什么要跟二班那群人起冲突？这不是你的风格。”

风筱绮漫不经心地笑了笑：“他们说了我不爱听的话，刚才你要是没来，我就动手揍人了。”

“可我来了，你却叫我停手。”

“这不一样，我不想让你参与。”

他将她的手攥得更紧了一些：“绮绮，从什么时候开始，我竟然需要你明里暗里的维护了？”

“嗯……”

“这种事应该男人来做，而保护好你，也是我必须尽到的责任，你不要总替我操心。”

风筱绮正色点头：“对，我不用总替你操心，毕竟你完全能照顾好自己，譬如连感冒了也不吃药。”

“只是感冒而已，又不是什么大病。”

“那你说说看，怎么会把自己弄感冒了？”

景潇沉默半晌，黯然回答：“前天晚上下了大雨，突然接到我妈情况不好的消息，我一路跑去了医院。”

风筱绮微怔：“那阿姨她……”

“抢救过来了，还是老样子，除了呼吸，没有任何知觉。”

似松了一口气，风筱绮轻声安慰：“人还活着就好，一切都还有希望。”

“嗯。”

“上次月考的成绩单我看到了，你名次又进步了，我……很高兴。”

是真的，很高兴。

夜幕降临，两人走出校门，沿着小路缓步前行，景潇忍不住转过头去，深深看了风筱绮一眼：“我的名次有没有进步，对你来讲很重要？”

风筱绮笃定颔首：“非常重要。”

准确而言，这甚至是比她自己能否保持年级第一更加重要的事。

月光交织着路灯灯光，错落着映在景潇眼底，他凝视着面前的少女，一时连眉目间的轮廓都变得柔和起来：“有你这句话，我一定会全力以赴。”

指尖的温度清晰，风筱绮低下头，听到他又缓声问道：“那么绮绮，我的名次进步了，你准备怎么奖励？”

风筱绮笑了：“你想我怎么奖励？”

景潇俯身，轻轻巧巧将她抱了起来：“我要求不高，多和我待一会儿就行，你最近总在教室外面悄悄看我，当我不清楚吗？”

“你怎么知道的？”

景潇从容回答：“大概你以为自己停留的时间并不长，也没有惊动任何人，但其实每次林岳都能发现，是我不让他声张的。”

“啊？”

“因为我担心你知道真相之后生气，就不来看我了。”

“咳！林岳这个千里眼顺风耳，有当娱记的天赋，”风筱绮深深叹息一声，顺手拍了下他的肩膀，“别闹，放我下来。”

景潇虚晃一招，作势要把她扔出去，然后见她下意识搂住自己的脖子，不禁轻笑：“你怕什么？我宁可自己摔倒，也不会抱不稳你的。”

这是他久违的笑容，在此之前，就连风筱绮也记不清，他到底有多久没笑过了。风筱绮静默良久，终是没有再挣扎，只平静地将下巴抵在了他的肩头。

“白痴。”

“嗯？”

“我们都要，好好加油。”

CHAPTER

10

你是温柔的劫难

他与她在秋天相遇，在冬天相知，在春天相爱，在夏天分离，至此，不如就将往昔，埋葬在年少的记忆里。

01

高中的时光仅有短短三年，尽管生命中会有许多个三年，然而从十六岁到十九岁，对有些人来讲，却代表了最耀眼的青春。

或许很多年之后，大家终将明白高考不是人生唯一的出路，但彼时考试铃响，在交上最后一份答卷的瞬间，交织着不安与喜悦的心情却是真实的，就像一盘棋落子无悔，也问心无愧。

走出考场的那一刻，风筱绮脚步轻快，她穿过走廊回到七班，将教室的门用力推开，而后就看见了安池正带领一群男生兴高采烈地撕书，女生们都在旁边鼓掌欢呼，就连平时最文静胆小的肖瑰华也是一副笑逐颜开的样子，且踮着脚尖，将黑板上的高考倒计时用红粉笔涂成了“0”。

沈乔盘着腿坐在课桌上，见风筱绮出现，登时高声问道：“绮绮！考得怎么样？”

“我觉得……帝城大学，十拿九稳。”

帝城大学是无数学子梦想中的金殿堂，也是她志愿选定的第一目标，无可替代。

叶墨紧随其后进班，恰好听到了她这句话，于是凑近她耳边，弯起眉眼道：“真巧，我认为自己能和你考进同一所学校。”

两人相视一笑，默契击掌。

安池振臂高呼：“Perfect（完美）！两位学霸大人，你们真给七班长脸——还愣着干什么？都上啊！”

然后男生们就闹闹哄哄地围了上来，趁风筱绮和叶墨还没反应过来时，齐心合力将两人抬离地面，完成了高难度的抛接动作。

风筱绮脸上的笑意止也止不住，却还是努力装严肃：“都瞎闹什么呢？你们别把我俩的腰摔断了！”

安池哈哈大笑：“不敢不敢，以后你飞黄腾达了，我们还得仰仗你呢！”

“你将来说不定就成为被载入史册的优秀黑客了，还用仰仗我？”

安池终于示意男生们将她放下来，随即上前两步，用力抱住了她：“借你吉言，不过我也绝不会忘记，当年我们班的美女学委，是怎样在我无数次惨遭提问的课堂上，用白纸和记号笔写答案，助我渡过难关的。”

风筱绮略显动容，她也反手抱住安池：“嗯，你永远是我心目中最好的班长，虽然你从不交作业。”

“胡说，我偶尔也会交几次支持你工作的。”

“虽然最后总是会被老师发现，你连我走神时写的错别字都抄上了。”

不远处看热闹的沈乔突然清了清嗓子，语气严肃：“那个……二位啊，我本来不想打扰这温馨感人的气氛，可你们或许应该看看门外……”

安池和风筱绮同时回过头去，意外见到杜薇薇正倚着门框，神色古怪地望向这边。

不仅如此，很快杜薇薇身后就出现了一群四班男生，为首的是唯恐天下不乱的林岳同学。

“姓安的！我林霸天今天就要把你这负心汉花心鬼撕成碎片，为民除害！”

“你不在四班老实待着，跑我们七班干吗来了！”

林岳义正词严：“你先把手放开，风筱绮也是你能碰的？”

杜薇薇也似笑非笑地附和着：“好心劝一句，她确实不是你能碰的。”

原本依照安池的性子，绝不会随便受林岳威胁，但既然杜薇薇都这么说了，他一时心虚，只好讪讪地后退了一步：“高考都结束了，我俩来个班干部之间热情的拥抱，有什么不可以？”

风筱绮点点头，甚至还心情愉悦地朝杜薇薇一挑眉：“是啊，我也觉得没什么不可以的，要不你也来试试？”

杜薇薇俏生生地叉着腰：“很好，我希望你接下来还能保持这种大无畏的精神，你看看谁来了！”

话音未落，景潇的身影已然出现在众人视线之内，他穿着浅色的衬衫，在窗外阳光的照映下显得干净温柔，而当他专注地看向风筱绮的时候，喧闹的环境仿佛也一瞬安静下来，只剩下了对视的彼此。

他说：“安班长讲得很有道理，高考都结束了，同学间拥抱一下也很正常。”

安池干咳一声：“你嘴上称呼着安班长，眼睛却盯着风学委，不太合适吧？”

“就你话多！”杜薇薇当即扯着领子把他拽走了。

听得景潇又道：“四班和七班一向交好，这么重要的狂欢时刻，大家应该一起庆祝。”

有七班的男生抗议：“谁跟你们交好了？”

林岳高声反驳：“咱们两班都联姻了，还不算交好？”

“谁跟谁联姻了？”

林岳下意识看了景潇一眼，谁知中途却突然改口，趾高气扬地回答：“我跟你们班沈乔联姻了！”

沈乔迎面扔过来一本英语书，不偏不倚砸在他脸上：“滚蛋！”

于是四班男生集体开始起哄，七班男生在安池的示意下发起暴力镇压，双方闹闹哄哄，几乎要掀了天花板。

风筱绮无奈地摇摇头，一抬眸却正迎上景潇含笑的眼神，他也不管四周如何嘈杂，只倾身过来，伏在她耳边低声道：“绮绮，我们约会吧。”

风筱绮下意识开口：“又不是没约会过，还用得着这么郑重其事的？”

“那不一样。”

“唔……那你说去哪儿？我陪你。”

“好，”景潇应了一声，转而气定神闲地朝七班众人打了个招呼，“愿诸位玩得愉快，你们的学委我先带走了。”

七班成员：“啥？”

风筱绮被他揽着肩膀，在临出门时不忘回头提醒：“叶墨，别忘了明晚咱们两家聚会，地点我爸定好了，有事微信群联系。”

叶墨正出神地盯着她看，闻言一怔，后微笑颔首：“嗯，我记得了。”

待确信已完全走出大家的视线之后，景潇搂住风筱绮的手臂紧了一紧，他若有所思地看着她：“两家聚会？是什么性质的聚会？”

“是双方父母互相寒暄性质的、轻松愉快的聚会，”风筱绮说完顿时反应过来，意味深长地补充了一句，“放心，不是相亲联谊性质，两家父母都崇尚恋爱自由，并不干扰我和叶墨的正常友谊。”

“我没担心这个。”

“别骗人了，你就是在担心这个。”

景潇轻笑着点头：“好，那就算你猜对了。”

风筱绮凝视着他眼底清澈的微光，只觉自己内心被某种温柔的情绪填满，她抿唇，伸手揪了一下他的衣领：“所以你到底要带我去哪儿？”

“去京西游乐场。”

02

直到很久以后，风筱绮想起高考结束的这一天，仍会感受到满心暖意，那算得上是她十八年来最快乐的一天，仿佛牵着喜欢之人的手，从此就可以和他一直走下去。

她和景潇一起逛遍全园，在云霄飞车上尖叫，在海盗船上唱歌，在旋转木马上自拍，在鬼屋里嘲笑工作人员不敬业，疯得不管不顾。

景潇不知何时买了件毛茸茸的兔耳发饰，亲手给风筱绮戴上，将手机镜头对准她："绮绮，笑一个，在录像。"

风筱绮笑起来的时候，眼睛弯弯的，像是初升的新月，她迅速对镜头做了个飞吻："你好。"

"就只有'你好'吗？没有别的话要讲了吗？"

"那你想听我说什么？你今天很帅？"

"谢谢，你也很可爱，是全世界最可爱的女孩子。"

风筱绮扶正头顶的兔耳发饰，忍不住横他一眼："咱俩这是在商业互吹吗？"

屏幕上清晰映出她秀气的眉眼，景潇温柔地勾起唇角："当然不是，我只对你说实话。"

"你过来，别关录像。"

他对她突如其来的要求感到奇怪，却依然乖乖照做了，快步走到她身边，转身将镜头对准自己："要做什么？"

风筱绮举起手里拿着的棉花糖，递到他面前："你尝尝，特别甜。"

"就这事儿？"

"嗯。"

他疑惑地将脸凑近棉花糖，岂料在即将咬到的瞬间，风筱绮蓦然将棉花糖挪开，侧头吻上了他的唇。

这一吻似蜻蜓点水，只持续了几秒钟的时间，可他唇畔却分明已染上了专属于她的甜意，而两人对视的此刻，也如时间烙印，长久留在了视频里。

景潇愣住了，胸腔中传来心脏强烈的跳动声，他一动不动地注视着她："绮绮，你……”

“你觉得，这不是我风格？”风筱绮抬起头，她脸颊泛红，眼眸亮晶晶的，笑意未褪，“其实我也觉得，好像在遇见你之后，许多原本无聊的事情，都慢慢变得有趣了起来。”

他的手指停留在自己唇边，不禁失笑：“是吗？”

“嗯，如果可能的话，未来我也想和现在一样，陪你做遍所有无聊的事。”

“一定会的，”他单手拥她入怀，摩挲着她柔软的长发，语调低沉悠长，“只要你愿意，我会永远陪在你身边。”

“永远？”

“永远。”

少年少女许下最真诚的誓言，此后无论世事变迁，离合悲欢，只求无愧经年。

03

晚上十一点钟左右，从游乐场回到市区的景潇和风筱绮，应沈乔和林岳的邀请，前往玉龙路的酒吧一条街吃夜宵。

地点是沈乔选的，名叫 Helens，据说是一家将西餐厅、酒吧和咖啡厅结合起来跨界经营的店，最适合年轻人聚会。

两人找到桌位的时候，见沈乔正在一门心思吃那碟芝士小土豆，而林岳就托着腮坐在对面端详着她，满脸痴汉笑。

景潇屈起手指，用力敲在他头上：“收敛点。”

“潇哥？”林岳如梦方醒，“你俩来得挺快啊！”

“都这个时间了，路上又不堵车。”

“绮绮，给你菜单随便点，今儿个林岳请客，”沈乔突然又像想起了什么，“对了，你夜不归宿，跟家里人打招呼了吗？”

风筱绮淡定回答：“早就打完了，我爸甚至还很高兴，拉着我妈去温泉酒店约会了。”

“确实，是你爸一贯的风格。”

“所以我今夜是绝对自由的，陪你们通宵。”

“耶！”

林岳笑着对景潇道：“潇哥，咱俩尝尝这家店的冰啤吧？”

景潇懒洋洋地点头：“随你。”

“好嘞！”

Helens 的服务生效率极高，不一会儿就把新点的各类小吃都上齐了，并开了四瓶冰啤。眼见风筱绮正要往自己杯中倒酒，景潇迅速按住了她的手，沉声阻止。

“你不能喝酒，喝牛奶吧。”

“我又不是没喝过。”而且那一次在宋安河边，还是陪他喝的。

景潇显然记忆和她同步，他注视着她，缓缓摇头：“所以以后，我不会让那种事发生第二次了。”

她不禁失笑：“你未免太霸道了吧？好像我酒量多差似的。”

“这跟酒量没关系，”他顺手揉了揉她的脑袋，带着不容违拗的力道，“乖，这是你的甜牛奶。”

风筱绮原本对啤酒也没什么执念，略一犹豫就答应了。她用吸管慢条斯理地啜着牛奶，半晌转过头去，见景潇有一句没一句地和林岳聊着天，目光却始终停留在自己身上。

她笑道：“我好像还没问你，考得怎么样？”

景潇注视着她清澈的眼睛，似有些恍神：“正常水平发挥，算不得很好，可也不算太差。”

“这算什么模棱两可的回答？”

“绮绮，你也明白，我是无论如何都不可能跟你考上同一所大学的。”

风筱绮想考的是帝城大学，她即将达到的，是别人只能仰望的高度，而他可以目送她踏上象牙塔的阶梯，却难以和她站在一起。

风筱绮目光微黯，她沉默片刻，又轻声问：“所以……你的志愿准备填报哪里？”

“帝城。”

“嗯？”

他仿佛很满意她一瞬间的神情变化，托腮微笑，耐心重复着：“帝城的大学，我能考上哪所就填哪所，横竖和你在一个城市，不算太远能经常见面，免得你被别人拐跑了。”

方才失落的情绪瞬间被喜悦覆盖，星光点亮风筱绮的双眸，她用力捶了一下他的胸口：“浑蛋，吓唬我很有趣是吧？”

景潇吃痛，却并不躲闪，他顺势攥住风筱绮的手，在她掌心印下一吻：“我怎么舍得放自家的小姑娘一个人去帝城呢？别怕，不管你去哪里，我都会一直陪着你。”

“那……一言为定？”

“嗯，一言为定。”

沈乔在旁边嘻嘻地笑，忍不住和林岳交换八卦的眼神，谁知下一秒，林岳也猛地拉过她的手，不由分说亲了一口：“乔乔，你准备考哪里的大学？我也跟着去！”

“凑什么热闹啊你！”

Helens 酒吧里播放的钢琴曲悠扬悦耳，渲染出轻松闲适的气氛，四个人互相碰杯闲聊，讨论着待会儿要不要去 KTV 唱一唱午夜场，岂料还没商量出个具体结果，忽听身后传来一阵娇笑声，紧接着有熟悉的女声响起。

“呵，我还当是谁呢，原来是景少爷和他不离不弃的小女朋友。”

手中的啤酒杯被重重撂下，景潇眼底笑意尽失，他神色阴沉地回眸一瞥。

没错，正是齐檬，她化着很浓的妆容，穿得也极其媚俗，和以前清新小白莲的风格大相径庭，也不知最近一段时间经历了什么。而她的身边还跟着一位陌生的、身材壮硕的年轻男人，估计是她新的交往对象。

听到那男人颇为傲慢地问道：“景少爷？难道他就是景氏集团董事长的独子？我没记错的话，去年他家刚刚被爆出女主人投河自尽的丑闻吧？”

“是呢，”齐檬看上去愉悦非常，“当时景氏集团因此股票大跌，元气大伤，我想……景少爷在学校里，恐怕也没少受到指指点点吧？”

景潇冷笑：“比起你现在这副鬼样子，我应该还算过得不错。”

齐檬暗中磨了两回牙，脸上却依然保持着满不在乎的笑容：“我？我有 Jason 疼爱着，不愁吃不愁穿，有什么不好？”

林岳在旁阴阳怪气地：“哎哟，合着你男朋友叫 Jason 啊？怎么不叫 Tony 呢，多时尚。”

“快别瞎说，惹恼了人家的金主可怎么办？”沈乔眼底充满嘲讽之色，“据我了解，因为先前齐大小姐做了那些见不得人的浑蛋事，她父亲觉得丢脸，又怕惹上麻烦，就断了她的经济来源，准备把她再送回国外去眼不见为净，谁知……”

“嗯？然后呢？”

“然后齐大小姐自己偷着离家出走了，这下子彻底激怒了齐先生，立刻冻结了她所有的银行卡，还禁止她哥哥齐侃联系她，导致她连在外吃饭租房的钱都没有了——至于和家里闹翻之后，齐大小姐究竟是通过什么方式接二连三找到男人替自己付账买单的，那就不是咱们能随意过问的了。”

林岳作恍然大悟状，捧哏捧得尽职尽责：“原来如此！齐大小姐好本事，不愧是五中出了名的交际花！我想当年那些被她戏耍过的男同学，一定都很有心得！”

“说起来，景潇可能是她唯一没有得手的目标吧？啧啧，所以她才像疯狗似的，追着人家咬了这么久。”

“可不呗，毕竟我潇哥有洁癖，怕脏。”

齐檬心理素质并不算特别优秀，更何况男朋友Jason就在旁边，当面被揭老底，她自然挂不住面子，登时反唇相讥：“怎么着？你俩是景潇家养的狗啊，在这儿替他汪汪叫？”

沉默已久的风筱绮，闻言当即就要拍案而起，结果中途被景潇按住了，景潇安抚似的摸了摸她的头发，转而起身走到了齐檬面前。

他迎着齐檬挑衅意味十足的眼神，薄唇轻挑，语气阴冷而不屑：“我劝你，在我彻底失去耐心之前，带着你的便宜男友赶紧滚，否则再耽搁一会儿，我不保证会出现什么后果。”

“你这是在威胁我？”齐檬微微扬起了下巴，“姓景的，你以为你是谁？咱俩的账可还没算清楚呢！”

“咱俩的账如果要算清楚，我怕是要废了你双手双脚，再毁了你这张脸。”

她笑得有恃无恐：“Jason 在这儿呢，你大可以试试。”

Jason 揽着她的肩，得意地挑眉：“景少爷，我不管你以前和檬檬有什么故事，总之她如今是我的女人了，我不会允许她再受欺负。”

“我跟她没有故事，只有数不清的旧怨而已。”景潇寒声回答，“不要担心，你有捡废弃垃圾的习惯，我可没有。”

“你说什么？”

“我说，趁你现在对她还有些利用价值，尽量享受一下这虚假的恋爱时光，免得日后遗憾。”

齐檬仗着有 Jason 撑腰，咄咄逼人地伸手一点景潇胸口：“说什么疯话？轮得到你来提醒我男朋友吗？我倒想问问你，这一年来时不时要去医院看望你那位植物人母亲，心里不太好受吧？她什么时候醒啊？也许是不愿意看到你这不成器的儿子，一辈子不会醒了吧！”

这句话，犹如一刀扎在了景潇心里最痛的地方，他将手指骨节攥得咯咯作响，眼看着就要一拳挥过去，却不料有人比他更快一步。

风筱绮抄起桌上的玻璃杯，把剩下的半杯牛奶一滴不剩全都泼在了齐檬脸上，齐檬的妆面显然不怎么防水，登时就晕得一塌糊涂。

齐檬尖叫一声，也不管打不打得过，冲上来就要找风筱绮算账，而后被风筱绮扯着领子甩到了一边。Jason 见女友吃亏，低声咒骂着欲上前帮忙，谁知被景潇拦在了原地。

“你们是都喝死了吗？还他妈不过来揍这群小王八蛋！”

原来 Jason 不是和齐檬单独约会，他今天还带了好几个狐朋狗友一起来 Helens，那些人见这一幕顿时起身，随手拎着啤酒瓶、水果刀，气势汹汹地逼近。

总而言之，都不是什么善茬。

林岳单手挪了桌子，把沈乔挡在了里面，将外套扔给她，嘱咐她保护好自己别乱跑。沈乔眼睁睁看他冲过去帮景潇，又见在齐檬的示意下，风筱绮也被两个男人缠住了，她爱莫能助，只能干着急。

或许……还是有人能制得住齐檬的。

她赶紧掏出手机，从通讯录里调出了那个几乎已被尘封的号码，铃声响了两下，迅速被接起。

“乔乔？”

“齐侃！你快来玉龙路的 Helens 酒吧，你妹妹带人来找我们麻烦了！”

而另一边，景潇正被好几个人同时围攻却不落下风，许久不打架的他，那股与生俱来的狠劲儿丝毫未减，他凌厉一脚踹翻了挡路的某个男人，转头看向不远处的风筱绮。

“绮绮，到我这儿来！”

风筱绮弯腰灵活躲过了对方的攻击，她撑着桌子一跃而起，落在景潇数米开外的空地上。四目相对，景潇略一失神，却正是在这一瞬间给了 Jason 可乘之机。

Jason 完全没有考虑后果，他高高举起水果刀就要扎向景潇后心。千钧一发之际，风筱绮根本来不及思考，她冲上前去直接用手攥住了刀锋，并借着惯性顺势将其撞倒在地。

鲜血顺着掌心不断流下，直至染红了浅色的衬衫，风筱绮疼得额上布满冷汗，却仍没有放手。

“绮绮！”

她的血映入景潇眼帘，令景潇彻底失去了思考的能力，他双眸通红，牙关紧咬，蓦然掐住身侧男人的脖子，劈手夺过了对方手里的啤酒瓶。

啤酒瓶在桌面被砸得粉碎，他在 Jason 的拳头落到风筱绮身上的前一秒，握紧瓶口，将锋利的酒瓶碎片深深刺进了 Jason 的小腹。

时间仿佛于那一瞬静止，Jason 难以置信地睁大眼睛，就这么在齐檬惊恐的喊声中，直挺挺倒了下去。

他的血溅上了风筱绮的衣角，颜色刺目，风筱绮背部紧贴着冰凉的地面，她震惊地看着景潇，只觉脑海中一片空白。

也不知是谁吼了一句“杀人了”，方才还抱着好奇心态围观的顾客们，纷纷慌乱地离开了酒吧，现场一度失控。

沈乔小心翼翼来到林岳身边，她看着昏厥过去的 Jason，颤声问道："还……还活着吗？"

林岳脸色铁青："没死。"

景潇单手将风筱绮搂进了怀里，他朝 Jason 手下那群人投去一瞥，神情平静得可怕："还有谁想试试？"

那群人面面相觑，均感这次事情闹得有点严重，谁也没敢开口。

景潇顺手抄起掉落在地的水果刀，毫不迟疑地朝着斜左侧齐檬的方向甩过去，刀锋擦过齐檬耳边，砸裂了她身后的画框。

齐檬双膝一软跪倒在地，吓得浑身发抖，泪水淌了满脸，说不出的狼狈。

"对不起，绮绮，"在与风筱绮视线相触的一刹那，伪装出的冷静表象消散无形，景潇听到了自己心理防线崩溃的声音，他抚着她的头发，眸底水光浮动，语气哽咽，"对不起……"

他并不后悔刺伤 Jason，但他却内疚自己没能保护好她。

手上的疼痛远不如心底的焦灼来得更加强烈，风筱绮难得有这么无措的时刻，她将脸埋在他颈间，轻声劝着："景潇……我们报警吧。"

事已至此，该承担的后果，总要承担才是。

"我明白。"景潇平复了呼吸，当他再度抬眸看向其他人时，眼神已恢复了先前的漠然，"奉劝诸位，别打着偷跑的主意，连我都不怕进局子，你们怕什么——齐檬，还有你，最好老实点，否则我废了你两条腿，让你和你男朋友做一对患难鸳鸯。"

齐檬抱紧双膝，战战兢兢地往后挪了挪，不敢正视他的眼睛。

"林岳，"景潇又问，"救护车快到了吗？"

林岳低声回答："应该快了。"

"嗯，那就由你和沈乔负责，把绮绮和这王八蛋送去医院吧。"

“那……潇哥，你呢？”

景潇自嘲地笑了笑：“我就在这儿等警察来。”

林岳呆立片刻，声音听起来带了哭腔：“潇哥……”

“你这什么表情？”景潇拍了拍他的肩膀，“没事儿，有那么多人陪着我呢，到了警局该怎么解决就怎么解决，任何代价我都接受——横竖这笔账，早该清算了。”

若有些事情是注定要发生的，逃也逃不过去，他便选择坦然面对，至少无愧于心。

这时酒吧门外终于传来救护车的声响，急救人员匆匆走进，用担架抬走了Jason。林岳强忍着眼泪，示意沈乔把风筱绮拉走，可风筱绮却摇了摇头，她按着手上的伤口，语气执拗：“我陪着你。”

这话是对着景潇说的，景潇深深注视着她，良久，他倾身向前，低头吻在她唇边。

“绮绮，你听话，我们很快还会再见的。”

很快究竟有多快，风筱绮在此刻突然不确定了，不祥的预感牢牢攫住她的心，她担忧得无以复加。

“可是景潇……”

“没有可是，”他柔声道，“你现在要做的就是快去医院包扎，别让我惦记着——我答应你，随时和你保持联系，好不好？”

风筱绮并非感情用事的人，考虑到自己在现场可能会给他增添困扰，她垂眸，终是在他充满安抚意味的话语中妥协了。

“我等你。”

“好。”

掌心的温度被缓缓抽离，她转过身，随沈乔和林岳一起走出了酒吧，而在酒吧门口，他们遇见了正风风火火赶来的齐侃。

齐侃也看到了外面的救护车，他顿住脚步，惶然看向沈乔："乔乔，谁受伤了？是不是我妹……"

"不是你妹妹，"沈乔面无表情地打断了他的话，"尽管我非常希望，景潇那一瓶子扎穿的是她。"

"景潇他干什么了？"

"你可以自己去问齐檬，她到底是怎么逼得景潇干出这种事的，另外……"沈乔冷声道，"如果你还有点最基本的正义感，希望你待会儿在面对警察的时候，能说两句客观的证词。"

齐侃怔然，他凝视着沈乔隐忍愤怒的眼睛，许久，脸色苍白地点了点头。

"我明白了。"

两人谁都没有再开口，只沉默地擦身而过，午夜月光照在这条向来繁华的街道上，交织着四面灯火辉煌，可只有自己才知道，那一刻的心境有多荒凉。

没有谁看见，在同一时刻，风筱绮也努力攥紧了受伤的手指，试图通过剧痛，来使处于极度不安中的自己清醒起来。

悲与欢，光与暗，前路由此划清界限，未来会如何，也许再也不由彼此掌控，唯有交给时间。

04

自那晚酒吧事件之后，风筱绮的情绪始终很低落，因左手受伤，被缠上了厚厚的纱布，她什么也做不了，成天便只待在房间里闷闷地看书，谁也不愿意搭理，就连沈乔和叶墨想来看望她，都被她婉拒了。

对此，李书颖感到忧心忡忡，只能逼着风明洲想办法。风明洲在阳台上抽了整整一个小时的烟，终于拿定主意，要亲自去解决这个问题。

“颖颖，我得提前给你打好预防针，我去警局这一趟，回来后可能会让绮绮更加难过。”

李书颖惊道：“什么？你开我玩笑呢？”

“我的意思是，长痛不如短痛，为避免她将来受到更多的伤害，索性就从根源上了结她的心病。”

夫妻俩恩爱多年，默契早已深种于心，李书颖沉默半晌，终是叹了口气：“我明白了，只是……”

“我知道，你觉得不忍心，可有些道理，必须让绮绮亲身经历过，她才会懂。”

李书颖无奈看了他一眼：“但愿如此吧。”

于是傍晚时分，风明洲托朋友帮忙，前往警局探视被拘留的景潇，并了解到在此之前，景振替景潇请的律师已经来过了。

风明洲顺利见到了景潇，可想而知，他的到来令景潇深感意外。

“风……风叔叔？”

坐在对面的少年头发略显凌乱，脸色也很憔悴，但眼神却依旧明亮而充满锐气，有那么一瞬间，风明洲感觉好像看到了年轻时张扬不羁的自己。

他笑了笑：“嗯，在这儿没受什么委屈吧？”

“没有，”景潇低下头，迟疑片刻，语调极轻地问了一句，“风叔叔，绮绮她……还好吧？”

“你指哪方面？手上的伤，医生说没伤到骨头和神经，只是以后会留疤；至于心理问题……大概比身体问题更严重一些，她这段时间愁云惨雾的，都没跟我们笑过。”

修长手指用力攥拢，景潇垂眸，听得心疼不已：“对不起，都是我的错，没能保护好绮绮。”

风明洲低沉叹息：“这件事的来龙去脉，我多少也了解一点，不能单把错归到你头上——平心而论，如果时间倒退二十年，看见绮绮她妈受伤，我恐怕也会情绪失控找对方拼命，你做得算不错了。”

“风叔叔，我……”

“但我不得不承认，作为一名父亲，我并不认为绮绮坚持跟你在一起，会是明智的选择。”

景潇神色一滞，他猛然抬头，欲言又止。

风明洲又道：“我从小就把绮绮当男孩子养，使她在很多时刻都勇气过盛，缺乏自我保护意识，而你的性格跟她像极了，不能成为她的镇定剂，反而容易成为她的导火索——景潇，其实绮绮脚腕骨折那一次，并非因为追小偷，而是和你也有关系吧？”

“是……”迎视着那双仿佛能洞察人心的眼睛，景潇无法撒谎。

“我非常担心再这样下去，她还会受到另外的伤害，而现在的你，冲动莽撞，还不足以护她周全。”

心跳愈发急促慌乱，一时令景潇连呼吸也困难起来，他定定地看着风明洲，有无数解释的言辞哽在喉咙，却终究是一句也讲不出。

他能为自己辩解些什么呢？风明洲说得没错，自己确实只能给风筱绮带来麻烦和伤害，而在没有与自己相识的日子里，她从来都不必经受这些。回想那些因他而起的、荒唐的错误，连他都难以原谅自己，更何况风筱绮的父亲。

“风叔叔，”他艰难开口，“能不能……给我个弥补的机会？”

风明洲反问：“你故意伤人，对方目前还躺在医院里，你会遭到何种判决仍是未知数，谈什么弥补？”

景潇沉默了。

“所以说，你还是个孩子，”风明洲拍了拍他的肩膀，将语调放缓，“等你成长起来，就会明白，有很多话不能只是说说而已，需要你拥有足够的力量去支撑承诺和约定，才能真正成为可以依靠的人，以及保护好最在乎的人。”

景潇眼眶泛红地听着这番话，心里已隐约有了答案，他咬紧牙关忍回眼泪，硬是扯出了一抹笑：“那么叔叔，您希望我怎么做呢？”

“事实上，刚在警局门口，我见到了你的律师，”风明洲道，“律师告诉我，被你刺伤的那个人没有生命危险，且经过齐家从中斡旋，受害者家属答应了私下调解。而你的父亲景董事长，也决定支付给对方高额医药费和精神损失费，免得此事影响你的前途。”

“我用不着他替我支付那些钱，我宁可坐牢，也不需要他施舍给我所谓的前途。”

“抱歉，我是局外人，可能无法感同身受，但容我多言一句，你应该接受这笔钱，不要感情用事。”

“大概在叔叔看来，我的确是感情用事吧。”

风明洲原本不是多管闲事的人，然而此时他却偏偏没能克制住自己，以从未有过的耐心，斟酌言辞，试图说服面前委屈而固执的少年：“景潇，你听我说，哪怕多年后把这笔钱加倍还给你的父亲也好，至少现在，你要对自己的未来负责。你们家的事，我大致晓得一些，即使是为了更好地照顾你的母亲，你也要保持理智。”

一提到母亲，景潇的神情终于有所动摇，他怔然许久，忽而抬手捂住了脸。

“嗯，我知道了，谢谢叔叔。”

“我没有什么值得你感谢的，你只要别怨恨我就好了。”风明洲的目光有些黯然，他摇了摇头，仿佛要驱散自己此刻挣扎的情绪，而当他再度看向景潇的时候，语气已重新变得严肃，“你刚刚问我希望你怎样做，很简单，我希望你能彻底离开绮绮，不要再与她见面了。”

“离……离开绮绮？”

“离开她，对你们彼此都有好处，她可以毫无牵挂地去追求自己的理想，你也该全心全意担起自己应负的责任——这算是我对你的请求，也请你体谅一位父亲的苦心。”

仅仅是听到“离开”二字，就已足够悲伤不舍了，景潇努力平复着呼吸，才终于使自己的声音不那么颤抖：“我明白，我跟绮绮不合适，如果分开能让她变得更快乐，我没什么不同意的。”

风明洲认真地看着他：“你是个好孩子，我相信绮绮并不曾看错人。”

“叔叔，我还有最后一个问题。”

“你讲。”

“倘若将来我真的成了能让绮绮依靠的男人，到那时候……”

风明洲回答得斩钉截铁：“到那时候，我不会再阻止你靠近她，我会尊重你们的选择。”

景潇含泪笑了：“多谢叔叔。”

“是我要多谢你。”

“毕竟绮绮曾经给了我无可替代的高中时光，我能为她做的并不多，这一次，就当是还她自由，”景潇起身，深深朝风明洲鞠了一躬，“其实我一直很羡慕绮绮，正因有您和李阿姨这样优秀的父母，才会让我碰见那么温暖的她。”

或许，能够相遇就是命运恩赐，不应奢求太多。

他转过身去，跟随警察的脚步，走向走廊深处，背影落寞，没有再回头。

05

整整两个星期，风筱绮没有再收到过景潇的信息，她等得心急如焚，不知事态进展如何，最终不得不拜托沈乔去问齐侃。

齐侃回答，先前自己和齐父带齐檬一起登门拜访，说服 Jason 家属同意私下调解。景振给了一百万，对方没有走法律途径，所以景潇拘留期满后，就被释放了。

也就是说，景潇已经回家了，可他却迟迟不联系她，究竟为什么？

风筱绮当场给景潇打了电话，铃声响了许久，始终无人接听，再发微信，发现他竟然删除了自己的好友。

沈乔在旁看到这一幕，着实被吓了一跳："绮绮，景潇他……把你删了？"

"嗯。"风筱绮沉下脸色，迅速又拨通了林岳的号码。

很快，那边就传来了林岳标志性的大嗓门："喂？风筱绮啊？我家新房装修，有点吵，你说话大点声哈！"

风筱绮提高音量："景潇呢？你这两天见到他了吗？"

"啊？景董事长不是把那件事摆平了吗？潇哥貌似是三天前回的家，我俩暂时还没空见面，不过当时他跟我通过话。"

"他说什么了？"

林岳仔细回想着："好像是说……我永远是他的好兄弟，还让我上了大学之后学着收敛性子，日常生活中多多关照你……这不像他的讲话风格啊！他才是你男朋友，哪里轮得到我来关照？"

风筱绮手指发颤，下一秒已将电话挂断，她没有理会沈乔担忧的询问，转身头也不回地朝门外狂奔而去。

四十分钟后，景家别墅。

开门的是景家的管家，他在看清来者何人后，微微颔首行礼，面露微笑。

“风小姐？我们之前是见过的。”

风筱绮抬眸，一动不动地盯着他看：“您好，请问景潇在吗？”

“少爷已经走了。”

“走了？他去哪儿了？”

“两天前清晨的航班，陪病情恶化的夫人去了美国，接受康复治疗。”

突如其来的答案，令风筱绮几乎有些站立不稳，晚风吹过，凉意自脚底一路蔓延至指尖，她难以置信地开口：“他还会回来吗？”

管家遗憾地摇摇头：“据我所知，少爷要在美国继续完成学业，至于毕业后会不会回国……谁也不清楚。”

他最终选择远远地逃离这里，却连道别也省略，就把她独自留在了原地。

她从不晓得，他竟还有这样抽身而退的好本事。

眼底光影渐暗，风筱绮麻木地应了一声，举步朝来时路行去，谁知又被管家从身后唤住。

“风小姐，请等一等，少爷临走前交代过，如果您找来了，就把这样东西交给您，算是毕业礼物。”

风筱绮接过那枚信封，拆开后从里面缓慢抽出了一张画纸，见上面画的是那一日在京西游乐场，她与他隔着棉花糖亲吻的一幕，少年少女的笑容定格在夕阳下，羞赧而温柔，胜过漫天晚霞。

画纸的底部有些褶皱，不知是染了水痕还是泪痕，那里写着短短的一句话，是她再熟悉不过的、景潇的笔迹：

对不起，绮绮，只能陪你走到这里了。

总以为将来的道路还很长，却不承想，一转眼就走到了尽头，就像美好的故事只讲到一半，就匆匆画下了句点。

06

高考分数公布之后，风筱绮接到了无数个贺喜的电话，她继续以绝对优势的成绩稳居全校第一，不仅如此，她还成为平城的高考状元。

对此，她的心情很平静，早已料到的事情，没什么值得惊喜的。

填报志愿结束的那一天，七班成员们都没有急着离开，而是取出同学录互相填写毕业赠言，教室内充满离别感伤的气氛。

安池耷拉着双腿坐在课桌上，转过头去对叶墨讲："听说校长已经拉了大横幅，热烈庆祝今年的高考状元诞生在平城三中，他还将风筱绮和你的个人简历在操场的 LED（发光二极管的简称）屏幕上循环播放呢。"

"播放小绮就好了，为什么还要播放我？"叶墨不禁失笑，"我又不是高考状元。"

"哦，可你也是全城第三啊！帝城大学今年只在平城招收三个名额，咱们学校足足占了两个，校长能不高兴吗？你们俩是三中之光！"

"班长过奖了，但是……"叶墨沉默半晌，转而将目光温柔地投向不远处的风筱绮，"能跟小绮考进同一所大学，我也算得偿所愿了。"

安池突然像是想起了什么，他凑近叶墨耳边低声问道："我听说，风筱绮跟景潇分手了？是真的吗？”

“嗯……应该是的。”

“怪不得我看风筱绮兴致一直不太高，连成为高考状元这种事，都没法让她高兴起来，”安池懊恼叹息，“那叶墨啊，你可得好好加油了，大学四年你都跟风筱绮在一起，迟早能打动她的，我相信你。”

叶墨垂眸，不着痕迹地遮掩了此刻眼底的全部情绪，他的语气很轻，却坚定无比：“我尊重小绮的所有决定，也不会勉强她什么，只要她需要我，我就会一直陪在她身边。”

“唉，说真的，我要是个女孩子，估计都得爱上你了。”

“我该表示感谢吗？”

“不用不用，这是我应该做的。”

叶墨弯起眉眼一笑，顺手指了指门外：“班长你看，四班的班花来了。”

然后安池当场表演了个百米冲刺，一溜烟跑出去找杜薇薇了。

而另一边的风筱绮，此时正认认真真给肖瑰华写着同学录，她在最后签上自己的名字，随即侧过头看向沈乔：“林岳也决定要陪你留在平城了吗？”

“是啊，”沈乔懒洋洋地回答，“他说自己去哪里都无所谓，还不如留在平城，至少离家近，不会寂寞。”

风筱绮轻笑一声：“这种拙劣的托词，你也信？”

沈乔也笑了：“信不信的，总之他留下来就好，免得外面的世界天高海阔，我抓不着他。”

“那么……齐侃呢？”

“齐侃？”沈乔微怔，“前段时间一起吃了顿饭，该说的话都说开了，我向他道了歉，也道了谢。”

“然后？”

“没有然后了，他高考貌似发挥得还可以，准备填报海城财经大学。”

而海城与平城，相隔了上千里。

世间并非一切故事都圆满，能心平气和说声后会有期，大约就算令人欣慰的结局了。

风筱绮出神良久，终是点点头：“挺好的。”

沈乔见她将同学录还给肖瑰华，缓步朝外走去，疑惑唤道：“绮绮，你去哪儿啊？”

“出去走走，不用等我了，过两天我请你和叶墨吃饭，地点随便挑。”

“哦……”

沈乔回身和叶墨对视一眼，两人同时摇头，均在彼此眸底读出了几分无可奈何的意味。

对风筱绮而言，景潇这一关，始终难过。

07

零号街，长乐甜品店。

风筱绮也不知道，自己怎么就会不知不觉逛到了这里，她仰头望着那块金光闪闪的牌匾，迟疑良久，终于还是推开了店门。

今天是全城填报志愿的日子，附近学校的学生们都来这里买饮品，店中座位已满，气氛热热闹闹，几乎没了落脚的地方，可当风筱绮站在柜台前的那一刻，乐老板依然一眼就认出了她。

“小姑娘，你来了？今天的新闻我看了，平城三中那位高考状元，是不是你啊？”

周围顿时响起一片惊叹声。沐浴着从四面八方投来的热烈视线，风筱绮低下头，淡淡地应着：“嗯，是我。”

“你真优秀，不愧是小景喜欢的女孩子，”乐老板笑眯眯地问道，“对了，小景呢？没跟你一起来吗？”

风筱绮的目光停留在点餐单上，她静默半晌，这才苦笑着回答：“他去了美国，可能……以后都不会再来了。”

乐老板一时怔忡，不禁试探性地问：“那你们……”

“我们分开了，”风筱绮将点餐单递还，平静抬眸，“请给我一杯红豆紫薯玉米汁。”

红豆紫薯玉米汁，是她第一次随景潇来这里时点过的饮品。

乐老板惋惜地叹了口气，没有再继续问下去，只是默默在杯中多加了满满一勺红豆。

“愿你前程似锦。”

“多谢老板。”

温度透过纸杯杯壁充盈掌心，熟悉的甜蜜味道，此刻尝来却有种难以言喻的苦涩感。

风筱绮站在店门之外，仰头望向天际明媚的阳光，她蓦然想起那一年冬天的圣诞节，景潇就在这里，解下颈间的黑色围巾给她戴上，柔声问她冷不冷。他的微笑落在她眼底，比当晚的月色还要好看。

视线中车水马龙的画面渐趋模糊，风筱绮紧靠着墙壁，终是忍不住低声哽咽起来。

那晚从 Helens 酒吧分别时他说的话，犹在耳畔回响。

——绮绮，你听话，我们很快还会再见的。

不，或许永远也不会再见了。

他与她在秋天相遇，在冬天相知，在春天相爱，在夏天分离，至此，不如就将往昔，埋葬在年少的记忆里。

权当是好梦一场，梦醒茶凉，如同电影散场，不再有所奢望。

CHAPTER

11

于花开之日归来

我最在乎的姑娘，我要一直守护你，直至亲眼见你，拥有最好的结局。

01

高中毕业后，风筱绮和叶墨同时就读于帝城大学，她在中文系，叶墨在法学系。

整整四年，风筱绮拿奖学金拿到手软，与此同时又是话剧社编剧部长兼学生会骨干，校内爱慕她的优质男生自然数不胜数，所以每逢节日她都会收到各式各样的情书和礼物，以及从早到晚的告白电话轰炸，无论拒绝多少次，仍然有人锲而不舍，坚信有梦想就会有奇迹。

直到后来叶墨亲自出马，在某次社团活动中与她牵手亮相，这期间搂腰、耳语、拥抱一条龙亲密服务，令旁观者们彻彻底底确定了两人的关系——原来风部长早已名花有主，交往对象是法学系系草，惹不起惹不起。

从那以后，就再没有人敢打风筱绮的主意了。

而在事业发展方面，她从大二上半学期就开始陆续出版个人作品，卖出漫画、游戏和影视版权无数，并担任了一部电视剧和两部网剧的主编剧；大三时，她在曾与母亲李书颖有过深度合作的蒹葭文化传媒公司实习，鉴于实习期间表现优秀，加之是当红作家，拥有大批粉丝，相关经验丰富，毕业后直接签约，在帝城工作一年后，调到了公司新设立的平城分部任职主编。

她回到平城的那一天，李书颖做了满满一大桌子的好菜，风明洲也特意推了朋友的酒局邀请，一家三口坐在一起，开开心心吃了顿庆功宴。

“闺女还是留在自己身边最放心，”风明洲喝着小酒，美滋滋地开口，“绮绮，回到平城工作多好啊，有什么事我俩还能照应你一下，这决定太明智了。”

风筱绮笑道：“爸，我以为你会觉得失望的，毕竟我一回来，你和我妈就又没有二人世界了。”

“没关系，我知道你已经联系了公司附近的 Loft 公寓，不在家里住。”

“啊……你果然棋高一着，我甘拜下风。”

李书颖嗔怪地推了风明洲一把，转过头来语气宠溺：“别听你爸的，在外面如果住不习惯，随时回家。”

“嗯，知道了妈。”

饭后，风筱绮回房间整理东西，准备明天就搬到新租的公寓去。她在书架上翻找着最近新书要用的参考资料，谁知资料没看见，倒是看见了安静躺在角落里的那本画册。

画册里收集了当年景潇为她画的所有肖像，每一张都保存完好，依次翻看过去，就仿佛又回到了青涩的高中时代，重温了有他陪伴的时光。

似乎真的已经分别太久了，但想念却并未因此而淡化分毫，这些年她曾一次又一次在梦里勾勒他的眉眼，醒来后心中偏又空空如也，说不出的失落孤独。

总有一天会彻底忘记的吧？她盼望如此，却又不舍如此，毕竟那位远走的少年，承载了她年少时全部的温柔与爱。

书架下面的抽屉里，放置着她十七岁生日那年景潇送给她的那串玫瑰色碧玺手链，她端详良久，最终将其一并放入了行李箱。

这时，她的手机铃声响了，屏幕上显示着沈乔的名字。

“喂，乔乔？”

“绮绮，明天要不要一起吃饭？林岳请客，说给你接风。”

“好端端的，他给我接什么风？”

沈乔笑嘻嘻道：“因为好久没见了啊，林岳总念叨着欠你一顿饭，就当是庆祝你顺利调回平城。”

风筱绮略一思忖，欣然同意：“也行，地点在哪里？”

“桥本居酒屋，就在你新租的公寓附近，明天下午我让林岳开车去接你，顺便帮你搬行李。”

“唔，你使唤男朋友的功夫，越来越炉火纯青了。”

02

林岳的确早已经成为沈乔的男朋友，就在沈乔读大二那年，他买了九十九朵蓝色妖姬，叫了一群兄弟，在平城师范大学的图书馆外放飞了五百二十只心形气球，当众向她告白，然后沈乔淡定同意，并夸他榆木脑袋终于开窍了，不枉自己等了那么久。

不过风筱绮每次想起来这事儿，都免不了要吐槽一番。

“恕我直言，你要是够聪明，早在高中毕业那年就该表白了。”

坐在对面的林岳，气质较之当年显得成熟不少，但他一开口，立刻就破坏了这种感觉：“这五年咱俩统共也没见几面，每次见面你都要数落我一遍……我那不是害怕自己一厢情愿，其实乔乔根本不喜欢我吗！”

风筱绮似笑非笑：“乔乔不喜欢你？那你觉得她喜欢谁？”

“那时我以为……她喜欢齐侃……”

“乔乔要是喜欢齐侃，齐侃早就留在平城跟她在一起了，还能报考海城的大学？乔乔成天陪着你出去鬼混，你看不出她是什么心思？女孩子的青春能这么耽误吗？”

“我那时是真没看出来啊，谁让乔乔一天到晚总是嫌弃我？”林岳表示自己很委屈，“但现在我明白了，并非青梅竹马就一定要两情相悦，你看你当初跟叶小哥不也是纯洁的革命友谊，跟我潇哥才发展出了爱情故事！”

风筱绮喝茶的动作一顿，她瞥林岳一眼，面无表情地放下了瓷杯：“我跟你潇哥，没什么故事可言。”

“啊？”某人立刻意识到自己讲错话了。

沈乔原本还兴致盎然地旁观风筱绮骂林岳，此刻见气氛不对劲，忙在林岳腰间软肉上狠狠掐了一把：“胡说八道，是不是活腻了？”

林岳满脸尴尬，赶紧把菜单递给风筱绮：“来来来，自己看想吃点什么！”

风筱绮微微一笑：“就你打开的这一页，都点了吧。”

“哦……”

寿喜锅端上来，刺身拼盘端上来，玉子烧、天妇罗、章鱼军舰和樱花寿司端上来，直到所有菜都上齐了，风筱绮依然在低头玩手机，没说一句话。

沈乔瞪了林岳一眼，决定换个话题，缓和一下风筱绮的心情，岂料还没等她琢磨好，林岳就又自作聪明地开口了。

“那个……风筱绮啊，按理说你大学四年都跟叶墨在一起读书，对他，你就真没什么想法？”

沈乔险些把脸扎进面前的沙拉碟里。

风筱绮沉默片刻，她放下手机抬起头来，神色波澜不惊：“你具体是指什么想法？”

“呃，就……我对乔乔的那种想法？”

沈乔小声嘀咕：“滚！”

“你非要问的话，我认为可以有想法，”风筱绮迎着林岳一瞬诧异的眼神，从容地夹了一片三文鱼，“毕竟我和叶墨都认识十多年了，平心而论，他是最适合我的人，可能等彼此事业都稳定了，我俩就会听从双方父母的劝告，考虑结婚。”

这样的回答，是林岳始料未及的，他无措地看向自家女朋友，见沈乔也在摇头，示意自己爱莫能助。

林岳紧张地舔了舔嘴唇，小心翼翼地把樱花寿司推往风筱绮的方向：“风筱绮，你喜欢叶墨吗？”

“喜欢啊，我也喜欢乔乔，偶尔还喜欢你呢。”

“我不是指那种喜欢！”

她指了指桌上的寿喜锅：“熟了，再不吃牛肉都煮老了。”

“对对对，快吃饭，我都饿死了！”为避免林岳待会儿被风筱绮揍一顿，沈乔连忙打圆场，并用一大勺芥末章鱼果断阻止了他进一步的询问，“你怎么废话这么多？”

林岳登时被芥末呛得涕泗横流，捂着嘴不敢再出声了。

接下来是闺蜜二人的聊天时间，聊的多是大学时的趣事，以及目前工作中遇到的问题，没再触及雷区。

临别的时候，风筱绮对林岳的这顿饭表示了感谢，并说改天回请。就在她拉着行李箱转身的前一秒，却毫无征兆被沈乔扯住了衣袖。

“嗯？”

沈乔摆手让林岳退远一点，她靠近风筱绮耳边，声音极轻地问：“绮绮，我只想听你一句实话，你心里究竟还有没有景潇？”

风筱绮叹了口气，平静地拂开了她的手：“不要再提了，不辞而别的人，不值得我放在心里。”

有些人，有些事，只疼一次就够了。

03

风筱绮在蒹葭公司平城分部任职主编后，要策划出版的第一本书，是自己的新书。

原本这不算什么难事，但在给新书绘制封面和插图这一环却出了问题，因为先前定好的著名插画师“白叶公子”突然提出了价钱翻倍的要求，否则就拒绝签约。

对此，美术编辑简乐乐被气得够呛：“白叶公子最初开出的价格就已经很高了，现在又要翻倍，他是疯了吗？”

“他没疯，”风筱绮冷笑着放下手中咖啡，懒洋洋地向后靠上了椅背，“只是因为我拒绝了他的约会邀请，他恼羞成怒，准备以此报复我罢了。”

简乐乐大惊失色：“王八蛋，居然敢打我们主编的主意？早听说过他私生活混乱，经常对女粉丝做些出格的事情，没想到已经猖狂到这种程度了！”

“没关系，反正我也拒绝了。”

“那……他的价钱问题……”

风筱绮回答得斩钉截铁：“自然也要拒绝，告诉他，如果真有诚意，就按照原定价钱签约；不接受的话，很遗憾，只能等以后有机会再合作了。”

“好，我明白了。”

可想而知，这场谈判最终也没有成功，白叶公子在风筱绮这儿连续两次吃瘪，深觉受了轻视，怀恨在心。不久后他便发了一条微博，控诉蒹葭公司企图用霸王条款压榨画师，并说风筱绮是靠着卖美女作家人设以及母亲李书颖在作家圈的声望才能当上主编的，她本人没有才华，没有能力，还有抄袭前科，奉劝各位作者和画师不要再找她合作，以免被骗。

这无疑是对风筱绮的公然挑衅，他只道风筱绮再厉害也不过是个二十四岁的小姑娘，遇到这种情况必定自乱阵脚，却不料当天晚上，风筱绮就在微博上发表了针对此事的回应，言简意赅，逻辑清晰。

@作家绮色：本人始终坚持原创，从未有过抄袭行为，经得起任何途径的查阅比对；如今任职蒹葭公司分部主编，也完全是凭借个人能力，不需要依靠家母的声望。蒹葭公司成立20年来，秉承着服务创作者的理念，合同条款良心公道，业内口碑一向良好。画师白叶公子因自己开出的天价稿酬未被满足，而在网上散布不实言论，引导舆论，对本人及公司的声誉都造成了严重损害，对此，本人将保留法律诉讼的权利。

微博一经发出，蒹葭公司的官博立刻转发表明立场，风筱绮的读者们深感自家作者受了大委屈，集体攻陷了白叶公子的微博评论区，由此引发了一场双方粉丝的骂战。

简乐乐一直关注着事态进展，甚至还特意开了小号去骂白叶公子，毕竟她是风筱绮的下属，还是风筱绮的忠实读者，无论于公于私，拥护主编大人都是理所当然的。

“我一想起来就生气，什么叫卖美女作家人设？我们主编本来就是美女，不像他都三十多岁了，长得那么油腻，自拍P得连他亲妈都不认识！”

办公室里的其他编辑均点头附和，有的还表示自己也要去开小号骂一骂，正在这时，风筱绮开门进来了。

“诸位的好意我心领了，但就不要在跳梁小丑身上浪费时间了。”

简乐乐托腮叹息：“主编，因为白叶公子的这档子事，圈内很多出名的画师都碍于他的面子，婉拒了我们的合作邀请。但名不见经传的小透明画师们，水平过硬又画风契合的，我们暂时还没有发现——再找不到合适人选，你的新书就要推迟上市了，这对我们接下来和新城影视公司的合作也会产生影响。”

风筱绮沉吟半晌，颇为头疼地叹了口气：“知道了，我今晚联系一下之前合作过的插画师，他是我学长，也许能帮忙。”

虽说可能性也比较低，因为对方目前正在国外度假，十有八九不愿意谈工作。

谁知就在她想要回到自己楼上办公室的时候，负责发布官博消息的李茹突然又惊又喜地尖叫出声：“主编！有人给官博发私信了！”

“唔……有什么奇怪的吗？官博不是每天都要收到几百条私信吗？”

“可这次不一样！”李茹激动地盯着电脑屏幕，确认了好几遍才勉强相信这不是梦，“发私信的是‘逢景’，那个刚回国不久的插画师‘逢景’！”

简乐乐也惊呆了：“逢景大神发了私信？他说什么了？快让我看看！”

“他说，‘我一直对绮色主编的新书《银城》很感兴趣，不知是否有此荣幸，能为这本书绘制插图’。”

“天哪！逢景大神的咖位，可比白叶公子不知高到哪里去了！咱们这算不算是因祸得福？”

此言一出，连风筱绮也颇感意外：“逢景主动要求与咱们合作？我记得他心高气傲得很，从不接受任何给小说画插图的工作。”

逢景的大名，她自然听说过：此人二十岁那年就荣获第十六届星云奖，也成为这一权威动漫奖项有史以来最年轻的获得者；他的绘画风格唯美大气，自成一派，作品不仅在国内接连刷新最高销量纪录，还曾在日本人气最高的漫画杂志上连载，拥有大批海外粉丝，被业内人士称作“鬼才画师”。

据传逢景为人低调，平时极少出席活动，也不喜欢跟媒体打交道，偶尔在社交网络上发两张自己的照片作为粉丝福利，也都是背影照，或者戴着墨镜口罩全副武装，根本不肯以真面目示人。

然而曾有粉丝表示：你看景神那漂亮的手、修长的腿和勾人的眼睛，说他不是帅哥，你们信吗？

这份神秘感，丝毫不会影响她们对逢景的爱，只会令她们更加沉迷逢景不可自拔。

尽管风筱绮以前没接触过逢景的作品，只看过几张他在网上被疯传的插画，但她确信，有了这位鬼才相助，自己新书的热度必将翻倍提升，这是一次千载难逢的好机会，必须把握。

“小茹，问问他有什么条件，只要不是太离谱，尽量都满足。”

李茹小心翼翼敲击着键盘，发了一大段客套话委婉询问，生怕怠慢了这位送上门来的大神，十秒钟后逢景回复了，措辞异常简练。

@正版逢景：请绮色主编亲自与我面谈。

“主编……他说要跟你面谈。”

“面谈就面谈，”风筱绮爽快答应了，“地点由他来定，我请客。”

片刻，李茹盯着对话框中显示的地址念道：“明天下午五点，平山街 353 号，可他没具体说是什么店。”

“反正一找就知道了，告诉他，我会准时赴约。”

“好嘞！”

04

平山街 353 号，其实乍一听见这个地址的时候，风筱绮隐约觉得有些熟悉，直到她真的站在那家店门口，才终于意识到，这究竟是哪里。

是十七岁那年她第一次和景潇单独外出，他带她来的那家韩式火锅店。

心底蓦然升起一种奇异的预感，她立于阶上迟疑许久，这才终于推开了那扇玻璃门。

店内早已换了新的装修风格，布局摆设都和以前大不相同了，但她依然凭着直觉找到了七年前的位置，而那张桌子前，也真的有人在等。

“请问……”话语戛然而止，她看着面前的年轻男人，霎时忘记了所有要问的内容。

大约是听到了脚步声，对方转过头来，在与她目光交汇的一瞬，他从容起身，微笑着朝她伸出手。

“绮色主编，你好。”

那一刻时间仿佛定格，故人近在咫尺，却已相隔了难以释怀的岁月。

多年不见，他褪去了年少时的青涩与锐气，锋芒尽藏，变得谦和而沉稳，但那双微微上挑的桃花眼光影温柔，依旧是记忆中最熟悉的模样——是她曾在梦中勾勒过无数次的俊俏模样。

风筱绮从未设想过重逢的场景，只因她认为彼此再也不会见面了，却不料他竟自作主张，安排了这一场令她猝不及防的相遇。

他在最不该离开的时刻离开，在最不该出现的时刻出现，而她只能被动接受现实，这多讽刺。

“景潇，”手指在身侧缓缓攥紧，风筱绮强迫自己冷静下来，面无表情地念出了他的名字，“你就是画师逢景？”

景潇略一颔首：“没错，所以今天请绮色主编来，是为了商量一下《银城》插画的合作事宜。”

风筱绮冷笑：“不劳烦逢景大神，这次合作，我不想谈了。”言毕转身欲走，结果却被景潇从身后紧紧拉住了手。

“等一等。”

“请逢景大神注意影响，大庭广众之下不要拉拉扯扯，放手。”

景潇缓声道：“我若是不放呢？”

风筱绮二话不说，反手就是凌厉一拳直击他正脸，而后在距离他鼻尖不过半寸的地方，被他稳稳接在了掌心。

“这么久不见，你的功夫也还是没有生疏。”

“如果你继续纠缠，就别怪我动真格了。”

风筱绮用力将手抽回，头也不回地朝门外走去，景潇紧追两步挡在她前面，压低嗓音唤道：“绮绮。”

“绮绮也是你能叫的？”风筱绮漠然地抬眸一瞥，“‘自重’二字，你应该知道怎么写吧？”

“就算你怪我，至少先把今晚的正事谈完，公是公私是私，你可以把我当成普通的合作对象，免得因此影响蒹葭公司的利益。”

“恕我直言，我们的合作远没有重要到能影响公司利益的地步，也请不要把自己随便就摆在救世主的位置上——逢景大神确实在画坛占有一席之地，但这不是我非选择你不可的理由。”

景潇眼神微黯，却仍固执地没有让路，他垂眸，好声好气地劝她：“不是你非选我不可，而是我期待能被你选择，我并没有视自己为救世主，我只是真心想要给你的新书绘制插图而已，这是我的愿望。”

风筱绮冷着脸沉默不语。

“绮绮，哪怕你不想合作，能不能陪我吃完这顿饭再走？算我求你。”

算我求你。

为了正式见面的这一刻，他已经在心底演练了无数次，他甚至还刻意端起一副成熟严谨的姿态，掩饰阔别重逢的不安，好使自己不致太过丢脸。可只有真正站在她面前时他才明白，原来自己所谓的骄傲不值一提，她永远拥有令他瞬间妥协的力量，这让他意识到自己有多么幼稚可笑。

她是他唯一的软肋，即使他在画坛再受追捧，被无数粉丝仰慕推崇，其实内心深处也依然只是当初那个渴望她对自己笑一笑的少年罢了。

风筱绮看了他一眼，又迅速转开了视线，她告诉自己，这并非心软，不过是为长远利益考虑，逢场作戏，暂时将个人情感置于一旁而已。

然后她就说服了自己，当即目不斜视重返座位，淡定地翻开了菜单："既然如此，点餐吧。"

景潇坐在她对面，试探着提议："就要章鱼牛肉锅吧，尝尝还是不是当年的味道。"

她似笑非笑："人心尚且会变，更何况区区火锅，一定早就不是当年的味道了。"

"绮绮，你又何必……"

"服务员小姐，"风筱绮打断了他的话，自顾自开始点餐，"一份章鱼牛肉火锅，加辛拉面和芝士年糕，一份酱油炸鸡，一份洋葱圈，两杯气泡山楂汁，谢谢。"

之后她取出手机处理工作事务，不再理睬他，两人间的气氛就像是被家里逼着相亲一样尴尬。

景潇自始至终都出神地凝视着她，眼神专注而感伤，仿佛怎么也端详不够似的。

五年不见，她的眉眼早已不复当初的天真稚气，取而代之的是专属职场女性的沉静与优雅。她微卷的长发染了奶茶棕色，妆容精致却并不厚重，气质干练又不失妩媚，美得令人不舍得移开视线。

在他远行的时光里，她究竟都经历了什么呢？那一年信誓旦旦的承诺未曾兑现，又是谁填补了他的空缺，一直陪在她身边呢？

听得风筱绮淡声道："逢景大神，我有这么好看吗？菜上齐了，再不吃就要凉了。"

"你……就非要称呼我为大神吗？"

她从善如流，立刻改口："景先生，这是你的山楂汁，请拿好。"

极其官方的客套语气，不着痕迹地拉远了彼此的距离，章鱼火锅的热气袅袅升腾，景潇举着筷子静默良久，只觉心底滞闷，毫无胃口。

然而就在风筱绮伸手去夹炸鸡的时候，他目光微转，突然看见了她腕间那串被衣袖遮掩的碧玺手链。

“那是……”

风筱绮顺着他的眼神低头，神色一滞，随后便收回了手：“没什么，普通的首饰而已。”

景潇仍注视着她的袖口，语气若有所思：“是我送给你的，普通的首饰。”

她唇角微抿，自嘲地笑了笑：“是啊，你不说我倒忘了，这东西存在我这儿挺久了，今天也该物归原主了。”

说完，她摘下手链递给他，见他不肯接，便果断塞进了他手里。

碧玺宝石上还残留着她的温度，景潇一时有些发怔：“这是你十七岁时的生日礼物，为什么还有送回来的道理？”

“那时这份礼物对我而言，意味着心上人的馈赠，我当然要好好收藏，可是如今……”她正视着他的眼睛，极缓慢地摇头，“你我之间，不该再牵扯不清了。”

心脏处灼烧得生疼，景潇平复了很久情绪，才勉强使自己的声音听上去不那么发颤：“你的意思是，现在你已经……有另外的心上人了？”

“算是吧。”

“是叶墨吗？”

风筱绮强迫自己狠下心来，表面上却微笑着，回答得云淡风轻：“嗯，他待我很好，两家父母也表示了希望我们尽快订婚的意愿，等事业稳定下来，我可能会正式考虑这件事情。”

“绮绮，你在骗我。”

“我没有骗你。”

景潇猛然越过桌面攥住了她的手，带着不容她挣脱的坚决力道，他一动不动注视着她，像是要望进她心里去：“你讲真心话的时候，不会是这样的神情。”

“你又有多了解我了？”风筱绮压抑已久的怒火终于被点燃，她霍然起身，咬牙甩开了他的手，“你可知道，当年在景家别墅大门外，听到你去了美国的消息之后，我是什么样的神情？我为什么要承受你的不辞而别，又要坦然接受你的忽然出现？景潇，我在你眼里，从来就是这么没骨气的一个人吗？”

景潇无言以对，他默然坐在座位上，目光追随着拂袖而去的她，直到她的身影完全消失在视线里。

他深深叹息一声，眼底似有泪意。

她也永远不会知道，在那一日去往美国的飞机上，他是如何望着窗外茫茫的云层，独自哭得撕心裂肺。

他深爱的女孩已决定不再原谅，而他若要弥补那些亏欠她的时光，或许还有很漫长的前路要走。

05

夜深人静，面前的红豆奶茶已慢慢变凉，风筱绮移动鼠标，点开了景潇的微博页面，逐条翻看。

她不晓得自己为何要做这种无聊的事情，但有些时候突然萌生的冲动感是不受理性思维控制的。

其实景潇发微博的频率并不高，大多都是在宣传新作品，偶尔发几张背影照，评论区总会充满粉丝们的溢美之词。

就这样，不知不觉她翻到了他四年前的内容，那是他发的第一条微博，摘抄了朱生豪的情诗。

@正版逢景：我只愿意凭着这一点灵感的相通，时时带给彼此以慰藉，像流星的光辉，照耀我疲惫的梦寐，永远存一个安慰，纵然在别离的时候。

醒来觉得，甚是爱你。

她凝视着那几行字，只觉自胸腔中蔓延开来的酸涩情绪难以遏制，像是要流泪了。

从未忘记，也割舍不掉，却已经没有勇气再迈出那一步。

正在此时，床上的手机响了，来电显示着简乐乐的名字。

“喂，乐乐，这么晚了有什么事？”

简乐乐笑道：“没什么大事，就是通知主编一声，今天逢景大神来咱们公司，已经把合同签啦！”

“什么？”风筱绮大惊，“他把合同签了？谁给他签的？”

“你今天不是请假休息了嘛，他来公司没见着你，就说之前已经跟你谈妥了，可以直接签约，”简乐乐道，“反正走合同流程的事也一直是唐雯在负责，她为避免夜长梦多，就赶紧给逢景大神签下来了。”

“为什么不打电话问我一句……”

“打了啊，上午九点打的，但你手机停机了，我估计是你月初没交费。”

的确，她上午十点起的床，发现手机停机后才迟迟交的话费，就这么错过了简乐乐的电话。

风筱绮叹息：“所以是以什么条件签的他？”

简乐乐闻言很诧异：“主编你糊涂了？条件不是你当面跟他谈的吗？不过我们几个都挺奇怪的，逢景大神竟然一分钱不要义务给你画新书插图，你的魅力果真是我们无法想象的！”

“合同里签的价格是免费？”

“是啊！逢景大神还说，在此期间会停掉手中所有工作，积极配合我们的宣传活动，而他唯一的要求，就是你要随时跟他沟通画稿内容，并耐心提出意见。”

“哦……”

简乐乐很八卦地追问：“主编，你到底给他下了什么迷魂药？零报酬百万违约金，这根本就是霸王条款，他居然痛痛快快就答应了？我们都觉得他一定是疯了，要不就是对你过分迷恋！”

“也许他真的疯了呢。”

“啊？”

风筱绮沉声道：“乐乐，我要睡觉了，你也早点休息，有什么事明天上班再聊。”

“那好，主编晚安。”

“晚安。”

挂掉电话后，风筱绮将手机扔到一旁，向后重重倒在了床上。

她闭上眼睛，脑海中一遍又一遍回放昨晚与景潇见面的场景，只觉心绪烦乱，无从消解。

认定的事就不会轻易放弃，这确实是他的风格。

或许有些人，想摆脱是摆脱不掉的。

06

景潇的加盟，成为风筱绮作品《银城》的又一劲爆卖点，不久后蒹葭官博就发布了相关消息，称公司已与著名插画师逢景确定合作关系，逢景将为绮色主编的新书倾情绘制内页插图多达三十张，该书预计在今年九月份上市。

官博一发声，景潇那边立刻就转发了。

@正版逢景：停靠在一座银色的城，只为等待与你相逢。

景潇既然转发了，那么身为《银城》的作者，为达到良好的宣传效果，风筱绮也不得不回应。

@作家绮色：你的出现，拨乱了这命运的时钟。

其实这两句都是书中的台词，可两人这么一互动，在吃瓜群众们看来，就显得非常暧昧了。

最先炸锅的自然是景潇的粉丝，尤其是他那批数量庞大的女友粉，想象一下，特立独行从来不肯给任何小说画插图的逢景大神，如今居然破天荒答应了当红美女作家的合作邀请，这说明什么？她们感受到了莫大的危机，于是纷纷开始在风筱绮的微博下酸溜溜地留言，有几条甚至已经被赞上了热门。

@莫三千：绮色？不就是上次和白叶公子闹得不可开交的那位吗？现在又要拉上我们景神炒作了？

@何莹莹我最甜：卖美女作家人设卖太久，还真觉得自己是交际花了？

@讨饭的鹿：景神大概是眼瞎了，这不是自降身价吗？她的小说配得上景神的画？快别逗我笑了。

@皮酒厂长安与檬：也不知用了什么手段，欺负我们景神单纯好骗，下一步是不是还要炒 CP 啊？要点脸行不行！

值得一提的是，风筱绮粉丝群的战斗力本就出了名的强悍，她们一般不主动挑衅，但也绝不是好惹的——上回扒白叶公子的黑历史，拿出无数实锤，骂得白叶公子的粉丝们再也不敢开口的战绩，就是最好的例子。

在她们眼里，风筱绮是才貌双全的小仙女，怎能允许外人如此抹黑？不骂回去还谈什么爱她？

@薄风两盏：睁大狗眼看看，是你们家景神先倒贴的，谁也没求着他合作！我们阿绮才不需要靠男人炒作！

@白马黯锦衣：逢景的粉丝未免太自我感觉良好了吧？真把自己当正室夫人了？放心，甭管逢景和阿绮是什么关系，他的 CP 也不可能是你们，都别做梦了。

@君临九碗：老老实实喜欢你家主子就好了，跑阿绮微博底下酸什么酸？人家就是长得漂亮还会写书，就是能让逢景老老实实同意合作，生气吗？生气就忍着吧哈哈哈。

@于东临：正主都转发微博了，一群猪精还跑来丢人现眼。

@刘丽酒：所以逢景不打算说点什么吗？害我家阿绮白白挨骂，算个男人吗？

两家的粉丝由此正式结了仇，从风筱绮的微博一路骂到景潇的微博，又从景潇的微博再骂回风筱绮的微博，在互相扒黑历史以失败告终之后，双方便开始改变战术，这边说风筱绮写的书千篇一律，毫无技术含量，那边说景潇的画技配不上星云奖，说不定是靠姿色上位……你来我往，乐此不疲。

而此时的风筱绮，正在公司楼下跟沈乔喝咖啡。

沈乔随手刷着微博，一边刷一边笑："绮绮，你的粉丝和景潇的粉丝，好像都对骂一个星期了吧？她们居然还不嫌累。"

风筱绮抬眸："你怎么知道逢景是景潇？"

"景潇回国那天，是林岳去接的机，我能不知道吗？"沈乔一本正经抚着下巴，"而且我猜，林岳这家伙，一直给景潇通风报信来着。"

"嗯，原来如此。"

"不过话又说回来啊绮绮，景潇明显还喜欢着你，你真不打算跟他破镜重圆了？"

风筱绮面无表情，把红丝绒蛋糕的盘子推向她："吃还堵不上你的嘴？"

沈乔轻哼："我这可是为你好，不想让你后悔。"

"我从不做让自己后悔的事。"

"真的？可我怎么觉得……咦？景潇发新微博了！"

风筱绮无奈道："你该不是把他设为特殊关注了吧？"

"哈哈哈，被你发现了，你俩都是我的特殊关注，我最近看你们两家粉丝吵架，看得可开心了，"沈乔笑盈盈地点开景潇的微博页面，很有兴致地把微博内容念给她听，"他说，'第三张插图已经完成，你们期待吗'，哦，确实画得很好啊！"

风筱绮接过沈乔的手机看了一眼，的确，那张插图唯美得很，但重点不在这里。由于景潇是拿手机直接拍了电脑上的图，所以不可避免地也拍到了自己没有收拾的桌面，在乱糟糟的水杯和零食包装袋之间，她看见了药盒的一角。

那盒药很眼熟，是强效退烧药，她认识的。

她不禁蹙眉："乔乔，知道景潇现在住哪里吗？"

"我不知道，但林岳肯定知道，我给你问问。"

"嗯，谢了。"

沈乔漫不经心一摆手："咱俩还用提谢字？待会儿真见着景潇了，记得态度好点，毕竟他在风口浪尖发这个微博，明摆着是宁可得罪粉丝也要维护你，你多少应该念着他的人情。"

风筱绮沉默半晌，叹息着点了点头："行，我尽量。"

07

下班之后，风筱绮根据林岳提供的地址，开车前往景潇的住处。

她没有提前打招呼，到那里直接按了门铃，连续按了四五遍，这才听到里面传来拖沓的脚步声，紧接着房门打开，景潇穿着睡衣出现在她面前。

"绮绮？你怎么……"

他的呼吸略显急促，面色潮红，显然还在发着烧，风筱绮抬手一摸他额头，脸色登时就变了："这么烫，我送你去医院。"

"不了，"他反手攥住她的手腕，无精打采地摇头，"不去医院，还有正事没忙完。"

"什么事？"

"你的新书插图。"

风筱绮恍然，难怪才短短一个星期的时间，他就画好了三张插图，估计是彻夜赶工，一直没有好好休息。

“谁也没逼着你加班加点，你至于把自己累病了吗？你疯了？”

景潇靠在门边笑了笑，声音有些沙哑：“你特意找来，就是为了骂我两句？”

风筱绮看着他病恹恹的样子，一时也不忍再责备什么，只得板着脸叹了口气：“你现在是我的合作伙伴，关心你的身体健康是我分内之事，你发着高烧必须去医院，听话。”

“不去。”

“为什么不去？都告诉你画稿不着急了。”

景潇苦笑一声：“医院是生离死别的地方，除非万不得已，我不想再去那里。”

风筱绮脚步微顿，她敏锐听出了几分弦外之意，迟疑着反问：“生离……死别？”

“嗯。”

与这四字有关的，她只能想起景潇的母亲，顿时不安起来：“阿姨她……”

“她两年前在美国去世了，这一次，再好的医生也没能救回她。”

风筱绮回忆起五年前，景家管家对自己说，因为夫人病情突然恶化，亟须前往美国进行康复治疗，却不承想，最终也没能改变这样难过的结局。

不知景潇的母亲在另一个世界，是否得到了真正意义上的解脱。

“我……我很抱歉，提起了你的伤心事。”

景潇黯然垂眸：“所以绮绮，我待会儿吃点退烧药就好了，不需要去医院。”

风筱绮下意识反驳：“退烧药吃多了会有副作用，变傻了怎么办？”

“没事，本来也不聪明。”

“少废话，去床上躺着。”

景潇注视着她关上大门，自行找了双新拖鞋换好走去厨房，颇感意外：“那你呢？”

风筱绮头也没回：“总吃那些乱七八糟的薯片和饼干，病是好不了的，我给你熬碗粥吧，今晚不许工作了。”

“其实你不必……”

“你放心，我不会待太久的，看你喝完粥就走，”她的声音从厨房传来，听上去很平静，“毕竟你一分钱没要就签了合同，又在微博上给足了我面子，这个人情，我是无论如何都要还的。”

他低声问：“只是为了还人情吗？”

“嗯，不然呢？”

景潇没有再多说什么，他站在原地怔然良久，这才艰难转身，步伐沉重地朝卧室走去。

头疼欲裂，疲惫感如潮水般一瞬席卷了他。

08

等风筱绮端着粥走进卧室时，发现景潇已经躺在床上睡着了，她看着他安静的睡颜，踌躇半晌，终是没有忍心叫醒他。

她环视四周，目光最终落在了那排看起来价格不菲的红木书架上，书架顶端两层，居然摆满了所有她出版过的书籍，从普通版本到二次改版再到精装版，一应俱全，就连她当初只限量五百本的签名版和特制周边，他都买来收藏了。

不知道的，还以为是她的哪位狂热粉丝。

风筱绮无奈一笑，视线下移看向第三层，第三层和第四层都是景潇的个人作品存放处，她依次浏览一遍，强烈的好奇心令她拿起了最后那本名为“如枫”

的画册。

先前两人还未见面时，她在网上搜索过逢景的相关信息，知道“如枫”是他在二十岁那年荣获星云奖之后出版的一本主题画册，不过直到此刻，她才晓得画册的具体内容。

封面的底部有一行金色小字，写着“致我生命中最重要的女孩”，而里面每一张画作的主人公都是戴着森系发带、穿小皮鞋的少女，是十七八岁时的她自己。其中约四分之一的画作看着都似曾相识，是他当初送给她的那些肖像画，手稿现在还在她家里保留着。

如枫，绮色如枫。

多年前两人之间的谈话，犹在耳畔。

——你在绘画方面这么有天赋，如果有朝一日真的出名了，这本画册会变成昂贵的绝版。

——借你吉言，如果我将来真的出名了，一定要专门为你出一本画册。

——好啊，我等着那一天。

而如今，他已兑现了承诺。

“绮绮。”

风筱绮手一抖，画册险些掉落在地。她转过身去，见景潇不知何时已经醒了，正目不转睛地盯着她看。她赶紧将画册放回书架，重新端起粥碗：“喝粥，喝完粥继续睡，休息是你目前的首要任务。”

“那你呢？”

“你喝完粥，我就回去了。”

“那我不喝了。”

她顿觉好气又好笑：“都二十多岁的人了，怎么还耍小孩子脾气？”

景潇仍认真注视着她，一双桃花眼含着睡意，雾蒙蒙的：“你这一走，不知什么时候才会再来，我没什么可求的，只想和你多待一会儿。”

“既然我迟早都要走，那么多留这几分钟，也没有什么意义。”

“不，对我来说很有意义。”

她将粥碗递给他，扯了张椅子在他对面坐下，只是沉默着，没再开口。

大米粥里放了红枣和山药，原本是甜的，可景潇尝来却别有一番苦涩滋味，他低声轻笑：“绮绮，真的没有什么话要对我讲了吗？”

“你想听什么？”

“我不在的这些年，你过得好不好？”

“很好，有朋友有事业，不缺钱不缺爱，再好不过了。”

景潇禁不住倾身靠近，想去拉她的手，却被她下意识避开了。

风筱绮沉声道：“这样不太好。”

“绮绮，你……”他眼底的失落之色，在那一瞬间几乎难以掩饰，“你就这么恨我吗？”

“或许我当初恨过你，但现在早就不恨了，”她淡然否认，“往事毕竟是往事，终归会释怀的。”

“然而在你心里，我始终是个不辞而别的浑蛋。”

风筱绮幽幽叹息一声：“我能理解，那时你需要尽快送母亲去美国接受治疗，走得匆忙也正常，我只是不明白，为什么你连句解释也吝啬于给我？”

“我……”

“你屏蔽了我的来电，拉黑了我的好友，彻彻底底从我的世界里消失了，如果你是想在异国重新开始生活，要跟从前的所有人和事都断绝关系，好，我接受这样的结局——可是景潇，你为什么还要回来？”

你为什么还要回来，再度勾起我将近尘封的回忆，明知我会难过彷徨，也依然固执地要与我牵扯不清？

她的语气很平静，眼底却似有泪，景潇只觉心脏处疼得厉害，他茫然无措，唯有小心翼翼唤她的名字：“绮绮，是我的错，因为我当年……别无选择。”

“不，你那时明明已经做出了选择，所以如今，就不要再为自己的所作所为而后悔。”

景潇怔然无语。

这时口袋里的手机突然响起铃声，来电显示叶墨，风筱绮朝景潇投去一瞥，她平复了情绪，这才按下接听键：“喂，叶墨？嗯，嗯……去哪里吃夜宵？好，那你来星纬路金帝公寓接我吧，待会儿见。”

她起身，迎着景潇的目光微微一笑：“你也听到了，我男朋友十分钟后会来接我，我先失陪了。”

她下了狠心，将“男朋友”三个字说得斩钉截铁，只为让景潇听清楚。

过去的故事终将成为历史，自尊与骄傲，不允许她深陷曾经的记忆里，她无法面对他的感情，只想尽快逃离。

“景潇，你要相信，总有一天，我们都能放下的。”

然后她毅然转身离去，脚步如风，没有再回头。

09

叶墨的车就停在金帝公寓的大门外，他摇下车窗，远远望见风筱绮踩着高跟鞋朝这边走来。

“小绮，这里。”

风筱绮拉开车门坐进副驾驶，而后靠上椅背，长长呼出一口气：“好端端的，怎么忽然想起找我吃夜宵了？”

“我记得之前你提起过想吃豌杂面，恰好平南路那边新开了一家面店，网上口碑不错，就惦记着要带你去尝一尝。”

“有劳叶律师费心了。”

“那是应该的，绮色主编。”

两人不禁相视一笑。

车开到半路遇上红灯，在这停顿的几十秒钟里，叶墨若有所思地看向风筱绮，他斟酌着言辞开口：“小绮，你是不是有心事？”

风筱绮原本正出神地看着窗外，闻言猛一转头：“心事？我能有什么心事？”

“你能瞒得过别人，可瞒不了我，你从一上车就不开心，眉梢眼角都写满了郁郁寡欢，我又不是瞎子。”

“嗯……可能是最近工作太累了吧，没关系的。”

叶墨轻声问道：“是在介意网上粉丝吵架的事情吗？”

风筱绮颇感意外：“你怎么也知道粉丝吵架的事情了？”

“我天天都关注你的微博，清楚你的一切状态，所以很担心那些言论会影响到你。”

“我还不至于被那些奇奇怪怪的言论影响。”

“说到这里，你好像还没告诉我，金帝公寓里住的是谁，你今天怎么会到这里来？”

风筱绮叹了口气：“是最近跟我合作的画师逢景，我们俩……谈谈工作上的事。”

叶墨点点头，似有所悟：“画师逢景……该不会就是景潇吧？”

风筱绮万没料到他会有此一问，瞬间愣住：“这都能被你猜中？”

“并不难猜，从你眼神里，很容易就看出来了，”叶墨微微笑着，“毕竟你只有在提起景潇时，才会露出那样的眼神。”

“是吗……”

叶墨单手操纵方向盘，腾出另一只手来摸了摸风筱绮的头：“他终于回来了，也不枉你等了那么久。”

“你别胡说八道，我什么时候等他了？”

“哦？那你这些年拒绝了所有追求者，甚至拉我出来当挡箭牌，是为了什么？”

风筱绮一本正经地回答：“只是为了认真学习，实现理想。”

“那你现在已经实现理想了，是不是应该考虑一下个人问题了？”

“我以前可不知道，你原来这么八卦？”

“我只对你的八卦感兴趣。”

风筱绮心有不甘地反问：“退一万步讲，你怎么就能确定，我还喜欢景潇呢？”

叶墨的语气很稳，隐约含着笑意：“莫非你不喜欢他了？你要是真不喜欢他，正好和我谈场恋爱，咱俩家长都见了多少回了，按理说早该考虑结婚了。”

风筱绮神色微滞，一向才思敏捷的人，此刻竟不知该如何作答了。

目的地已到，叶墨把车停在路边，他转过头来看风筱绮，温柔眼底似有怅然情绪一闪而过，但很快就恢复如常。

“你看，你犹豫了，要知道你对非常有把握的事情，一向是不会犹豫的。”

“你别取笑我了，这和有没有把握毫无关系，我……嗯？”

风筱绮话未说完，忽觉眼前一黑，见叶墨竟毫无征兆地靠近，两人近在咫尺，气氛瞬间变得微妙起来。

叶墨单手撑在副驾驶椅背上，手指拂过她额前一绺乱发，低头深深凝视着她：“小绮，我承认，其实当初在得知你喜欢的是景潇时，我心里怨极了他。我认为自己处处比他好，认识你的时间又比他久得多，他何德何能，凭什么能得到你的心？”

“你……还会有这种阴暗面呢？”

“人无完人，我也一样。”

风筱绮怔然。

叶墨的眼睛像是幽深的海，深藏着复杂而难言的感情，他缓缓摇头，语调低沉：“可是小绮，后来我逐渐明白，有些事不能强求，有些人也无法代替，所有相遇都有着注定的意义，能成为你最好的朋友，我已经很知足了。”

他清楚，景潇对风筱绮的爱，丝毫不比自己少，而自己陪在风筱绮身边的这几年，仿佛是向景潇借来的一般，迟早是要还的。

相爱是件太困难的事，能走到一起是上天的恩赐，他不希望风筱绮将来后悔。

风筱绮沉默许久，终是叹息着揽住他的肩膀：“叶墨，这些年，我欠你的人情实在太多了。”

“你我之间何来亏欠一说？十多年的交情，你在我心里，已经是亲人般的存在了，”他弯起眉眼温和笑道，“我目前最大的愿望，就是让你如愿以偿，不要留有遗憾。”

风筱绮垂眸答道：“我没什么可遗憾的。”

“你这么聪明的一个人，也会犯糊涂吗？”

“好了，不要再提了，你不是说带我去吃豌杂面吗？走吧。”

她转身就要下车，结果刚一开门就被叶墨攥住手腕扯回了座位，他突然紧紧抱住了她。

他合上眼睛，在她耳边轻声道：“小绮，你信不信我？”

风筱绮僵着身体，并没有推开他，她迟疑着回应：“当然信，你想说什么？”

“要记得，学会直视内心，永远都别自我欺骗——你该回头看看十八岁时勇敢的自己，如果换作那时的你，一定能做出最正确的选择。”

十八岁时的自己，早已遥远得如同前尘旧梦，她又何尝不怀念那个无所畏惧的姑娘，只因还存着满心温情和一腔孤勇，不知何为离别，何为难以追溯的时光。

风筱绮的眼眶有些发热，她将额头抵在他肩上，强忍住了即将夺眶而出的泪水。

“叶墨，我过不了自己这一关。”

“不要怕，”他柔声安慰，“有我在，我会帮你。”

纵然未来的岁月里，我没资格长久陪你，至少也要送你到达时光的彼岸，令你与最爱的人在一起。

我最在乎的姑娘，我要一直守护你，直至亲眼见你，拥有最好的结局。

CHAPTER

12

在时光深处等你

多么幸运，青梅与竹马尚未老去，且彼此都已成为更好的自己。

01

自风筱绮和景潇公布了合作关系之后，虽然双方的粉丝群体一直在不间断地互相攻击，但不能否认的是，风筱绮的新书热度的确持续上涨，而在此过程中，也有不少吃瓜群众被两人的颜值和才华圈粉，甚至还有相当一部分年轻网友萌起了两人的 CP，创建贴吧、建立后援会，一时间同人文和同人画作层出不穷。

“主编，你应该关注过吧？你和逢景大神的 CP 名叫‘风景’，目前在微博 CP 榜单上排第十四，是前三十名里唯一一对非娱乐圈 CP，人气居高不下。”

风筱绮原本只是出来沏杯咖啡，闻言轻飘飘地瞄了简乐乐一眼：“你还工作不工作了？成天就知道研究这些无聊的事情。”

“这怎么能算无聊的事情呢？主编你不觉得特别有意思吗？”

“我也觉得挺有意思的，这些网友都可有才了，开的脑洞简直能出部电视剧，”李茹笑眯眯地帮腔，“而且这么多年，我还是第一次见到关于作家和画师的同人文和同人图，绝对开创先河了。”

唐雯也帮腔：“主编你什么时候有空，自己开个小号写同人文吧，肯定特别火爆！”

“除非我疯了，”风筱绮面无表情，转身走向办公室，“对了，李茹，你管理官博的时候严肃点，不要随便点赞那些乱七八糟的同人图，我可不想再被景……逢景的粉丝私信骂了。”

李茹偷笑：“可是主编，我估计这样的状况还得维持挺长一段时间，毕竟你的新书迟早要上市，到时候免不了和逢景大神一起宣传，至于宣传过程中会发生什么事……谁也没法预料。”

唐雯和简乐乐也猛点头：“没法预料没法预料。”

“麻烦你们控制一下表情，别露出这么期待的眼神可以吗？”

同事们都是自己的CP粉，真的很令人心累了。

正当办公室成员们彼此间窃窃私语讨论着关于自家主编的八卦时，忽听玻璃门外铃声响起，简乐乐跑去开门，片刻又惊又喜地叫出声来：“逢景大神？”

“不用叫大神，叫我逢景就行，”景潇笑着把手里的提袋交给她，“把冰淇淋给大家分了吧，麻烦你。”

“同志们！逢景大神发福利啦！”

所有人霎时都围拢过来，有的女同事拿了冰淇淋也不走，仍站在原地，花痴地盯着景潇看：“景神，待会儿能签个名吗？”

“可以。”

“你今天是特意来这儿找我们主编的吗？”

景潇笑容未褪，回答得却很一本正经：“我是来交画稿的。”说完从口袋里取出U盘递过去。

李茹在旁小声嘟囔：“只是交画稿吗？交画稿完全可以在线传送，为什么非得来公司一趟？”

唐雯赶紧捂住了她的嘴，转而机智地对景潇道：“景神，不如你直接上楼去找主编吧？让她亲自看一眼画稿，然后你们俩可以讨论一下需要修改的地方。”

景潇从容颔首：“好。”

直到确信他的身影已完全消失在楼梯尽头，办公室众人这才载歌载舞起来，诚然，还有什么事能比正主发糖更令人愉快呢？

两分钟后，主编办公室。

风筱绮正聚精会神看着编辑递交的选题表，听到有人敲门，很自然地开口：“请进。”

门开了，脚步声接近，风筱绮疑惑抬眸，见景潇已经站在了自己面前。他将

U 盘放在她手边，略一挑眉，眼底带着明朗的笑意。

“我是来交画稿的，辛苦主编查收。”

“交画稿在线传给乐乐就好，何必亲自来公司。”

“我带了电脑，如果你对画稿有任何意见，我当场修改。”

风筱绮无奈看他一眼：“我可不敢对你的作品提意见，事实上，你愿意给我画插图，已经值得我烧高香了。”

景潇道：“这么客气不是你的风格，须知给你的作品画插图，是我的梦想之一，我盼这一天好久了。”

“咱俩这算商业互吹吗？省省吧，”风筱绮揉着眉心，没来由地叹了口气，“画稿我收到了，你可以先回去，有问题我随时跟你联系。”

“哦？这就要赶我走了？”

“不然呢？难道还要留你喝杯咖啡？我也有我自己的工作要处理，请理解。”

景潇随手拉了张椅子在她对面坐下，他迎着她谨慎的目光，笑吟吟道：“可我最近没什么工作要处理，正好在这儿陪你办公——当然，你不乐意的话，也可以让你的员工们把我轰出去。”

风筱绮深知，那群员工才不可能轰他出去，反而会掉过头来劝自己，到时事态免不了更加麻烦。

这样的场景，倒让她想起了高中那一年，自己在办公室帮老师批改试卷，而他硬要凑过来和她搭讪的场景。没想到多年过去，那个无赖的他，如今仿佛又卷土重来了。

“景神，”她试图耐心地跟他讲道理，“你在这儿会干扰我的工作，而且传出去影响也不好。”

景潇坦然反问：“你我是正常的合作关系，行得端坐得正，有什么影响不好的？”

风筱绮看着他，一时无言。

“除非你藏着另外的心思，所以才会在面对我的时候，觉得不安。”

他总是如此，能看穿她故作镇定的伪装，也能击中她心里最脆弱的地方。

他与她之间，从来都留不住谎言。

风筱绮手指攥紧咖啡杯，她一动不动地盯着电脑屏幕，冷漠回应：“随你怎么想吧。”

景潇也不生气，只托腮端详着她，半晌又道：“绮绮，你……”

“景神，请注意称呼。”

“好吧，绮色主编，其实你前天在微博评论区回复粉丝的话，我看到了。”

风筱绮略一蹙眉：“回复的什么？我忘记了。”

景潇笑了笑：“我可不信你忘记了。”

彼时有白叶公子的粉丝，为挑拨离间，故意冒充风筱绮的粉丝在微博底下评论，说逢景答应与她合作，还炒 CP，很明显是别有居心，想利用她在国内的人气为自己提升一波热度，还造谣说逢景之所以能获得今天的成绩，背后肯定有金主支持，而金主很可能就是某位年过不惑的房地产女老总。

平日里无论粉丝怎么闹腾，哪怕有人恶意中伤自己，风筱绮也惯常采取听之任之的态度不予理睬，可这一次，她竟破天荒回复了对方。

@作家绮色：我的粉丝从不会凭空捏造事实，这位网友，在诋毁我的合作伙伴之前，请先把你微博里白叶公子的自拍照删干净。

后来那位粉丝貌似是心虚了，删了评论，所以风筱绮把回复也删了，却不想还是被景潇看到了。

“合作伙伴被泼脏水，我脸上也无光，自然要帮忙澄清一下。”

景潇笑意更深，他忽而将双手撑在桌面上倾身向前，无限度地靠近她，刻意压低嗓音，语气极温柔："绮绮，承认一句在乎我，对你而言这么困难吗？"

风筱绮身体后仰，尽量和他保持距离，她侧头避开了他的注视："真听不懂你在说什么，我仅仅是公事公办而已，你未免有些自作多情。"

"是我自作多情吗？那你……脸红什么？"

"空调制冷不好，热的。"

"嗯？需要我帮你降降温吗？这也是合作伙伴的分内之事。"

正当风筱绮忍无可忍，准备通过暴力将他驱逐出去时，抬头忽见办公室门被推开，简乐乐一瞬间出现在视野范围内。

"主编，有位帅哥来接你，说你俩约好了中午一起吃饭……呃？"简乐乐被两人莫名暧昧的姿势惊到了，足足愣了好几秒钟，这才勉强找回自己的声音，"不好意思主编！我看门没关就直接推开了！是我的错，我什么也没看见！"

风筱绮瞪了景潇一眼，起身离开了座位："本来就什么都没有，你刚才说谁来找我了？"

简乐乐故作严肃，但那双不停眨啊眨的大眼睛，显然已经出卖了她的真实想法："是一位姓叶的帅哥，他说你迟迟没接电话，自己有点不放心，所以就上楼了。"

"知道了，"风筱绮拿起手机，发现果然不小心设成了静音，上面显示着好几个叶墨的未接来电，"走吧。"

"那……逢景大神怎么办？"

风筱绮转头，阴森森朝景潇投去一瞥："他愿意在公司待着的话就给他沏杯咖啡，再顺便点份外卖吧。"

"不用麻烦，主编去哪儿我去哪儿。"景潇负手跟在她身后一路下楼，恰好和叶墨打了个照面，四目相对，他轻笑一声："叶先生，好久不见了。"

叶墨一袭浅色休闲装，长身玉立站在楼下，看见景潇倒也没露出太意外的表情，只温文尔雅地点头回应：“的确是好久不见了，景先生。”

“你是来接绮色主编去吃午饭的？”

“没错。”

“真巧，我也要去吃午饭，一起吧。”

全办公室的人在那一刻集体发出惊呼：“哇——”然后就被风筱绮甩来的冷酷眼神无形镇压了。

风筱绮沉声道：“既然景神想要一起，那就一起吧。”言毕示意叶墨随自己离开，没再理会景潇。

景潇不紧不慢地跟在两人后面出了大门，看起来丝毫没有生气，反而带着几分悠闲的笑意。

待三人走后，暗中观察许久的李茹，这才由衷感慨：“怪不得这位姓叶的帅哥特别眼熟呢，刚我查了，人家是庆丰集团的首席律师！”

“我的天，咱们主编也太了不起了吧？这二男争一女的戏码要是被网友知道，他们的同人文估计又有素材了！”

“呃，最好还是别被网友知道，否则主编非得杀了咱们不可。”

唐雯煞有介事地抚着下巴：“我现在感兴趣的是，这顿三人行的午餐，究竟会有怎样精彩的剧情上演。”

简乐乐浮想联翩：“那必然是无形之中的刀光剑影，是一场没有硝烟的战争。”

但事实证明，她们的想象力太丰富了，所谓三人行的午餐剧情并未发生，因为风筱绮及时将其扼杀在了摇篮里。

公司楼下，她故意坐在了叶墨私家车的后排，随即在景潇意欲上车的瞬间，伸手把他推了出去，紧接着又迅速甩上了车门。

“叶墨，开车。”

叶墨略显迟疑：“这不太好吧……”

“让你开你就开。”

叶墨拗不过她，只好照做，白色宾利绝尘而去，留下了景潇独自在原地。

景潇沉默良久，下意识望向身后写字楼的第 14 层，果然，办公室那群员工正站在落地窗前往这边看，且互相交头接耳，不晓得在议论些什么。

景潇薄唇轻勾，阳光落在他墨色纯粹的眸底，泛起温柔涟漪。

无妨，未来的日子还长得很，就算现在风筱绮还不肯原谅自己，他迟早会一点一滴把往昔错过的时间，慢慢弥补给她。

他曾经失去过她一次，绝不会再失去第二次了。

02

最近沈乔单位总是加班，林岳也忙于跟客户应酬，算一算，两人得有十多天没见面了，只能靠微信聊天以解相思之苦。

好容易挨到了周末，原本说好要一起吃火锅看电影，结果早晨林岳突然打电话来，问她能不能把约会时间改在下午，理由是自己中午约了客户。

什么客户周末不休息，还非要跟他吃顿饭?

沈乔心中疑惑，委婉套了两句他的话，最后将目标锁定在了南安路新开的那家西餐厅，十二点她准时前往，打算瞧瞧林岳到底跟谁有约。

谁知当她转了一圈，终于在角落的座位处找到林岳时，却在林岳对面，看到了那位再熟悉不过的年轻男人。

“齐侃？”“乔乔？”

两人同时开口，又同时沉默，气氛一时变得尴尬而微妙。

最终还是林岳主动挑起了话题，毕竟他也很纳闷：“乔乔，咱俩不是下午才去看电影？怎么你现在就来了？”

沈乔理直气壮：“担心你偷着约会漂亮小姑娘，所以必须监督一下。”

“姑奶奶我哪儿敢啊！再说了，谁家小姑娘能比你还漂亮？”

“反正我来都来了，干脆就跟你俩一起吃吧——齐侃，你介不介意？”

齐侃不假思索地反问：“为什么介意？咱俩几年没见了，吃顿饭也是应该的，你随便点，我请客。”

“那可不行！”林岳当即制止，“你是我客户，当然是我请你了，至于连带着女朋友一起请，就更加顺理成章了！”

沈乔万分诧异：“合着齐侃还真是你客户啊？”

“我起初也觉得不可思议，可事实的确如此。”

“我正巧是公司这一项目的负责人，谁知道合作方派来的对接人员，居然是林岳呢？”齐侃语气淡定，“我开始还担心这家伙会被个人情绪影响，拒绝跟我谈合作，没想到他还挺专业。”

林岳白他一眼：“喂，别以为你是我客户，我就不敢把你怎么着啊！什么叫‘被个人情绪影响’？我一向很专业！”

“恕我直言，完全看不出来。”

“你这是嫉妒吧？你嫉妒乔乔喜欢的是我，怀恨在心，却只能占占口头便宜，实在可悲！”

沈乔顺手在林岳胳膊上掐了一把，只觉哭笑不得：“谈公事就好好谈，跟我有什么关系？都是二十多岁的成年人了，还跟小孩子一样。”

齐侃托腮注视着她，眼底似有笑意：“乔乔，你变得更漂亮了。”

林岳吼了一嗓子："不许看！"

"谢谢，你也更帅了啊，"沈乔说完，不耐烦地把林岳的脑袋往下一按，"还有你，你也帅！快给我消停会儿！"

齐侃道："你俩准备什么时候结婚？到时别忘了发请帖，我给你包个大红包。"

"放心，肯定会请你的，钱不重要，你人来就行，"沈乔忽然像是想起了什么，一本正经地问道，"对了，你妹妹最近怎么样？还在祸害人吗？"

虽然她问得有些直白，但齐侃并未在意，只认真回答："上一次见面还是春节时呢，我俩这些年关系淡了不少，没正事的话基本上不联系，很明显，她仍旧因为高中时的事情而记恨我。"

"啊……毕竟在她眼里，你是一个胳膊肘向外拐的不称职的哥哥吧？"

齐侃笑了笑："无所谓，我问心无愧就好了，她以后会明白的——而且听我爸说，她近年来脾气收敛了许多，在国外有用功读书，没再惹是生非。"

"那可真是谢天谢地了。"

尽管沈乔认为，就凭齐檬曾经的所作所为，她应该受到更严重的惩罚才对，然而看着齐侃的眼睛，她突然什么都不想再提了。

她很清楚，齐侃尽力了，这些本不是他的错，他没有因她当年的冷言冷语而怨恨自己，这已经值得庆幸了。

听得齐侃又道："风筱绮现在是不是在那个挺有名的图书出版公司当主编呢？我在微博上看见过她的照片和作品，她好像在这一行业混得风生水起。"

"是啊，凭绮绮的能力，她无论在哪一行业都会风生水起的。"

"那景潇呢？还和她在一起吗？"

林岳闷闷地回答："潇哥毕业那年出国了，今年才回来，目前正处于和风筱绮的感情修复阶段。"

齐侃神色颇为意外："为什么？我记得他俩感情明明很好的，景潇怎么可能抛下风筱绮独自出国？”

“大概是因为故意伤人的那件事，受刺激了吧，这里面也少不了你混账妹妹的功劳。”

“唉……隔了整整五年，风筱绮现在不会都有男朋友了吧？”

沈乔实事求是地讲：“绮绮的确说自己在考虑和叶墨结婚，不过依照我对她的了解，那也就是气话，她最喜欢的人，这些年也没变过。”

“我有种预感，潇哥和风筱绮迟早要破镜重圆的，”林岳嘟囔着，“九月十五号不是风筱绮新书《银城》的签售会吗？潇哥也会去配合宣传，到时候两人说不准就又发生什么浪漫故事了。”

“我同意。”

齐侃听得一头雾水：“风筱绮的签售会，景潇去凑什么热闹？”

“你还不知道吧？景潇就是那位最年轻的星云奖得主，超人气画师逢景。”

“什么？逢景？他是逢景？当初我还用他的插画当过手机壁纸呢！”齐侃的音量提高了八度，可见心情异常复杂，“我居然用了景潇的作品当壁纸！”

林岳轻哼：“至少说明你审美眼光很优秀。”

“难怪最近网上关于他俩的绯闻传得热热闹闹，话题度都快赶上明星了……那些明里暗里的互动，根本就属于真情流露吧？”

沈乔嫌弃地看了齐侃一眼：“你的表情未免也太八卦了吧？你对绮绮这么关注的吗？”

“她也算微博红人了，我关注一下很奇怪吗？我还给她和逢景的同人图点过赞呢……早知逢景是景潇，我就不点赞了，尴尬。”

沈乔和林岳异口同声：“我都替你尴尬！”

“OK，不要再提了。”

就这样，三人在西餐厅吃吃喝喝聊了将近两个小时，直到电影快开场了，沈乔和林岳这才向齐侃道别。

临行前，趁林岳去开车的工夫，齐侃转身用力抱了沈乔一下，他正视着她美丽的眼睛，唇角微勾，笑容和煦如春风。

“我走了哦，乔乔，期待你的婚礼。”

她也莞尔一笑：“多谢。”

他举步离去，颀长身影逐渐消失在一片张扬明媚的日光里，她立于原地远望，仿佛看穿了漫长的青春岁月，心情温暖而感伤。

多么幸运，青梅与竹马尚未老去，且彼此都已成为更好的自己。

03

九月十五日，《银城》签售会正在进行。

万达图书大厦七层，读者队伍早已排成了长龙，粗略算起来，至少也有上千人，就这还是在活动举办方刻意限流的情况下，很多读者没能进入场地内，否则还不知要拥挤混乱到什么程度。

这是“风景”CP首度合体，又是景潇第一次高调在粉丝面前露出真容，男俊女美，互动发糖，可以想见现场气氛有多热烈。

景潇喜欢等风筱绮签了名之后，再在她的名字下面认认真真签好自己的名字，最后还要画个小爱心，这一举动使得CP粉们兴奋不已，但却让双方“唯粉”不太高兴。

听得有女孩子娇滴滴的声音响起：“景神，你真帅，和我想象中一模一样！”

景潇客气地微笑：“谢谢你。”

“景神，能不能帮我写一句‘祝小四娘天天开心’？”

“好，等绮色签完，我就帮你写。”

那女孩子瞬间变了脸色，充满敌意地看了风筱绮一眼，语气不悦：“我不要她签，我是你的粉丝，只要你签！”

风筱绮略一蹙眉，这一细节自然没有逃过景潇的眼睛，于是他的笑容便也淡了不少。

“不好意思啊，这位小姐，”他不温不火地回答，“今天是绮色的新书签售会，我不能喧宾夺主，所以我只接受和她一起签名，不会单独签。”

此言一出，顿时就有他的粉丝出声抗议：“那不公平啊，我们原本都是冲着景神你来的，要不是为了你的插画，谁会买这个女人的书啊？”

然后风筱绮的粉丝们也怒了，反唇相讥：“快别搞笑了！我们可都是为了阿绮才来的，我们还觉得书里的插画特多余呢！”

“你们说谁多余呢？”

“哟，挺有自知之明啊？有本事别对号入座啊！”

眼看着双方剑拔弩张，分分钟就要互相掐起来，风筱绮放下手中钢笔，侧头朝景潇投去一瞥：“你家粉丝先挑衅，你去维持秩序。”

景潇语重心长地跟她讲道理：“我的粉丝普遍年龄较小，爱冲动，你的粉丝白领丽人居多，她们更容易冷静下来，你劝劝。”

“你看这架势，能劝得住吗？”

“其实还是有一部分人看上去心情挺好的。”

“对，因为那些是咱俩的CP粉，网上的同人文同人图看过吧？都是她们的杰作。”

景潇愉悦地点头：“当然看过，有些写得不错的，我就当作睡前读物了。”

风筱绮面无表情：“麻烦你不要笑得太开心，那边镜头在拍了。”

“好的，我尽量克制一下。”

正当两人商量着要不要叫保安来控场的时候，忽见有个年轻男人拨开混乱的队伍挤上前来，而后一时没站稳就扑倒在了桌边。

风筱绮本能地想要扶他一把，谁知却被他用力攥住了手：“阿绮，我非常喜欢你的书！你的每一本书我都有收藏，你的签名照我都做成了书签，能近距离接触到你……我实在是太幸福了！”

虽说风筱绮的宅男粉丝很多，但这么直白大胆不避讳的还真少见，她有点反感，不过并未表露出来，只微笑着想把手抽回：“谢谢你的支持，请把书递给我，你希望我给你写点什么呢？”

那男人仍未放手，只目光炯炯地盯着她看：“就写‘一生挚爱’！好不好？”

“恕我直言，这不太合适……”

“那就写‘给你我的爱情’。”

风筱绮沉下脸：“先生，被您喜欢我感到很荣幸，但请原谅我不能写这种有歧义的祝福语，请您放手，后面还有读者在排队。”

那男人依然和她僵持着，眼神里有种难以形容的固执感，或者说是，偏执感。

直到旁观的景潇终于按捺不住怒火，不由分说把他的手掰开了，还差点把他推一趔趄：“这是签售会，不是联谊会，请自重。”

那男人后退几步站稳，望向景潇的眼神极其阴沉，满含敌意。

后面那些乱哄哄的粉丝终于意识到了不对劲，她们暂停吵架，开始对他指指点点，催促他签完就快点离开，别耽误时间。

他抱着自己带来的那本《银城》，慢吞吞地举步欲走，岂料就在所有人都以为他即将离场的时候，他却突然转身，恶狠狠地推开某位上前找风筱绮签名的姑娘，动作敏捷地跃过桌面，将风筱绮连人带椅子一齐扑倒在地。

任凭聪明如风筱绮，也万万没想到他会瞬间发疯，她甚至连躲闪的机会都没有，就这么向后仰倒，后脑磕中地面，一阵眩晕。

她挣扎着想要起身，隐约只听见粉丝们的尖叫声、景潇的怒喝声，以及面前那个男疯子絮絮叨叨地在讲：“阿绮我好喜欢你，真的好喜欢你，你不要和那个什么逢景组 CP，你做我女朋友吧，好不好，好不好……”

他死死按住她的双手，低头作势要吻她，所幸并没有成功，因为景潇及时把他扯开了。

景潇揪着领子将其甩向一边，神情怒不可遏：“保安呢？这里有人蓄意闹事！赶紧带走！”

风筱绮只觉脑海中嗡嗡作响，她也不清楚，自己为什么会在那一刻下意识伸出手去，仿佛在寻找某种久违的安全感。

下一秒，她的手就被紧紧握住，随即整个人都跌入了无比熟悉而温暖的怀抱。

景潇完全忽略了身后还有多少粉丝在看，他搂着她，不停抚摸着她的头发，低声安慰：“绮绮，吓着了吧？没事儿，别害怕。”

她拽着他的衣袖，平复半晌情绪，这才叹息着抬起头来：“嗯，还好，可这么一来，你准备怎么跟粉丝们解释……景潇！”

谁也没料到，方才瘫坐在地上的男疯子，竟然再度爬起身来，且从怀里摸出了一柄锋利的折叠刀。

男疯子咬牙切齿冲上前去，将折叠刀狠狠扎进了景潇的后腰。

一切都发生得猝不及防，以致将全部注意力都集中在风筱绮身上的景潇就这样因一时疏忽而中了招。鲜血一瞬涌出，剧痛袭来，他疼得冷汗淋漓，意识却异常清醒，而心底那股被尘封太久的、专属少年时代的狠劲，就在刹那间被激发了。

眼见男疯子不依不饶还想再扎下第二刀，他单手护着风筱绮迅速转身，毫不犹豫地一脚将对方踹出了数米远，随后抄起旁边的木质椅子，抡圆了砸在对方头上，当场就把男疯子砸得昏厥了。

大厦保安很快赶到控制了现场，拖走疯子，疏散粉丝，并叫了救护车。

“景先生，你怎么样？”

景潇手一松扔掉椅子，他站在原地晃了两晃，终是向前栽倒在风筱绮怀里。

在风筱绮二十四年的生命里，从未有过如此慌乱绝望的时刻，她几乎忘记了自己身在何处，只知一遍又一遍地唤着他的名字。

“景潇，你振作点啊景潇……景潇你看着我好不好？”

听到她的声音，景潇勉强睁开眼睛，苍白的脸上隐约浮现出一抹笑意：“别怕，还没死呢。”

这句话，顿时就把风筱绮的眼泪逼出来了：“有你在的地方，我从没怕过。”

“那你……”

“放心，我就在这儿陪着你，不会离开你。”

景潇安静地点点头，复又虚弱地闭上了眼睛。

风筱绮始终紧抱着他，仿佛松开手就会失去他一样，直到救护人员到来。

至此方知，无论再过多少年，他也永远是她的弱点。

她可以对任何人撒谎，却唯独骗不了自己。

04

当天的签售会，原本是简乐乐陪风筱绮一起去的，彼时她暂时离场去接了个男友的电话，谁知一聊就是半小时，等她再回来的时候，发现现场已经出了大乱子，着实被吓了个半死。

她听了风筱绮的话，没有跟随去医院，可到家后想来想去，还是决定致电风筱绮，痛心疾首地认了个错。

“主编，我下次再也不利用工作时间谈恋爱了……因为我的疏忽，险些令你受到伤害，还连累了逢景大神身处险境，我简直罪无可恕……”

风筱绮站在医院走廊里，靠着墙壁轻声回答：“这不是你的错，发生这种事谁也不想的，就算你当时在场，也未必能阻止一个疯子，所以别自责，好好休息。”

“那……主编，有什么需要你尽管叫我，我立刻就赶到。”

“好，谢谢。”

风筱绮结束了通话，转而低下头去，深深叹了一口气。

她做了很久的心理建设，这才挪动脚步走向旁边景潇的病房，抬手推开了那扇门。

景潇的伤口已经被处理妥当，他此刻躺在病床上，微合着双眼，像是睡着了。

她坐在他身边，凝视着他苍白俊秀的睡颜半晌，终于鼓起勇气握住了他的手。

大约是失血过多的关系，他的手冰凉，她忍不住垂眸，在他掌心落下了一吻。

她发现，自己当真是拿他毫无办法，纵然平日里可以狠下心肠冷言冷语，但凡他受到一星半点的伤害，自己就立刻缴械投降，什么都不愿再追究，只希望他能够健康平安。

这个男人，注定是降临在她生命里的一场劫难，她无论如何都逃不开的。

病房里很安静，一时间只能听见彼此轻微的呼吸声，也不知过了多久，直到口袋里手机振动，上面显示着母亲李书颖来电。

风筱绮小心翼翼接起，压低嗓音：“妈？”

“绮绮！你在哪个病房啊？”

“307。”

为避免打扰到景潇休息，她关上门，就站在病房门口等着。不多时，李书颖和风明洲一前一后飞奔而至，李书颖见到她总算是松了口气，忙爱怜横溢地将她搂进怀里。

“乖宝贝，没受伤吧？”

风筱绮安慰似的拍了拍母亲的背：“没有，你看我这不好好的吗？”

“那就好，那就好，我刚听说这事的时候，都要吓死了！”

风明洲在旁揉了揉她的脑袋，半开玩笑半认真道：“你的签售会闹了这么一出，我猜明天绝对会上城市新闻。”

“随意吧，反正我又不是第一次上新闻，无所谓的。”

“不过……既然你没受伤，这病房里的人是谁？你的同事？”

风筱绮黯然道：“是跟我一起签售的画家逢景，他为了保护我，被闹事的疯子刺伤了。”

李书颖大惊失色：“逢景？不是刚回国的那位鬼才画师吗？”

“对，是他，现在他是我的合作伙伴。”

“天哪……真是个好孩子，我们绮绮这算是逢凶化吉，遇到贵人了……”

风明洲探头往病房里看了一眼，略显犹豫：“人家救了绮绮的命，咱们多少得表示一下吧？这空着手来探视，好像不太合适。”

李书颖连连点头：“没错，你赶紧去买点水果补品，如果有需要的话，回头我再炖汤送来。”

风筱绮连忙拦住急欲离去的风明洲：“不必了，都是熟人，他肯定不好意思要你们的东西——至于照顾他的事，我亲自来就好了。”

“熟人？”李书颖好奇道，“他跟我们也熟吗？”

“嗯，妈你可能忘记了，他当年还来咱家吃过饭呢。”

“所以他是……”

风筱绮坦然回答：“其实他真名叫景潇，还记得吗？”

话音未落，李书颖和风明洲神色微变，两人下意识对视一眼，均在彼此眸中读出了几分不安的意味。

05

夜已深沉。

在劝走父母之后，风筱绮重新返回病房，给自己斟了杯温水，复又打开手机，准备拟一条公关微博回应今日的意外事件，顺便安抚一下粉丝们的情绪。

岂料还未点进微博页面，她忽听床上景潇轻声叹息，登时本能地向他看去，却发现他并没有醒来，只是难受蹙眉，似乎梦见了什么不好的事情。

“绮绮……”他喃喃地唤着她的名字，呼吸愈显沉重，她试探着靠近他，隐约听他断断续续地又道，“对……对不起……”

其实他又有什么可对不起她的呢？他本是自由的，想去哪里都可以，无须给她任何交代，可他还是始终内疚着，一次又一次想要弥补她。

风筱绮动作轻缓地抚着他的头发，低声唤道：“景潇。”

她的声音顺利将他从梦境中解救出来，在睁开眼睛的瞬间，有一滴泪水悄无声息淌过景潇眼角，没入枕边消失不见。

他茫然失措地看着她：“绮绮？”

“是我，”她抬手拭去他脸上泪痕，心疼不已，“做噩梦了？”

“没有。”

“那为什么要叫我的名字，神情还这么难过？”

他沉默良久，自嘲地笑了笑：“只要是关于你的梦，都不算噩梦，毕竟能梦见你就很幸运了。”

须知在刚刚离开她的那两年，他每个夜晚都控制不住地疯狂想念她，但就连想要梦见她，都是一种奢望。

风筱绮叹道：“你是傻瓜吗？”

“在你面前，我的确不怎么聪明。”

“所以你今天才会为了我受伤，这人情我要怎么还给你？”

他注视着她，眼神温柔而感伤：“当年在 Helens 酒吧，你见我被偷袭，想也没想直接空手夺白刃，那时有考虑过让我还人情的事吗？”

“我……”

他吃力地伸出手去，不顾她的抗拒，坚持拉过她的手，露出了她掌心留下的那道疤，当初匕首划过的痕迹清晰可见，这辈子恐怕也难以复原了。

那一年他故意伤人险些入狱，后来事态平息去往美国，连句道别的话也没来得及说，他甚至没有机会问问她，疼不疼。

“绮绮，你不必觉得有所亏欠，对我而言，保护你是比自己的命更重要的事情。”

他如今已没有什么值得牵挂的，而她的存在，是他的世界里最深刻的意义。

风筱绮缓慢合拢手指，攥住了他的手，温声问他：“伤口还疼吗？”

他诚实点头：“疼。”

“那……”

“但正因如此，你才能陪着我，我觉得挺值的。”

风筱绮看着他，静默无语。

景潇的目光很专注，始终没有从她脸上挪开，他沙哑着嗓音开口：“绮绮。”

“嗯？我听着呢。”

“今天在图书大厦，你抱住我时讲了些什么，还记得吗？”

她神色困惑：“当时我脑子乱得很，哪里还记得具体讲了什么话？”

“你说，会陪着我，不会离开我。”

“唔……这样啊……”

“你的承诺算不算数？”

他的眼中光影明亮，带着些孩子般的不安和渴望，令风筱绮内心软成了海边沙，她无法拒绝，只得给出肯定的答案：“当然算数，在你完全康复之前，我会一直照顾你的。”

景潇反问：“那康复之后呢？”

“等你真的康复了再议，”她才不肯掉进他的套路，一本正经地吩咐着，“你的当务之急是养好身体，譬如现在，该睡觉了。”

他无奈一笑：“我睡醒之后，你还在吗？”

风筱绮笃定地颔首：“在的，就算暂时不在，也很快会回来，放心。”

“好。”

她细致地替他掖好被角，起身关掉了病房里的灯，月光透过窗棂，给屋中一切都镀上了柔和的颜色，空气中，有暖意流动。

CHAPTER

13

你是此生的风景

你是我心上从不褪色的风景，是我生命里最深刻的意义，我将握紧你的手，以余生爱你护你，风风雨雨，永永远远，随你一起。

01

几天后，警局查清那名肇事男粉丝的情况，给予了风筱绮相关反馈，原来对方真的精神有问题，又因过分迷恋她而仇视景潇，导致情绪失控行为偏激，这才引起了当天的意外。

与此同时，微博关于风筱绮和景潇的话题热度仍旧居高不下，有很多粉丝上传了当天的现场照片和视频，并自行圈重点，甚至还写了长篇解说，论证两人恋爱的铁一般的事实。

简而言之，难以辩驳的证据主要有以下几点：一、在面对粉丝单独签名的要求时，逢景宁可得罪粉丝也要维护绮色；二、逢景在绮色受到男粉丝骚扰时，表情盛怒，毫不迟疑地出手阻止，明显在吃醋；三、逢景不顾个人安危保护绮色，直到流血受伤，还要起身与男粉丝英勇搏斗；四、两人当众搂搂抱抱，绮色更是在逢景受伤后急得几欲落泪，还叫出了逢景的真实姓名，可见两人关系匪浅。

更有甚者，连夜通过各路渠道，调查出了景潇和风筱绮原来同在平城三中读过书，在此过程中，还有三中校友披着马甲神秘出现，证实了两人的确交往过，而且当年情比金坚，绝对是好学生与坏小子的恋爱典范。

CP 粉们纷纷表示，自己真是慧眼识金，爱对了 CP 天天吃糖，这种剧情堪比言情小说，岂是一个“爽”字可以概括的？

而此时此刻，风筱绮正坐在景潇床边，盯着微博面无表情。

“爆料的那个三中校友，是杜薇薇的小号。”

景潇转过头来看着她：“你怎么知道？”

“她大小号互相关注了，还经常双双点赞我的微博，小号两个月前发过自己的照片，并且发微博的语气和标点符号习惯都一样，不是她是谁？这家伙，再过几年智商也没长进。”

“看来得让你们七班班长管一管她了。”

风筱绮冷笑：“安池宠她要宠上天了，能怎么管？下次见面，我要往她脸上泼卸妆水。”

“她一向喜欢凑热闹，不过就算她不出现，粉丝们该知道的也都知道了。”

“还不都是你的问题？你看看这照片，你就不能稍微控制一下表情？”

那张照片拍摄的正是风筱绮和景潇低声交谈的一幕，她垂眸看着手中的钢笔，而景潇则眼神含笑地看着她，有粉丝发图时，配的文案为“你眼底流露的爱意，比焦糖奶昔更甜蜜”。

“我哪儿知道会有人偷拍？再说了，我也控制不住啊，”景潇显得很委屈，“你先别忙着数落我，你看看点赞量最多的那个视频，你哭着叫我名字怎么解释？”

风筱绮漠然回答：“不管谁在我面前被插了一刀，我都会很着急的，这属于人道主义精神。”

“那你还搂我搂得这么紧？”

“怕你死了。”

景潇不禁失笑：“如果我真死了，你岂不是少了很多麻烦？”

风筱绮瞥他一眼，没说话。

“绮绮，”他伸出手去，钩起她一缕长发在指间绕着，语调含着几分无可奈何的宠溺，“说句喜欢我，这么难吗？”

“嗯，挺难的。”

“可你以前明明说过的。”

风筱绮平静回答：“那是以前，现在我不想说了。”

这样的答案本在意料之中，景潇很好地掩饰了失落的神情，他低声又问：“真的不能再给我一次机会吗？你可以提条件，任何条件我都同意。”

只求还能，重新开始。

风筱绮迟疑着转开了视线，她久久沉默，幸好此时手机振动，风明洲的短信令她能暂时逃离这尴尬的境地。

那条短信只有短短一句话：马上回家，吃顿饭。

好端端的，突然吃什么饭?

她虽心中疑惑，却并未表现出来，只迅速回了个“好”字，而后起身：“景潇，我爸让我回家一趟，待会儿我给林岳打个电话，叫他给你带饭过来，我晚上来替他。”

乍一提起风明洲，景潇神色微沉，他下意识想要起身，却因不慎抻动了伤口，复又重重躺了回去。

风筱绮一惊，赶紧扶住他：“你干什么？要喝水我给你倒！”

“我不喝水，”景潇喘息半晌，抬眸看她，“你答应我，无论风叔叔和你说了什么，你今晚总要再来见我一面。”

风筱绮深感莫名其妙：“我爸能和我说什么？说什么也不影响我来医院啊。”

“嗯，但愿，”他勉强笑道，“那你去吧，我等你。”

我等你。

风筱绮点点头，转身离开，临走时还特意帮他关好了门，从而也隔绝了他的全部视线。

景潇出神地望着那个方向，眼底幽暗，沉淀着时光的尘埃，有那么一瞬，他恍惚回想起了当年与风明洲见面的场景。

他仿佛已临近万丈深渊，不晓得会迎来什么样的审判。

他想，或许在等到最后答案之前，自己还应该去做一件事。

02

风筱绮回到家中时正值傍晚，李书颖早已做好了饭菜在等她，风明洲难得殷勤地迎上来帮她拿包，还给她倒了杯现沏的柠檬水。

她好奇道："爸，你今天挺反常啊，是有什么事要求我帮忙？"

"我能有什么事求你帮忙？"风明洲尴尬地瞥她一眼，"好久不见了，对闺女关心一点很奇怪吗？"

"可咱俩前两天才在医院见过面。"

蹩脚的借口一瞬被戳穿，风明洲连忙转过身去，避免被她看到自己心虚的表情："快换鞋，该吃饭了，你妈今天做的日式猪排饭，还有龙虾沙拉和香煎三文鱼！"

风筱绮满心疑惑，这样的情绪在上桌开饭之后，则变得愈发强烈，她总感觉气氛有哪里不对劲，自家父母像是在强颜欢笑，而两人不时互换眼色的小细节，也没能逃过她敏锐的眼睛。

她清了清嗓子，决定先行挑起这未知的话题："爸，妈，你们是不是有什么话要对我讲？"

李书颖看向风明洲，风明洲深吸一口气，赶紧吃了块三文鱼压压惊："倒也没什么特别重要的话……"

"就算不重要，无关紧要的总有吧？"

"嗯……"

"爸，吞吞吐吐可不是你的风格！"风筱绮目光警惕，"该不是有哪个散打女教练向你示爱，你不便出手，想让我前去摆平吧？"

风明洲果断反驳："怎么可能！我一向把你妈视为九天玄女，同事们谁不知道？谁那么不长眼，敢对我示爱？"

李书颖冷漠地推了一下他的脑袋："别废话了。"

"那我实在猜不出了，你十万火急地把我叫回来，难道真的就只想让我吃顿饭？"风筱绮蹙眉，"爸，你不是巴不得我不回家吗？"

风明洲用筷子戳着面前的猪排饭，显然正进行着非常复杂的心理斗争，他低声道："毕竟有些事，需要当面告诉你。"

"呃，所以到底是什么事？"

"上次在医院，你说最近跟你合作新书的画家逢景，其实是当年的景潇对吧？"

"对啊。"

"高中毕业那年他去了国外，今年才回国的？"

"没错……"风筱绮隐隐有种不好的预感，"你怎么会知道？"

风明洲苦笑一声："当年我特意打听过他的消息，听说他真的离开了，我才放心。"

"什么？"

"事实上，他会下定决心出国，跟我有很大关系。"

突如其来的信息，令风筱绮惊异莫名，她难以置信地反问："跟你有很大关系？莫非你……"

风明洲缓缓点头："当初在酒吧事件之后，我去警局见过景潇，劝他如果真心喜欢你，就该离你远一些，不要再给你带来麻烦和危险。"

"他答应了？"

"嗯，大概认为自己的确还没有足够的能力保护你吧，他答应了。"

风筱绮手一抖，险些没拿住杯子，她按捺住慌张的心跳，尽力使自己的声音听上去平静些："他……还说什么了？"

风明洲迎着她急切探询的目光，语气颇为感慨："他那时问我，倘若将来有一天，自己成为能让你依靠的男人，我还会不会阻止他靠近你。"

“那你……”

“我告诉他，如果真有那么一天的话，我不会再干涉你们的选择。”

这些年，风明洲不止一次地反思过，自己当年的决定究竟是否正确，他强行把这一段感情扼杀在了即将开花的岁月里，本以为是在维护女儿，让女儿活得更自由快乐。可后来他慢慢发现，风筱绮非但没有变得快乐，反而藏了更重的心事。

她总是如此，什么想法都不会主动提起，都埋在心里任其生根，然后随着时光的流逝愈发深刻，愈发难以忘记。

半晌，听得李书颖轻声开口：“绮绮，你别怪你爸，他属于关心则乱，而我当年也考虑不周，没意识到你和景潇……感情这么深。”

手指自身侧缓慢攥拢，风筱绮静默着垂眸，无声遮掩了眼底的泪光。

至此，她终于懂得了景潇曾经无数次的欲言又止，那深藏于心的内容究竟是什么。

他遵守着和风明洲的约定，坚持没有说出实情，而他一直爱着她，就像她也爱着他一样，从没有停止过。

“绮绮，”风明洲深深叹息，“是爸爸对不住你，那时我总觉得让你离开未知的伤害才是最明智的决定，却忽略了你真正想要的是什么。”

“不，你只是在尽父亲的责任而已，我能理解，”风筱绮出神良久，恍然一笑，“值得庆幸的是，我和他都经住了时间的考验，现在想要回头，也不算太晚吧？”

李书颖在旁用力点头：“当然不算晚！否则你们等了对方那么多年，又是为了什么呢？我和你爸商量过了，今天特意叫你回来，就是为了当面跟你认个错，我们欠你一个解释，也欠景潇那孩子一句感谢。”

风明洲认真道：“不急，等你把一切都跟他讲清楚了，可以带他回家来，总之时间还长得很。”

“那……我去医院找他了？”

夫妻俩异口同声：“好极了！”

风筱绮将最后一口柠檬水喝完，淡定地挥手告别，转身出了家门。

房门隔绝了父母的视线，在踏上楼梯的瞬间，她回头看了一眼，终于开始拔腿飞奔。

几乎是一刻也等不及，她现在就想到达景潇身边，用力地抱紧他。

因为他说过会等她，想来，他已经等得太久了。

03

是夜。

景潇趁护士不注意，穿好外套悄悄离开了病房，他走出医院叫了一辆计程车，目的地是父亲景振的公司。

当他穿过那扇旋转的玻璃大门时，心底五味杂陈，说不出是什么感觉，算一算，自己已有五年没来这里了，但景振的办公室位置，他却还记得。

前不久听说，景氏集团的资金周转出现了一些问题，跟景振的情妇有关，景振因此和情妇断绝了关系——然而这些都与景潇无关，他来这儿一趟，只是为了给去世的母亲一个交代罢了。

走廊内，景振的助理认出了他，登时惊道：“景少爷，您来了？”

“嗯，你们董事长在里面吗？”

“在，在的……”

“好。”景潇推开办公室的门，从容走了进去。

景振正聚精会神翻看着一份合同，听到脚步声也没抬头，只漠然道：“咖啡刚才不是已经送来了吗？”

许久没等到答话，他疑惑抬眸，见景潇已经站在了面前。

四目相对，父子俩都沉默着没有开口。

“你……”最终还是景振斟酌着言辞，主动打破了这令人窒息的沉闷气氛，“你怎么出院了？”

景潇沉声反问：“你知道我住院的事？”

“关于你的新闻，我从来都没错过，逢景画师。”

“那还真是多谢了啊，景董事长。”

“只不过，当我派员工去替你支付医药费的时候，却发现有人提前垫付了。”

景潇的神色波澜不惊：“有劳景董事长操心，区区一笔医药费，我还是付得起的。”

景振蹙眉，看向他的眼神略显严厉：“你难道不觉得，你应该称呼我为‘父亲’吗？”

景潇冷笑：“恕我直言，早在我妈被推进医院那一天，‘父亲’这个称呼对我来讲，就已经毫无意义了。”

“都过去这么多年了，你还是无法释怀。”

“我亲眼看着我妈被拔掉了呼吸机，看着她的心跳变成一道直线，永远地离我而去——我一辈子都无法释怀，我永远不会忘记，你是间接害死她的凶手。”

景振面对亲生儿子的指责，一时竟无言以对，他脸色铁青地移开了视线，迟疑许久，仍旧试图为自己辩解几句：“可你要记得，你妈在美国的治疗费是我出的，你在美国读书的钱也是我出的，甚至你当年差点有牢狱之灾，给受害者家属的赔偿金都是我出的，我并没有亏待你们。”

“嗯，的确是符合你性格作风的答案，意料之中。”景潇彻底失去了与景振交谈的耐心，他从怀中取出一张支票放在桌面上，语气冷淡，像在陈述一件再普通不过的事情，“最近公司资金有些紧张吧？这里有五百万，是我上部作品的版权费用，就算还了你之前出的那些钱。”

“你什么意思？”

“我的意思是，过了今天，你我之间两清，最好从此都不要再见面了——当然，如果有朝一日你年老体衰，不能自理，我会尽到赡养义务，请董事长放心。”

他并未等待景振的回答，转身大步流星离开了办公室，没有再回头。

04

已近深秋，夜风瑟瑟，走在大街上便觉凉意袭人。

景潇方才在面对景振时，尚能强打起精神不输气势，可他毕竟是个病人，伤口还未痊愈，此刻难免觉得头晕目眩，疲惫不已。

他坐在路旁的花坛边，用手撑着额头稍作休息，半晌手机忽然响起，他迷迷糊糊按下接听键，却听到那边传来了风筱绮略含怒意的声音。

“为什么不在医院好好躺着？你去哪儿了？”

“我……在景振的公司这儿。”

她的语气斩钉截铁：“在那儿等着别动，我马上过去！”

十分钟后，红色的 MINI 停在了不远处，景潇如有所感抬眸望去，看到她匆匆下车，用力甩上车门，径直朝自己走来。

她脚步如风，纤瘦身形在街灯下被拖出长长的影子，那一刻景潇有些恍惚，思绪仿佛飘回到很久以前，彼此还在校园的时光。

那么多年，他深爱的女孩始终也没变过，只要她靠近，便如春风拂面，拥有着抚平伤痛的力量。

“绮绮。”

风筱绮站在他面前，一动不动地注视着他，她急促呼吸着，似在强行克制情绪：“伤还没好，这么急着出来干什么？”

景潇低声道：“把钱还给景振，我心里才能真正踏实。”

“不是约好要在医院等我的吗？”

景潇微微一怔，而后无奈笑道：“我本以为那只是说说而已，你不会来了。”

谁知下一秒，风筱绮蓦然毫无征兆地抱住了他，紧紧地，仿佛用尽了全部的力气。

她凑近他耳边，略带着哭腔轻问：“你怕我爸会像当年劝你离开我一样，以同样的方式劝我离开你？”

心脏强烈撞击着胸腔，景潇下意识反手抱住她，片刻，犹豫着开口：“你……你都知道了？”

“否则呢？你打算瞒我一辈子吗？”

“我确实是这么打算的。”

“浑蛋！”

她恶狠狠地咬在他肩头。景潇吃痛，却硬是忍着没吭一声，他用下巴摩挲着她的头顶，温柔低语：“我承认，是我错了，我当初觉得自己没资格陪在你身边，以为离开你才是最好的选择，却没考虑到这样对你会造成更大的伤害。”

“然后呢？你如今想通了？”

“嗯，想通了，而且我相信就算不说出真相，迟早也能重新追回你，我什么都没有，只有无尽的时间。”

风筱绮又生气又心疼，她不忍过分责备他，只闷闷地轻哼：“你现在倒是成了著名画家，名利双收，也能保护我了，可你就没想过，万一等你回国的时候，我已经是别人的女朋友了呢？”

景潇轻笑：“只要你没嫁人，我就不会放弃。”

“如果我嫁人了呢？”

“那……我就真的不知要怎么办了……”话末是一声难以掩饰的叹息，他深深凝视着她，直至眼底泛起了泪意，“我大概会恨自己一辈子吧。”

风筱绮忽而哽咽，她迅速避开了视线，不让他看见自己的眼泪：“所以景潇，你最大的错误，是低估了我的爱情。”

她一向特立潇洒，不惧怕任何未知的风雨，却唯独在意他是否陪在身边。

感情这回事，除了他，她早已百毒不侵。

“对不起，乖，不要哭。”景潇眼眶通红，他柔声哄着她，小心翼翼吻在她额头，“绮绮，我向你保证，今后再也不会离开你，我会长长久久地陪着你，好不好？”

“你怎么保证？”

他含泪微笑：“用我余生去证明。”

“好，我信你。”

殊不知，为了这一刻，他与她已苦等了许多年。

05

在那之后，景潇又在医院住了快两个月，然后就搬回自己的公寓休养了。风筱绮每天下班都要去换着花样给他做病号餐，久而久之觉得太折腾，干脆就搬到了他的住处，反正他那里是两居室。

圣诞节当天，两人同时发了微博公布恋情，配图是十七岁那年的圣诞节，在祥南街圣诞树前面的自拍，而这张照片的画稿，也曾被收录在《如枫》那本画集中。

@正版逢景：终于等到你，我的年级第一。

@作家绮色：请多多指教，我的年级大佬。

由于先前杜薇薇小号的科普，粉丝们早就了解了两人当年的关系，现在正主直接盖章发糖，不光CP粉们喜气洋洋如同过年，就连双方唯粉也不好再说什么，只能祝福。

两人的故事，由此成为圈中一段佳话。

06

夜已深，窗外寒风凛冽，房间内暖意融融。

风筱绮正坐在沙发旁，把笔记本电脑置于腿上打字，半晌景潇从外面进来，递给她一杯红豆奶茶："门口这家饮品店做得不好喝，改天我们有时间，不如去长乐甜品店吧？"

"行啊，"风筱绮欣然应允，"我和老板娘一直有联系，店没关，她的生意还像以前那么好。"

"那可真是太幸运了。"

这时手机响起，风筱绮点开查看，发现是高中班级群的消息，不禁莞尔一笑："安池发了公告，本周末同学聚会，地点就在三中。"

"巧了，四班也在当天聚会，一起去。"

“可以是可以，但提前说好了，你不能多喝酒，酒精刺激伤口，你这才痊愈没多久，别又……”

他没给她继续说下去的机会，随手接过电脑扔到一边，俯身轻轻巧巧将她打横抱了起来，径直朝卧室走去：“放心吧，我的大作家，时间不早了，你该休息了。”

风筱绮被他按倒在床上，两人近在咫尺，呼吸相闻，她注视着他漂亮的眼睛，抿唇一笑：“你想干什么？”

“想和你一起休息。”

“不行，”她故意板起脸严肃道，“那要等结婚以后。”

他单手撑在她耳边，嗓音低沉而性感“那么……你准备什么时候和我结婚呢？”

“我得考虑一下。”

景潇缓慢揉着她的头发，语调极有耐心：“考虑是可以的，但不要太久啊。”

她笑意更深，双手搂住了他的脖子：“等你给我新书画完插图，我就带你回家见父母。”

“真的？”

“我还能骗你吗？”

他也笑了，垂眸在她脸上印下一吻：“我有样东西要给你。”

风筱绮挺好奇：“什么东西？神神秘秘的。”

他没有说话，起身走向电脑桌旁，从抽屉里取出一物，转而把手伸向她。

那串玫瑰色的碧玺手链，就挂在他修长的手指上，在水晶吊灯下，泛着柔和的光影。

“绮绮，这一次，你总不会再拒绝了吧？”

在她十七岁那年，他将这串碧玺手链送给她，暗示了自己爱慕的心意；在她二十四岁这年，他再度把手链交还给她，是清清楚楚表达了，自己要和她一生一世的决心。

我放在心尖上的姑娘，无论再过多少年，我也依然这样深爱着你。

风筱绮眸中清晰倒映出他俊俏的模样，她接过手链攥在掌心，张开双臂拥抱住他。

“当然，这一次，你再也别想逃掉了。”

07

十二月二十八日是平城三中的校庆活动，七班的班级聚会也选在了当天，一群人聚在一起，先集体去办公室看望了昔日的老师们，而后又热热闹闹奔赴食堂，占据了一大片有利地形。

大家平时工作都忙，难得见面，但互相之间依旧熟络亲密，话题不断，丝毫没有分离许久的陌生感。

沈乔从杜薇薇手里接过奶茶，刚要道谢，忽然又觉得有些不对劲：“哎？你现在不应该在四班吗？怎么凑到七班来了？”

杜薇薇白她一眼：“我未婚夫在这儿，我过来问候一句怎么了？你别急，待会儿林岳也得来找你，他刚才就如坐针毡的，要不是四班男生们强行按着他，他早飞过来了。”

“那景潇呢？景潇过不过来？”

杜薇薇促狭地笑了：“景潇肯定是过不来了，他是团体核心，这么重要的聚会，哪能私自离场——所以风筱绮，你就忍一忍，反正你俩天天能见，怕什么！”

猝不及防被点名，风筱绮暂时停下了和叶墨的交谈，她转过头来似笑非笑：“说到这里，我还有事要问你，之前在网上科普我和景潇校园恋情的三中校友，是不是你的微博小号？”

“嘿嘿，你都猜到了，再问我有意思吗？”

“你还真是闲得很。”

杜薇薇得意道：“岂止是我，这里面还有安池的功劳呢！”

“安池？”风筱绮略一挑眉，“班长你做什么了？”

安池搂着杜薇薇的小细腰，一本正经地回答：“举手之劳而已，我看有黑粉在网上诋毁你，就顺手封了她们的账号——那几个蹦跶得最欢的，不管再开几个小号，都逃不出我的监控。”

“哦，实在是非常感谢班长了。”

“我这属于伸张正义，谁敢欺负我们大作家，统统就地正法！”

气氛一时热烈，七班男生们显然都很兴奋，争先恐后向沈乔和杜薇薇打听风筱绮的恋爱细节，身为风筱绮忠实读者的肖瑰华还点开了先前图书大厦签售会的现场视频，给大家讲起了那惊心动魄的一幕。

风筱绮盯着手里的红豆奶茶出神良久，直到身边的叶墨温声唤她：“小绮，想什么呢？”

她笑了笑：“叶墨，在我签售会的前几天，你单独约景潇出去过？”

“嗯？他……告诉你了？”

“我明白，你不想让我知道，但景潇说，我应该亲自谢谢你。”

那时叶墨约了景潇见面，当面向景潇澄清了自己和风筱绮的关系，他直言，不希望因为自己的存在而使景潇与风筱绮之间存在误会，毕竟风筱绮从来也没爱过他，她心里的位置满满当当，再也容不下别人了。

“你不需要感谢我，须知这些年来，除了陪你读书，我也没能为你做什么，”

叶墨抚摸着风筱绮的长发，如兄长般温和，他眼底有些许感伤，但更多的却是释然，“我相信景潇会待你很好，把你交给他，我也就放心了。”

他晓得，她终究会成为别人的爱人，不再需要他的陪伴，在他的视线内渐行渐远。然而那些年少时的记忆是真实存在的，是她让他慢慢变成更好的自己，他由衷感激。

“你和景潇什么时候订婚，记得通知我。”

“好，一言为定，等办典礼时，还要把你安排在贵宾席。”

两人击掌为誓，叶墨微笑着回拢手指，仿佛留住了指间属于她的最后一丝暖度。

我最亲爱的小绮，祝福你，愿你未来的道路尽是坦途，人生永远温暖而甜蜜。

08

待两班聚餐结束，风筱绮和景潇在永安广场会合时，已是晚上九点。

明媚皎洁的月色，安静伫立的大铜钟，相对而立的两个人，一切都没变，一切都还是当年的样子。

景潇缓步靠近风筱绮，他低下头，一动不动地凝视着她，大概由于酒精的作用吧，那双桃花眼中光芒清亮，如有波光流动，摄人心魄。

“绮绮，你真好看。”

风筱绮不禁莞尔：“你喝醉了。”

“没有，我清醒得很。”

“撒谎。”

“你不信？我证明给你看。”

话音未落，他忽而倾身上前，用力吻住了她的唇。

这一吻带着淡淡的酒的气息，霸道热烈，偏又缠绵不已，风筱绮只觉有些站立不稳，她喘息着后退一步，随即便被他单手箍在腰间，重新搂回了怀里。

景潇贴近她耳畔低笑：“现在信了吗？”

风筱绮脸颊微红，她俏生生横他一眼：“我迟早要找那群四班男生算账，他们一定灌你酒了，说不定还是林岳挑的头。”

“不，其实没有谁灌我酒，都是我自愿喝的，”景潇认真摇头，“因为我很高兴啊，绮绮。”

心底泛起丝丝暖意，风筱绮弯起眉眼笑着，温柔颔首：“嗯，我也很高兴。”

“对了，我还有东西要给你看。”

“是什么？”

他从口袋里取出手机，在名为“往事”的相册分类里，点开了唯一一个视频：“五年了，无论换过多少次手机，我都不会忘记把这个视频存好，就是为了有朝一日，能与你一起重温。”

在视频播放的瞬间，风筱绮就愣住了，她目不转睛地盯着屏幕，直至眼眶泛起了泪意。

那是高考结束当天，两人在京西游乐场拍摄的画面，她戴着他买的兔耳发饰，正笑着对镜头飞吻。

——你想听我说什么？你今天很帅？

——谢谢，你也很可爱，是全世界最可爱的女孩子。

她以品尝棉花糖作为借口，招手示意他到面前来，然后在他靠近自己的前一秒，挪开棉花糖，自己亲了上去。

——如果可能的话，未来我也想和现在一样，陪你做遍所有无聊的事。

——一定会的，只要你愿意，我会永远陪在你身边。

记忆被拉回现实，风筱绮抬眸看向景潇，眼神清澈，比月光更加明亮惑人。

她含笑问他："永远？"

景潇将她搂得更紧了一些，坚定应道："永远。"

你是我心上从不褪色的风景，是我生命里最深刻的意义，我将握紧你的手，以余生爱你护你，风风雨雨，永永远远，随你一起。

全书完

图书在版编目（CIP）数据

永远天真多情的我们 / 七弦弄月著 . —杭州：浙江文艺出版社，2019.1

ISBN 978-7-5339-5522-9

Ⅰ . ①永… Ⅱ . ①七… Ⅲ . ①长篇小说—中国—当代 Ⅳ . ① I247.5

中国版本图书馆 CIP 数据核字 (2018) 第 284017 号

YONGYUAN TIANZHENDUOQING DE WOMEN

永远天真多情的我们

七弦弄月　著

出版发行　浙江文艺出版社

地　　址　杭州市体育场路 347 号（邮编 310006）

网　　址　www.zjwycbs.cn

责任编辑　瞿昌林

责任印制　朱毅平

装帧设计　熊　琼

印　　刷　三河市嘉科万达彩色印刷有限公司

经　　销　浙江省新华书店集团有限公司

开　　本　700 毫米 ×1000 毫米　1/16

字　　数　260 千字

印　　张　22

版　　次　2019 年 1 月 第 1 版　2019 年 1 月 第 1 次印刷

书　　号　ISBN 978-7-5339-5522-9

定　　价　42.00 元
